ANCIENT GREEK MYTHS
HERCULES

Author
Nick Saunders

Consultant
Dr Thorsten Opper, British Museum

Copyright © ticktock Entertainment Ltd 2007
First published in Great Britain in 2007 by ticktock Media Ltd.,
Unit 2, Orchard Business Centre, North Farm Road,
Tunbridge Wells, Kent, TN2 3XF

ticktock project editor: Jo Hanks
ticktock project designer: Graham Rich

We would like to thank: Indexing Specialists (UK) Ltd.

ISBN 978 1 84696 069 7
Printed in China
9 8 7 6 5 4 3 2
A CIP catalogue record for this book is available from the British Library.

CONTENTS

THE GREEKS, THEIR GODS & MYTHS

The ancient Greeks lived in a world dominated by the Mediterranean Sea, the snow-capped mountains that surrounded it, dangerous winds, and sudden storms. They saw their lives as controlled by the gods and spirits of Nature, and told myths about how the gods fought with each other and created the universe. It was a world of chance and luck, of magic and superstition, in which the endless myths made sense of a dangerous and unpredictable life.

The ancient Greek gods looked and acted like human beings. They fell in love, were jealous, vain, and argued with each other. Unlike humans, they were immortal. This meant they did not die, but lived forever. They also had superhuman strength and magical powers. Each god had a power that belonged only to them.

In the myths, the gods sometimes had children with humans. These children were born demi-gods and might have special powers, but were usually mortal and could die. When their human children were in trouble, the Olympian gods would help them.

The gods liked to meddle in to human life. Different gods took sides with different people. The gods also liked to play tricks on humans. They did this for all sorts of reasons: because it was fun; because they would gain something; and also for revenge. The Ancient Greeks believed that 12 Olympian gods ruled over the world at any time. The 10 gods and goddesses that you see here were always Olympians, they were the most important ones. Some of them you'll meet in our story.

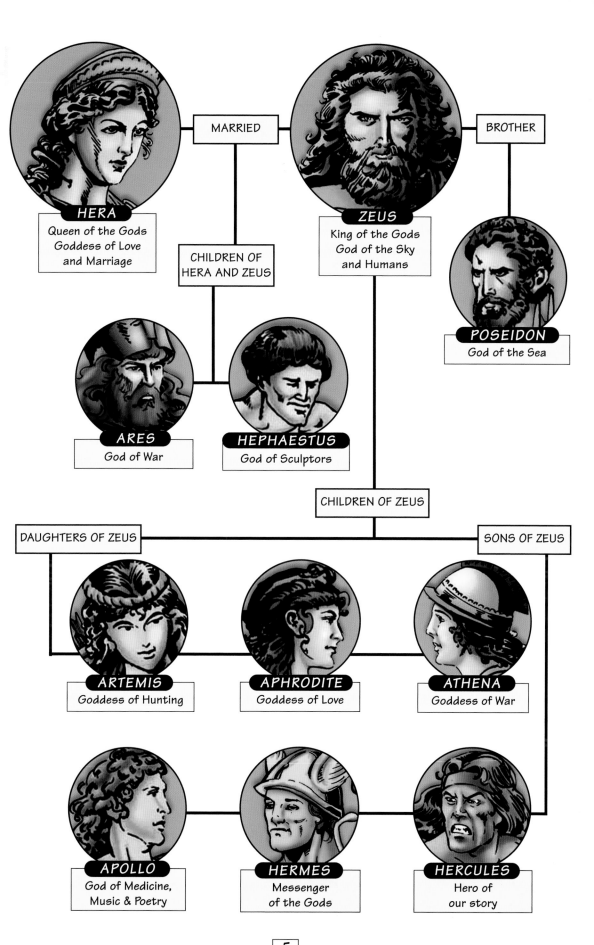

MARRIED

BROTHER

HERA
Queen of the Gods
Goddess of Love
and Marriage

ZEUS
King of the Gods
God of the Sky
and Humans

CHILDREN OF
HERA AND ZEUS

POSEIDON
God of the Sea

ARES
God of War

HEPHAESTUS
God of Sculptors

CHILDREN OF ZEUS

DAUGHTERS OF ZEUS

SONS OF ZEUS

ARTEMIS
Goddess of Hunting

APHRODITE
Goddess of Love

ATHENA
Goddess of War

APOLLO
God of Medicine,
Music & Poetry

HERMES
Messenger
of the Gods

HERCULES
Hero of
our story

SETTING THE SCENE

For the ancient Greeks, the adventures of Hercules showed how the rivalry between Zeus and Hera affected the lives of ordinary men and women. Hera was jealous of the many children Zeus fathered with mortal women, and she hated his son Hercules most of all. In each of Hercules' twelve labours, Hera and her supporters joined up against him. They were determined to kill Hercules. But Hercules was strong and smart, and managed to save himself many times. Also, Zeus protected his son, outwitting his wife time and again. Hercules' story shows that the gods could be cruel and kind — just like ordinary people.

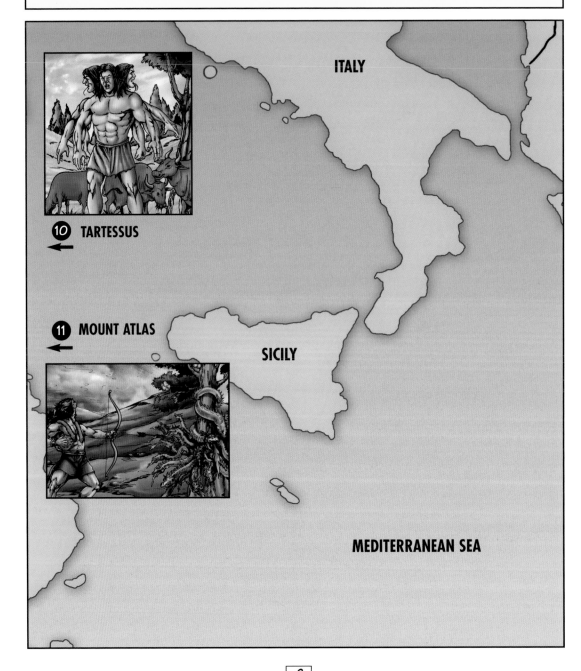

ITALY

⑩ TARTESSUS

⑪ MOUNT ATLAS

SICILY

MEDITERRANEAN SEA

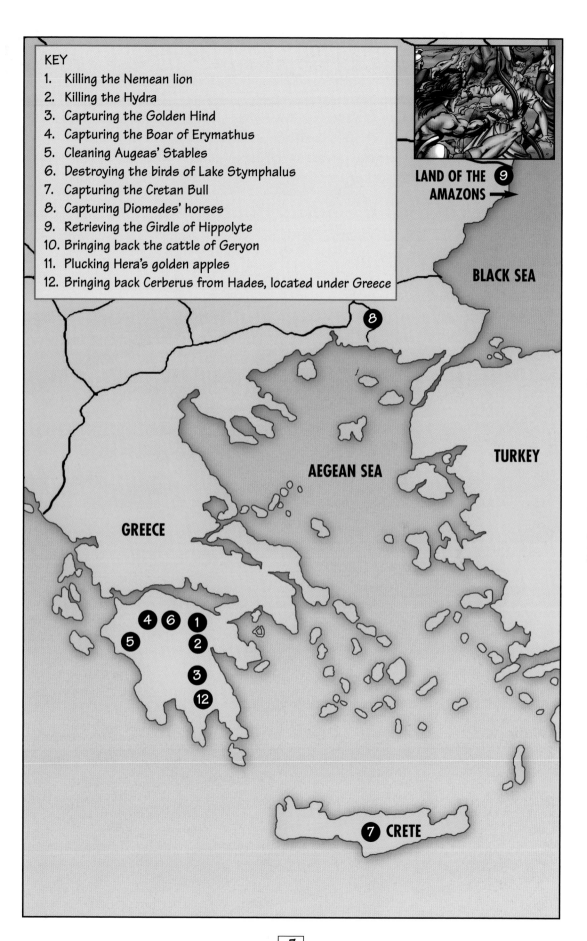

KEY
1. Killing the Nemean lion
2. Killing the Hydra
3. Capturing the Golden Hind
4. Capturing the Boar of Erymathus
5. Cleaning Augeas' Stables
6. Destroying the birds of Lake Stymphalus
7. Capturing the Cretan Bull
8. Capturing Diomedes' horses
9. Retrieving the Girdle of Hippolyte
10. Bringing back the cattle of Geryon
11. Plucking Hera's golden apples
12. Bringing back Cerberus from Hades, located under Greece

LAND OF THE AMAZONS ⑨ →

BLACK SEA

TURKEY

AEGEAN SEA

GREECE

⑦ CRETE

BIRTH OF HERCULES

Zeus, king of the gods, was married to Hera, queen of the gods. Both of them were always falling in love with other people, although neither of them liked it when the other did. Zeus' latest love was Alcmena, a wise and beautiful woman. But Alcmena wasn't interested in Zeus, she was true to her husband. So Zeus found another way to get close to her.

Alcmena didn't realise the man in front of her was not her husband.

Full of anger, Hera sent two huge snakes to crush the baby Hercules while he slept in his cot.

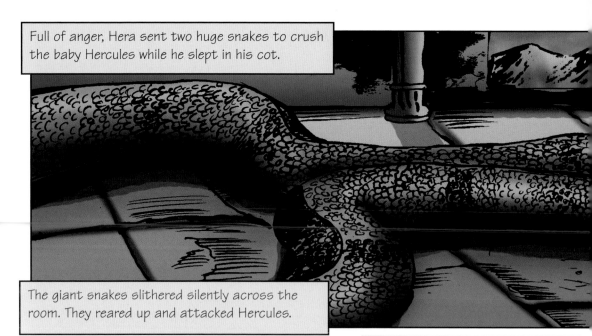

The giant snakes slithered silently across the room. They reared up and attacked Hercules.

Suddenly, Hercules jumped up. He grabbed the snakes with his hands and strangled them both.

The next morning, the servants leapt in fear when they entered the room. The two great snakes lay dead on the floor. Baby Hercules was laughing and gurgling in his cot.

HERCULES' EARLY BATTLES

Hera failed to kill Hercules as a child, but that didn't stop her trying again and again as he grew up. Hercules was hard to kill because he had inherited amazing strength from his father, Zeus. Once Hera realised that she couldn't kill Hercules on her own, she asked other gods to help her. Many of the gods were jealous of Hercules' strength, and agreed to help Hera. Zeus knew what Hera was up to, and asked other gods to help him protect Hercules.

One of Hercules' first battles was against Cyncus, the cruel son of the war god Ares. Cyncus attacked pilgrims, killed them and stole their belongings. He was building a temple to his father, using his victims' skulls instead of bricks, when Hercules passed by. Cyncus dared Hercules to fight him, he thought he could beat Hercules. But Cyncus was killed by the hero.

Next, Hercules fought a cruel outlaw, Syleus. He grabbed passing strangers and forced them to work in his vineyards. When they finished their jobs Syleus murdered them. Hercules killed Syleus and brought an end to his reign of terror.

Syleus, you murderer! Now you will never kill innocent men again!

Hercules was also strong enough to fight against armies of men. The Lapiths, whose name means men of stone or flint, were a fierce tribe. They were the enemies of the centaurs, against whom they fought many battles. The centaurs asked Hercules to defeat the Lapiths. Hercules did, in a great and bloody battle. As thanks, the centaurs gave Hercules a third of their kingdom.

Hercules' next big battle was against the vicious King Erginus. This king's father, Clymenus, had been killed by a group of Greeks from the city of Thebes. In revenge, Erginus captured Thebes and treated its people badly. This angered the goddess Athena. She knew Hercules was strong enough to fight Erginus. So she sent him to free Thebes. Hercules cleverly ambushed Erginus and defeated him in a short battle.

The King of Thebes, Creon, was grateful to Hercules. When Hercules fell in love with Creon's daughter, the King happily gave his blessing to their marriage.

I am happy to be marrying such a wonderful man.

Hercules married Megara in a grand royal wedding at Thebes. They had three sons.

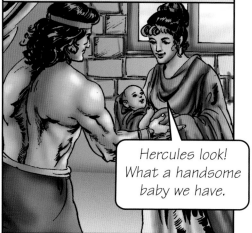

Hercules look! What a handsome baby we have.

Hercules was very happy for a while. But that changed when Pyraechmus, king of the Euboeans, attacked Hercules' new home of Thebes. Pyraechmus wanted to kill Hercules in revenge for the death of his friend Erginus.

Hercules easily beat the Euboeans. As punishment, he tied King Pyraechmus between two horses. Then Hercules watched as the horses tore the king's body in two. The people of Greece were horrified by his cruel murder of Pyraechmus.

Further upset was caused when Hercules left Pyraechmus' body unburied on the banks of the river Heracleius. The gods ruled that everyone must be given a proper burial.

Hera was filled with rage at Pyraechmus' defeat. She cast a magic spell on Hercules.

Deadly enemies! You don't fool me. I will kill and burn you all!

Hera's spell made Hercules think his family were enemy warriors. He killed them all — his wife and children.

No, Hercules! We are your wife and children.

Help!

As the madness wore off, Hercules instantly regretted his actions. Overcome by grief, he locked himself away to think about what to do next.

Oh Zeus what have I done? I cannot live with myself any longer.

Hercules decided to ask the gods for help. So he went to see the Oracle in Apollo's temple. He asked her what he could do to make up for his awful crimes. He didn't know that she was controlled by Hera.

You must be the slave of King Eurystheus for twelve years and do whatever he tells you to do. Then you shall be forgiven.

HERCULES' 12 LABOURS

Hera had helped Eurystheus become king of an important land, Tiryns. So Eurystheus agreed to do whatever Hera asked of him. Together they plotted to kill Hercules by setting him dangerous tasks. There was supposed to be one labour for each of Hercules' twelve years of slavery – if he survived.

Wicked Hercules, you are in my power. I shall punish you with twelve labours and you must complete every one! And if not…

There's no way he'll survive these tasks.

Task 1

For his first task King Eurystheus demanded that Hercules kill the lion of Nemea. This creature was always attacking the shepherds of Nemea. It was a huge, cruel creature with magical skin that stopped it from being killed by normal weapons.

Dearest wife, you have cursed my son Hercules. These twelve labours will make us fight against each other.

Hercules searched hard for the lion and finally found the gloomy cave where it lived. He approached the entrance carefully, but the lion heard him. It jumped out with claws and fangs bared. Hercules stunned the beast with his club, strangled it and then used the lion's claws to cut off its skin.

Killer lion! You have met your match in me! Once I have killed you I will wear your magical skin to protect me against weapons.

You cannot win my lord Zeus. You shall see my true powers now! And Hercules shall die.

After Hercules had killed the lion he skinned it. Whenever he went into battle, Hercules wore the lion's hide and head to protect himself against attack.

Task 2 For his second task, Hercules was sent to kill the many-headed water snake – the Hydra. He was allowed to take his nephew, Iolaus, to help him. The monster was huge and vicious. Hercules tried to avoid its snapping jaws and attacked it with his sword and club.

I have made this monster, the Hydra, to finish Hercules off.

It seemed that this monster was too much for the great Hercules. It wound itself around Hercules, and trapped the hero in its slippery coils. Hercules twisted free, but each time he sliced off one of the monster's heads it grew another.

There was no way he could beat the Hydra on his own. So, Hercules called to his nephew, Iolaus, for help. Between them they came up with a brilliant plan.

Hercules' next task was to capture a golden hind alive. This hind was special to the goddess Artemis. It was a beautiful animal with golden antlers and bronze hooves.

Hercules carried the golden hind to King Eurystheus. The king wanted to keep it but Hercules knew this would upset Artemis.

But the hind ran off, before King Eurystheus could even touch it.

A BRAVE HERO

So far, Hercules had finished each task set for him. Even though Hera and Eurystheus made sure that each task was harder than the last, Hercules hadn't been harmed in any of them. Hera had underestimated Hercules' bravery, strength and cleverness. She had also underestimated the power of her husband Zeus, who was helping Hercules whenever he could.

Task 4 For his fourth task Hercules had to hunt down and capture a giant wild boar. It was attacking people in the countryside of Erymanthus.

I can't outrun it, the boar's too fast for me.

On his way to Erymanthus, Hercules was attacked by drunken centaurs. He fought a great battle and finally defeated them. Hercules defended himself and killed many of the centaurs with his poison arrows. Only one, called Nessus, escaped.

After the battle, Hercules continued his search for the boar. He found its tracks and followed them to the creature. When he had crept near enough, Hercules threw a great net over the beast. Then he tied the boar up, careful to avoid its sharp tusks.

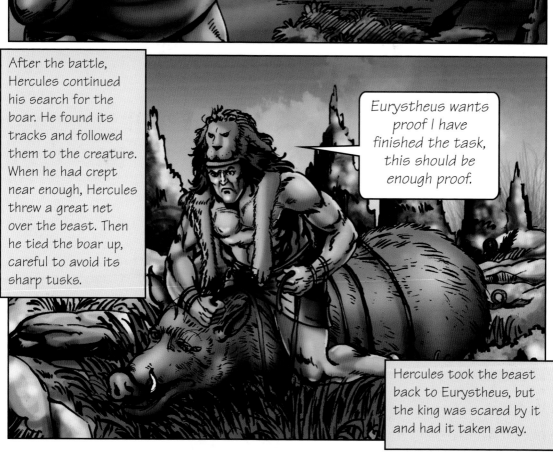

Hercules took the beast back to Eurystheus, but the king was scared by it and had it taken away.

Task 5 For his fifth task, the sea-god Poseidon asked King Eurystheus to give Hercules the job of cleaning out his son, King Augeas', stables. King Augeas kept a herd of 3000 cattle and sheep, in stables that had never been cleaned. The stables were piled high with dung. King Eurystheus gave Hercules one day to do the work.

This will be fun to watch. I doubt that Hercules will be able to finish this task.

However, Poseidon had forgotten about Hercules' clever mind. In no time, Hercules completed his task by changing the direction of two rivers. They flowed down the valley, through the stable walls and washed away all the filth. The stables were clean.

I've done it! Eurystheus won't be happy about this. He'll have to make the next task harder.

The war god, Ares, was angry with Hercules for killing his son Cyncus and offered to help Eurystheus. He set Hercules' next task. Ares had a flock of horrible birds called the Stymphalians. Their beaks, talons, and wings were made of iron. The Stymphalians shed arrow-headed feathers to kill men, and then ate them or carried them away. King Eurystheus ordered Hercules to kill them.

Zeus asked his daughter, the goddess Athena, to help. Hercules found the stinking swamp where the birds lived.

My magic rattle is helping Hercules wake the birds.

Thanks to Athena, I'll soon get rid of you horrible creatures.

The startled birds flew up and Hercules shot each one dead with his bow and arrow. Ares had underestimated Hercules' skills as an archer.

Hideous monsters, you have eaten your last human meal.

Task 7 King Eurystheus then ordered Hercules to trap a fire-breathing bull. Poseidon had given the bull to King Minos of Crete, to sacrifice it for him. Instead the king kept it. So Poseidon drove the bull mad and now it was attacking the people of Crete.

Hercules sailed to Crete and tracked the bull down. He wrestled the bull to the ground and carried it back to King Eurystheus.

TERRIBLE TASKS

King Eurystheus was a greedy man. He sent Hercules all over Greece, collecting objects he wanted. Some of these objects were riches, others were fantastic animals.

Task 8 King Diomedes was known all around the Greek world for his cruelty. He also kept a herd of awful man-eating horses. In his eighth task, King Eurystheus sent Hercules to capture the horses for him.

Diomedes welcomed Hercules. He didn't realise what the hero was doing there.

Hello, King Diomedes.

Welcome Hercules, son of Zeus!

One night, Hercules crept into the stables. He cut the horses' chains and set them free.

Stop! Thief!

The furious Diomedes and his guards chased after Hercules. To stop them, Hercules carved a great channel across the plain with his club. The plain flooded, drowning his pursuers.

Hercules then fed Diomedes' body to the wild horses. Strangely, they became tame and never ate human flesh again. Then Hercules took the whole herd back to Tiryns and gave them to King Eurystheus.

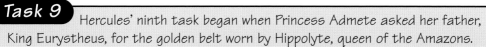

Hercules' ninth task began when Princess Admete asked her father, King Eurystheus, for the golden belt worn by Hippolyte, queen of the Amazons.

Father, I want to wear the golden belt.

I will send Hercules to get this belt for you.

Hercules will finish this task. You can't stop him now, Hera.

When Hercules and his men arrived in the land of the Amazons, they were warmly welcomed by Queen Hippolyte.

Welcome Hercules. How can I help you?

Great Queen, I would like to have your golden belt as a gift for Princess Admete.

Queen Hippolyte agreed to Hercules' request.

However, Hera was very angry that Hercules was about to finish another task. She disguised herself as an Amazon and spread stories that Hercules planned to kidnap Hippolyte.

Yes Amazons, it is true. Hercules will kidnap your queen unless you kill him first.

Hippolyte's warriors were very angry and attacked Hercules. During the battle, Hercules killed Hippolyte, and took her golden belt.

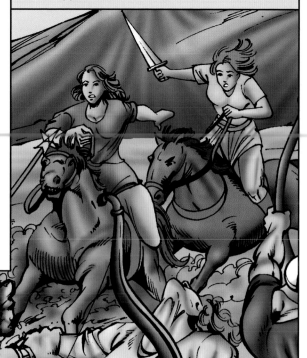

The gods have willed that Admete shall wear the golden belt, and I have completed my task.

Hercules sailed back to Greece and presented the golden belt to Princess Admete.

Fed up with Hercules' successes, King Eurystheus set him a much harder task. In the land of Tartessus, the three-headed monster, Geryon, kept a herd of precious red cattle. King Eurystheus demanded that Hercules kill Geryon, and bring the cattle back to him.

Hercules arrived at Tartessus and hurried on to fight Geryon. Before he even set eyes on Geryon, Hercules was attacked by the monster's man-eating dog.

I have fought far worse monsters than you, two-headed beast.

As soon as Hercules had killed the dogs, Geryon's herdsman attacked him. The fight was short and bloody.

Geryon roared with anger when he saw what Hercules had done. He stomped slowly towards Hercules. Before he could attack, Hercules shot and killed Geryon with one arrow. He rounded up the cattle and returned to King Eurystheus with them.

DEATH AND LIFE

Hercules was the strongest, most successful hero the gods had ever come across. The fact that he finished each task made Hera and Eurystheus angrier and angrier. So, Hercules' last two tasks were the most dangerous of all. Eurystheus hoped they would finally lead to the hero's death.

Task 11 For his eleventh task, Eurystheus cleverly sent Hercules on a mission that would deeply upset Hera. The king ordered Hercules to steal Hera's wedding present, the golden apples of Hesperides. The king hoped that Hera would be so angry that she would stop him. Hercules' first problem was getting to the tree. It was guarded by a huge 100-headed dragon called Ladon. Then he had to find a way to pick the apples from the tree. The only people who could pick the apples off were the Hesperides, the daughters of the Titan, Atlas.

Hercules offered to help Atlas, if Atlas helped him. He agreed, so Hercules took the Heavens from him. In return, Atlas told his daughters, the Hesperides, to pick the golden apples for him.

When they were finished, Atlas refused to take the Heavens back. So instead, Hercules asked Atlas to hold the Heavens while he got comfortable. Atlas agreed, and Hercules then escaped with the apples.

Furious that Hercules finished the eleventh task, King Eurystheus ordered the hero to bring him the monstrous three-headed dog, Cerberus. This dog guarded the Underworld. No mortal man had gone into the Underworld and come out again. So, Zeus sent the god Hermes to help Hercules. As soon as Hercules stepped into the Underworld, he was attacked by six evil and powerful women known as the Fates and Furies. They didn't want Hercules there. Using his strength and cleverness, Hercules escaped from them.

Hercules was then carried across the River Styx by the ghostly ferryman Charon.

Charon, you don't frighten me. Take me to kingdom of the underworld god, Hades.

Once in Hades' kingdom, Hercules asked his permission to take Cerberus. The god was friendly with Zeus and agreed.

Weapons couldn't defeat Cerberus, so Hercules battled the monster with his bare hands.

Cerberus, you are hard to fight, but I will defeat you.

After a long battle, he captured it alive.

Great King you are defeated. Here is the horrible Cerberus. Now I have finished my twelve labours and am free.

When Hercules took the huge dog to Eurystheus, the king ran away in terror.

Hercules was finally free. He left Tiryns to start a new life for himself. Before long Hercules had fallen in love and married a beautiful woman, Deianira.

It was the moment one of his old enemies, the centaur Nessus, had been waiting for. He attacked Deianira, determined to ruin Hercules' happiness. But the hero killed him.

Beautiful Deianira, I am free of the cruel Eurystheus at last. Will you marry me?

As he was dying, Nessus gave Deianira drops of his blood. He promised her it was a magical charm to keep Hercules loving her. After some years, Deianira became worried that Hercules wasn't in love with her any more. So she put some of Nessus' blood onto Hercules' tunic. But the blood was poison and when Hercules put it on the tunic burnt his flesh.

Hercules is losing interest in me.

Aaargh

The dying Hercules was laid on a burning funeral pyre. But Zeus sent his magical thunderbolts to save him.

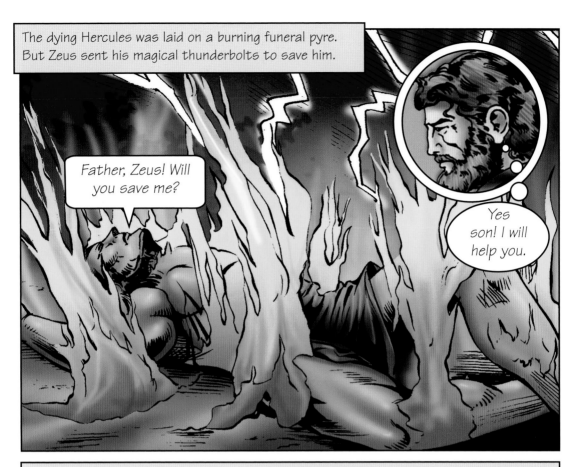

Hercules was taken from Earth on Zeus' chariot. The hero travelled to Mount Olympus, where Zeus made him immortal. Hera, realising that Hercules was not a threat to her, finally forgave him. Hercules lived a very contented, peaceful life with the other gods.

Amazons: *Mythical race of warrior women who lived without men in Scythia (southern Russia). Descended from the war god Ares, they lived by hunting, and were ruled by a queen.*

Apollo: *Son of Zeus and the Titaness Leto, and one of the immortal Olympian deities. He was the god of prophecy and music, and worshipped especially at Delphi.*

Ares: *Olympian god of war, son of Zeus and Hera.*

Artemis: *Goddess of hunting, twin sister of Apollo, and daughter of Zeus and the Titaness Leto. She roamed the wild mountains, brought fertility, and protected newborn children.*

Atlas: *A Titan, whose name means 'he who carries'. In Greek myth, Atlas supported the heavens, and was turned to stone when Perseus showed him Medusa's head.*

Bronze and Iron: *Ancient Greeks had no steel weapons. Bronze and iron were the two most useful metals, and feature often in the Greek myths.*

Cattle: *A sign of wealth in ancient Greece. Hercules' task of capturing Geryon's red cattle as one of his Twelve Labours, shows how much cattle were valued.*

Centaurs: *A race of creatures with the head, arms, and upper body of a man, and the lower body and legs of a horse. Apollo's grandchildren, they fought great battles with the Lapiths.*

Cerberus: *A great three-headed dog that guarded the Underworld. He ate those who tried to escape from Hades.*

Charon: *Bad tempered ghostly man who ferried the dead across the river Styx to the Underworld for one coin.*

Crete: *Largest and southernmost of the Greek islands, and home to the legendary Minotaur, a half-human, half-bull beast. Zeus was raised on Crete in a cave.*

Deianira: *Daughter of King Oenus, and Hercules' second wife. She unwittingly poisoned her husband and committed suicide in her grief.*

Delphi: *Home to the most famous Oracle in the Greek world, dedicated to the god Apollo. Delphi's priestess gave dreamy answers to questions about the meaning of events and the future.*

Funeral pyre: *A specially built bonfire on which the dead were laid and then burned as part of traditional Greek funeral rites.*

Hades: *God of the Underworld, and immortal brother of Zeus. He guarded the Titans and the dead who were imprisoned there as shadows of their former selves.*

Hesperides: *The seven daughters of Atlas and Hesperias. They guarded the golden apples that Hera had received as a wedding present.*

Hind: *Female deer. The golden hind was sacred to Artemis. Hercules hunted it for a year before capturing it.*

Hydra: *Water-serpent monster with nine heads that grew again if cut off. It was reared by Hera especially to attack Hercules.*

Horses: *A symbol of noble wealth in ancient Greece. They also represented tamed nature.*

Iolaus: *Hercules' nephew and charioteer, who helped the hero.*

King Minos: *Son of Zeus and the mortal woman Europa. He was ruler of Crete.*

Lapiths: *A legendary race of warriors from Thessaly in northern Greece. Their king, Ixion was the grandfather of the centaurs.*

Mount Olympus: *A snow-capped mountain in northern Greece traditionally regarded as the home of the Olympian gods.*

Nemean Lion: *Ordinary lions actually existed in ancient Greece. Like the Nemean lion, they attacked sheep and cattle.*

Oracles: *Temple-sanctuaries dedicated to the gods. By consulting them, the ancient Greeks believed they could discover the gods' will.*

Pilgrim: *Someone who travels to a place which has a special religious meaning, such as a temple.*

Revenge: *Getting your own back on someone who has harmed you, or for someone you care about.*

Tiryns: *Ancient city in southern Greece. Zeus intended Hercules to inherit it, but was outwitted by Hera, and Eurystheus became its king.*

Titans: *A race of gods who ruled the world before Zeus and his Olympian deities. They were giant creatures, the offspring of Uranus (Sky) and Gaia (Earth). Atlas is one of them.*

Underworld: *In ancient Greek myths, this is where the dead were held, under the earth.*

INDEX

MODE D'EMPLOI

Divisé en six parties, l'ouvrage s'organise par doubles pages.
Chaque double page fait le point sur un thème
et fonctionne de la façon suivante.

À gauche
Une page synthèse apporte toutes les
informations pour comprendre le sujet
de la double page.

À droite
Une page explication développe un
point particulier qui illustre et
complète la page de gauche.

Le menu aide à repérer
les six parties du livre.

Le titre annonce
le thème de la double page.

Le titre de la page de droite
met en lumière
un point particulier.

Quelques lignes d'introduction
présentent les principaux
éléments du sujet.

Les sous-titres permettent
de saisir l'essentiel
en un coup d'œil.

Le tableau donne
des informations chiffrées
actualisées.

L'encadré apporte des
précisions au texte.

3

LES GÉNÉRALITÉS

LE CURSUS SCOLAIRE

LES ACTEURS

LES ÉTABLISSEMENTS

LES ORGANISMES

LES PARTENAIRES

Le développement de la scolarisation

En France, la scolarisation des jeunes de 3 à 18 ans s'est construite en un siècle, à travers trois grandes étapes qui marquent chacune un allongement de la durée des études.

▬▬ 1914-1950 : la scolarisation des 6-12 ans

La première étape du développement de la scolarisation pour tous (1881-1914) a été tracée par Jules Ferry. Il a transformé la poussée de scolarisation de la première moitié du XIXᵉ siècle en un objectif de scolarisation des 6-12 ans en mettant en place des lois portant son nom. Ces lois ont rendu l'école primaire publique, laïque, gratuite et obligatoire et ont créé un diplôme de fin d'études : le Certificat d'études primaires.

▬▬ 1960-1980 : la scolarisation massive des 12-16 ans

☐ De la réforme Berthoin (ministre de l'Éducation de 1958 à 1959) qui institue, en 1959, la prolongation de la scolarité à 16 ans, à la réforme Fouchet (ministre de l'Éducation de 1962 à 1967) relative à l'organisation des collèges en trois filières (1963) jusqu'à la réforme Haby (ministre de l'Éducation de 1974 à 1978) qui installe le collège unique en 1975, il a fallu vingt ans pour faire accéder tous les 12-16 ans au premier cycle de l'enseignement secondaire. Dans le même temps on a vu la scolarisation massive des 3-6 ans dans les écoles maternelles.

☐ De cet effort a très vite découlé l'impérieuse nécessité de construire des établissements : 2 354 collèges furent construits de 1965 à 1975 (« un par jour », déclara Georges Pompidou).

▬▬ 1980-1990 : l'accession de la majorité des jeunes au baccalauréat

☐ L'accélération des mutations techniques a entraîné la mise en œuvre d'une troisième étape : celle de l'accession de la grande majorité des jeunes au niveau du baccalauréat avant que l'objectif précédent ait pu être réalisé.

Classe d'âge obtenant le baccalauréat	
1880 : 1 %	1989 : 36 %
1936 : 2,7 %	1995 : 63 %
1970 : 20 %	1998 : 61,5 %

☐ Cette volonté fut traduite dès 1984 par la formule « 80 % d'une classe d'âge au niveau du baccalauréat », formule reprise dans la loi d'orientation de 1989. Cette étape s'accomplit dans l'urgence puisque, entre 1984 et 1995, on est passé de 35 % d'une classe d'âge au niveau du baccalauréat à plus de 70 %.

☐ Dans le même temps, le baccalauréat s'est diversifié avec, à côté des voies générales et technologiques, la mise en place, au milieu des années 80, d'un baccalauréat professionnel.

▬▬ Une quatrième étape ?

La scolarisation dans le supérieur devient plus massive (en 1996, près de 50 % d'une classe d'âge atteint un niveau bac + 2) et plus longue (au-delà de 20 ans) qu'elle n'a jamais été. Ces faits ne sont pas sans poser à la société française de multiples questions concernant l'adéquation diplôme-emploi, l'âge d'entrée des jeunes dans la vie active, les procédures de sélection, etc.

VIE ET MORT D'UN DIPLÔME

■ Un sésame

Le certificat d'études a connu son âge d'or entre 1920 et 1950 et fut un vrai sésame pour la génération des plus de 50 ans.

La loi de 1882 sur l'enseignement primaire institue un certificat d'études primaires (CEP) décerné « après un examen public où pourront se présenter les enfants dès l'âge de 11 ans » (cet âge sera rapidement porté à 12 ans). Au début du XXe siècle, ce diplôme devient exigible pour tous les candidats à un emploi public.

Dans les années 20, la moitié seulement des enfants d'une génération est présentée au CEP. Seule contrainte : avoir 12 ans révolus au 31 décembre de l'année de l'examen.

■ Les épreuves

Le CEP comporte des épreuves écrites (une rédaction, une dictée accompagnée de questions, deux problèmes d'arithmétique ou de sciences, du dessin pour les garçons et de la couture pour les filles) et des épreuves orales (histoire-géographie ou sciences, lecture expressive suivie de questions, récitation, chant, calcul mental et gymnastique). Tous les sujets sont choisis par l'inspecteur d'académie et relèvent du programme du cours moyen des écoles primaires élémentaires.

■ Peu à peu tombé en désuétude

L'obligation scolaire élevée à 16 ans (en 1959) et la mise en place des collèges d'enseignement secondaire (en 1963) portent un rude coup au certificat d'études. Peu à peu, le rôle de cet examen va être concurrencé par le brevet d'études du premier cycle du second degré (BEPC), créé en 1947 et modifié en 1959 lorsqu'il

apparaît que près de 200 000 candidats y sont inscrits.

En 1980, le BEPC est transformé en brevet des collèges, décerné par un jury départemental. Il est attribué sur la base des résultats scolaires obtenus en cours de formation (4e et 3e) et de trois épreuves écrites en français, mathématiques et histoire-géographie.

■ Officiellement supprimé

Le « certif » est supprimé officiellement en 1990 ; il est remplacé par le certificat de formation générale ; dont l'obtention compte pour un certain nombre d'unités de valeur du certificat d'aptitude professionnelle (CAP).

Les diplômes changent, l'angoisse reste.

Le système éducatif français en chiffres

12 500 000 enfants fréquentent l'école de la maternelle au baccalauréat.

1 300 000 personnels y travaillent, dont plus de 800 000 enseignants (plus de 300 000 dans les écoles publiques, 40 000 dans le second degré public et 100 000 dans l'enseignement privé).

Les établissements se répartissent ainsi :
- 72 300 établissements publics ou privés,
- 60 850 écoles maternelles ou élémentaires,
- 6 900 collèges,
- 2 700 lycées d'enseignement général, technique ou d'enseignement polyvalent,
- 1 850 lycées professionnels.

La laïcité de l'école

En France, l'école est ouverte à tous les jeunes quelle que soit leur origine sociale, ethnique et religieuse. Elle doit être indépendante vis-à-vis de toutes les religions et de tous les groupes de pression. En parallèle et en vertu du principe de la liberté d'enseignement existe l'enseignement privé confessionnel.

La création de l'état civil

Le premier acte fondateur de la laïcité est la création de l'état civil à travers plusieurs textes adoptés entre 1789 et 1792. L'état civil signifie, dès la fin du XVIIIᵉ siècle, que l'église n'est plus le « passage obligé « pour les actes importants de la vie : les naissances, les mariages, les décès.

Le concordat de 1801

Le concordat napoléonien de 1801 ne revient pas sur la mise en place de l'état civil. Il considère que les Églises (et le « les » est important puisqu'il signifie que l'Église catholique n'est plus en situation de monopole mais doit partager ses prérogatives avec d'autres religions reconnues : les cultes protestants, le judaïsme) ont une « mission de service public » et que leurs desservants sont rémunérés par l'État.

L'école, un enjeu entre l'État et l'Église catholique

☐ Tout au long du XIXᵉ siècle, l'école va être un enjeu de plus en plus important entre l'État et l'Église catholique, au fur et à mesure que des besoins de scolarisation apparaissent. La loi déposée en juin 1849 par le ministre de l'Instruction publique et des Cultes, le comte de Falloux, et votée le 15 mars 1850 vise à imposer la mainmise de l'Église sur l'éducation primaire. Ce faisant, ses opposants, les républicains, n'en sont que plus décidés à se battre pour leurs valeurs : l'école laïque.

☐ En 1866, le pédagogue Jean Macé (1815-1894) fonde la Ligue de l'enseignement pour développer l'action en faveur d'une école publique laïque. Les lois Jules Ferry de 1881-1882 organisent l'école laïque, c'est-à-dire une école non sans Dieu, mais débarrassée de toute tutelle du clergé, ouverte à tous les enfants quelles que soient leurs croyances, et exerçant une action éducative. L'école primaire devient l'école de la République, c'est-à-dire un moyen d'apprentissage de la démocratie et le ciment de l'unité nationale. La loi Ferry de 1882 prévoit cependant un jour complet dans la semaine pour l'étude du catéchisme (au départ, le jeudi).

La séparation de l'Église et de l'État

La loi de décembre 1905 de séparation de l'Église et de l'État précise clairement que « l'État ne reconnaît, ne subventionne, ne salarie aucun culte ». Cela signifie que la France, État laïque, n'intervient dans aucun domaine religieux, ne régente pas les Églises et ne confère à ses actions, aucun caractère religieux.

Un État laïque

La séparation de l'Église et de l'État n'est sérieusement remise en cause que par le régime de Vichy. Les constitutions de 1946 et de 1958 réaffirment solennellement le caractère laïque de la République.

LA LOI FALLOUX

■ Une loi antirépublicaine

La loi Falloux a été votée en 1850, après la révolution de 1848, afin d'établir le contrôle de l'Église sur l'école, en vue de combattre les républicains.

■ Un siècle et demi après

Avec ses 85 articles, la loi Falloux, qui se voulait une loi définitive sur l'ensemble des problèmes de l'enseignement, eut une destinée assez extraordinaire puisque 146 ans après son vote, elle figure toujours dans le recueil des lois. En effet, elle n'a jamais été totalement abrogée... L'ensemble de ses articles s'applique toujours dans le Bas-Rhin, le Haut-Rhin et la Moselle, et 19 d'entre eux, qui ne concernent pas l'enseignement primaire, restent encore applicables.

C'est le cas notamment de l'article 69 du chapitre « Les établissements particuliers d'enseignement secondaire », qui vise à éviter que les communes, les départements ou l'État ne se dispersent dans le futur en finançant des établissements scolaires, notamment secondaires, alors que l'unique priorité au milieu du XIXe siècle est l'enseignement primaire. L'article précise que « les établissements libres peuvent obtenir des communes, des départements ou de l'État, un local et une subvention, sans que cette subvention puisse excéder le dixième des dépenses annuelles de l'établissement... »

■ Un frein aux constructions d'établissements privés

Cet article limite donc fortement les possibilités de subventions pour les constructions, reconstructions, gros entretien des bâtiments scolaires.

Au cours des 146 dernières années, une seule loi dans la législation française a amendé ce principe. Il s'agit de la loi Astier de 1919 qui, sans limitation, permet l'aide de l'État et des collectivités territoriales pour la construction, l'équipement d'établissements privés.

Mais pour l'enseignement général privé d'aujourd'hui, l'article 69 joue incontestablement un rôle de frein. Les législateurs de 1850, attachés au contrôle de l'Église sur l'enseignement primaire, n'ont pas prévu qu'à travers cet article ils allaient gêner le développement de l'enseignement catholique un siècle et demi plus tard.

C'est pourquoi, par un curieux retournement historique, le camp laïque se fait aujourd'hui le défenseur des articles de la loi Falloux que ses ancêtres ont vilipendé. L'essai tenté par le gouvernement, en décembre 1993, d'abroger le fameux article 69 s'est soldé par un échec à la suite des manifestations puissantes organisées par les organisations laïques.

Le comte de Falloux

Originaire du Maine-et-Loire, Frédéric Albert, comte de Falloux (1811-1886) est élu député royaliste légitimiste en 1845 et en 1848. Louis Napoléon Bonaparte, élu en décembre 1848, le nomme ministre de l'Instruction publique (1848-1849). C'est à ce poste qu'il rédige la loi qui porte son nom, favorisant l'influence du clergé et des congrégations religieuses sur l'enseignement. Cette loi sera votée sous son successeur, car il quitte son ministère en octobre 1849.

La laïcité aujourd'hui

Au moment où montent les intégrismes de toutes sortes, où se développent des sectes, la laïcité est plus que jamais d'actualité. Elle permet de ne pas mettre en cause la liberté d'expression, de conscience, de création, de diffusion au nom d'une religion. Elle exclut l'éclatement de la nation en communautés séparées.

Un lieu d'intégration

L'école est, par excellence, le lieu d'éducation et d'intégration où tous les enfants et tous les jeunes se retrouvent. À la porte de l'école doivent s'arrêter toutes les discriminations, qu'elles soient sexuelles, culturelles ou religieuses.

La laïcité des élèves

☐ Aux origines de l'école publique, les seules exigences déduites de la laïcité incombent aux maîtres et à eux seuls. C'est seulement dans les années 30 que des circulaires excluant les manifestations d'appartenance politique et religieuse apparaissent, pour éviter, surtout au plan politique, des affrontements entre les élèves des lycées.

☐ Les circulaires de décembre 1989 et de septembre 1991 indiquent que le port de signes religieux n'est pas en lui-même contraire à la laïcité. Deux limites sont alors posées concernant le port de tels signes :

– ils ne doivent pas avoir un caractère ostentatoire, revendicatif, ni participer d'un prosélytisme religieux ;

– ils ne doivent pas perturber les enseignements, ni conduire au non-respect de l'ensemble des obligations scolaires qui incombent aux élèves.

Les obligations de laïcité des enseignants

Les obligations de laïcité des enseignants s'inscrivent dans la logique des lois Ferry de 1881-1882, de la loi de séparation de l'Église et de l'État de 1905, et de l'arrêt Bouteyre de 1912, qui indique l'incompatibilité entre la qualité de religieux et celle d'enseignant du secteur public. La circulaire du 12 décembre 1989 les rappelle de façon très précises : « Dans l'exercice de leurs fonctions, du fait de l'exemple qu'ils donnent explicitement ou implicitement à leurs élèves, les enseignants doivent impérativement éviter toute marque distinctive de nature philosophique, religieuse et politique qui porte atteinte à la liberté de conscience des enfants ainsi qu'au rôle éducatif des familles. »

La laïcité n'est pas la neutralité

☐ Dès 1908, Jean Jaurès (1859-1914) s'oppose à ceux qui veulent identifier neutralité et laïcité en précisant, en substance, que c'est condamner l'école laïque à n'avoir ni doctrine, ni pensée, ni efficacité intellectuelle et morale.

☐ C'est dans cet esprit que les circulaires de 1989 assurent que l'école publique ne privilégie aucune doctrine, qu'elle ne s'interdit l'étude d'aucun champ du savoir. Elles rappellent que le devoir de l'école est de transmettre les connaissances et les méthodes permettant à l'élève d'exercer librement ses choix.

LES AFFAIRES DE FOULARD ISLAMIQUE

■ Une application délicate

Depuis la fin de l'année 1989, le débat à propos du « foulard islamique » replace la laïcité au premier plan des problèmes politiques, sociaux et juridiques contemporains.
Pour tout enseignant, tout chef d'établissement, un choix difficile s'impose entre, d'une part, le respect absolument nécessaire de la laïcité de l'école et le refus de tout signe distinctif rabaissant la femme et, d'autre part, le souci de ne pas laisser en dehors de l'école, espace de savoir, des élèves plus souvent victimes de leur environnement que coupables.

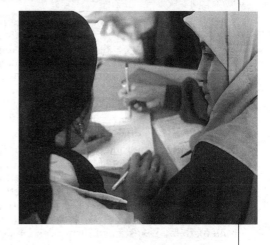

■ Les arrêts du Conseil d'État

Entre 1994 et 1996, le Conseil d'État a rappelé dans plusieurs arrêtés sa jurisprudence constante : « Le foulard ne serait être regardé comme un signe dont le port constituerait en lui-même un acte de pression ou de prosélytisme. »
L'interprétation par les juges du Conseil d'État de la circulaire de septembre 1994 est donc, lorsqu'ils annulent les exclusions d'élèves voilées, de considérer que trop de décisions d'exclusion ont été prises pour des questions d'opposition de principe au foulard et non en raison de troubles apportés à la marche de l'école.

■ Une nouvelle loi est-elle nécessaire ?

Ce n'est que par l'école républicaine que peut se construire l'idée française de nation. Ceci exclut l'éclatement en communautés séparées engagées dans une simple cœxistence.
Aussi, le ministre de l'Éducation nationale, en 1996, a considéré que si se développaient des incidents traduisant un accroissement de la discrimination, il n'exclurait pas de revoir le problème du foulard islamique par voie législative ou réglementaire en prenant contact avec les présidents des groupes de l'Assemblée nationale et du Sénat.

Pour un enseignement laïque de l'histoire des religions

Une école ne peut laisser à d'autres la formation à la connaissance de l'art religieux, ni l'approche historique et culturelle de la Bible, du Coran, des Évangiles, etc.
Car comment faire découvrir une cathédrale romane ou gothique à un élève de 5e s'il ne maîtrise pas un certain nombre de connaissances religieuses ? Cette méconnaissance, qui relève de l'inculture, est d'autant plus préoccupante chez les jeunes que, aujourd'hui, la dimension religieuse est souvent au cœur de nombreuses revendications nationalistes ou identitaires.
Mais doit-on enseigner l'histoire des religions, la mise en perspective des courants religieux ? Il faudrait peut-être évoquer la mise en œuvre, dans une démarche laïque, d'une « histoire des croyances et des incroyances » complétant les disciplines existantes sans créer une nouvelle matière d'enseignement.

| LES GÉNÉRALITÉS |
| LE CURSUS SCOLAIRE |
| LES ACTEURS |
| LES ÉTABLISSEMENTS |
| LES ORGANISMES |
| LES PARTENAIRES |

La gratuité

Le principe de gratuité permet à tous les jeunes, quelle que soit leur origine sociale, de fréquenter les établissements d'enseignement public, de la maternelle au baccalauréat, sans payer de frais de scolarité. Les familles doivent cependant régler diverses dépenses comme l'achat des fournitures, la cantine, etc.

▬▬ Les frais de scolarité

☐ La gratuité s'applique depuis 1881 pour l'école primaire et depuis 1945 pour le collège.

☐ Les manuels scolaires sont fournis gratuitement aux élèves en primaire et, depuis 1977, en collège. Les établissements achètent les livres, selon la décision des équipes pédagogiques, à l'aide des crédits attribués par l'État. En lycée, les manuels restent à la charge des familles, ce qui peut entraîner des difficultés pour les élèves de milieux défavorisés. Les fournitures à usage individuel sont également à la charge des familles.

☐ Les associations familiales ont calculé que le coût de la rentrée pouvait représenter de 1 600 F à 3 000 F suivant la classe ou la série suivie.

☐ Par ailleurs, les établissements peuvent demander aux familles des enveloppes, des timbres, l'achat d'un carnet de liaison entre l'élève, l'établissement et sa famille, etc. À ces frais peuvent s'ajouter des dépenses concernant :
– l'assurance scolaire, obligatoire pour toute sortie ou voyage collectif ;
– les transports scolaires, qui ne sont gratuits que dans certains départements ;
– la cantine, qui est une dépense de plus en plus lourde.

▬▬ Les aides financières

☐ *Les bourses* : le système actuel de versement des bourses aux familles en une seule fois, dès la rentrée, de l'aide à la scolarité par les caisses d'allocations familiales, aboutit à un effet pervers : les parents les plus démunis dépensent tout l'argent dès la rentrée et n'ont plus de quoi payer la cantine pour les trimestres suivants.

☐ En lycée, les bourses, versées par trimestre, sont attribuées sur la base des revenus familiaux à partir d'un barème comportant des points de charge (nombre d'enfants, situation familiale, etc.). À ces bourses peuvent s'ajouter des primes si l'élève accède à une classe de second cycle (première et terminale) et une prime d'équipement pour les élèves des sections industrielles.

☐ Dans le supérieur, les étudiants peuvent bénéficier de bourses d'études pour payer les droits d'inscription, fixés chaque année par le Parlement.

☐ *L'allocation de rentrée scolaire* : les caisses d'allocations familiales versent, sous condition de ressources, une allocation de rentrée scolaire pour tout enfant âgé de 6 à 18 ans. De 1 500 F en 1994 et 1995, elle est descendue à 1 000 F en 1996 et remontée à 1 600 F à la rentrée 1997. Pour quelques cas difficiles, les conseils généraux peuvent accorder des aides supplémentaires.

☐ *Le fonds social lycéen ou collégien* : depuis la rentrée 1991 dans les lycées, la rentrée 1994 dans les collèges, chaque établissement est doté d'une somme destinée à venir en aide aux élèves les plus démunis. Dans les lycées, les lycéens, par l'intermédiaire du conseil des délégués et d'une commission *ad hoc*, sont généralement associés à la gestion de ce fonds social.

LE FONCTIONNEMENT DES CANTINES

■ Dans les écoles primaires

Dans l'enseignement primaire, les cantines scolaires sont sous la responsabilité des municipalités. Elles peuvent fonctionner de différentes façons : soit en étant approvisionnées par une cuisine existant dans l'école, soit à partir d'une cuisine centrale appartenant à une ou plusieurs communes, soit par l'entremise d'une entreprise privée qui a passé un contrat avec la municipalité.

Dans la plupart des communes, le prix de la cantine des écoles maternelles et primaires est basé sur le principe du quotient familial. Chaque famille paye en fonction de son revenu.

■ Dans les collèges et lycées

Dans l'enseignement secondaire, c'est à chaque établissement d'assurer un service de cantine pour ses élèves. Le prix est fixé par le conseil d'administration de l'établissement et le principe du quotient familial ne s'applique pas.

■ La non-fréquentation des cantines : un problème social

Le rapport 1996 de l'inspection générale indique que c'est par le biais de l'alimentation et notamment de la fréquentation des cantines scolaires que se manifeste le plus l'inégalité sociale des élèves.

	Demi-pensionnaires
Ensemble des collèges publics	60,1 %
Collèges en ZEP urbaine	32 %
Collèges sensibles	22,3 %

Une enquête de la Direction de l'évaluation et de la prospective (DEP), parue dans le n° 40 (mars 1995) d'*Éducation et Formations*, indique que « la faible fré-quentation de la cantine apparaît bien comme un facteur aggravant des difficultés des élèves. Les raisons de cette non-fréquentation peuvent être d'ordre économique (famille nombreuse, coût du repas trop élevé, chômage) ou socioculturel (mère sans activité, nourriture non compatible avec la pratique religieuse) ».

■ Des initiatives départementales

Face à cette situation, un certain nombre de départements ont pris des initiatives. Le département du Val-de-Marne, par exemple, a mis en place en janvier 1990 une aide qui varie, selon les revenus et la composition des familles, de 600 F à 1 500 F. Elle représente un coût de 20 millions de francs pour le budget départemental et concerne 16 603 demi-pensionnaires, soit 58 % d'entre eux. Alors qu'en 1989, 44 % des collégiens de ce département fréquentaient la demi-pension, 54 % la fréquentent en 1995. Pourtant, l'écart reste encore important entre les deux collèges à moins de 20 % de demi-pensionnaires et les huit collèges à plus de 80 %…

Pour une cantine conviviale

LES GÉNÉRALITÉS
LE CURSUS SCOLAIRE
LES ACTEURS
LES ÉTABLISSEMENTS
LES ORGANISMES
LES PARTENAIRES

L'obligation scolaire

L'enseignement en France étant obligatoire entre 6 et 16 ans depuis l'ordonnance de 1959, tout jeune doit fréquenter un établissement scolaire, public ou privé, sous peine de sanction pénale pour les familles. Cette obligation concerne donc les écoles élémentaires et les collèges.

La vérification de l'obligation scolaire

☐ Dans le cadre de l'obligation scolaire, tout jeune peut être scolarisé dans un établissement public ou privé ; en cas d'impossibilité de scolarisation dans un établissement, il doit suivre un enseignement par correspondance en étant inscrit au Centre national d'enseignement à distance (CNED) ou, si l'accord en a été donné par les autorités académiques, être scolarisé dans le cadre de sa famille. L'État se réserve le droit de vérifier auprès des familles si la scolarisation s'effectue normalement.

☐ La loi Jules Ferry du 28 mars 1882 institue comme seuls motifs recevables d'absence : la maladie de l'enfant, le décès d'un membre de la famille, des empêchements résultant de la difficulté accidentelle des communications.

☐ Dans le cas de la scolarité non obligatoire, qui concerne tous les lycéens âgés de 16 ans et plus et les enfants fréquentant la maternelle, l'assiduité devient obligation par suite de l'inscription et de l'acceptation du règlement intérieur de l'établissement. La circulaire du 6 juin 1991 a précisé que l'inscription à l'école maternelle implique l'engagement pour la famille d'une fréquentation régulière.

☐ Par ailleurs, le Conseil d'État a rendu, le 14 avril 1995, deux décisions relatives à l'assiduité au regard d'un problème de liberté religieuse. Ces décisions rappellent notamment que l'article 10 de la loi de juillet 1989 consiste « pour les élèves, à se soumettre aux horaires d'enseignement définis par l'emploi du temps de l'établissement ; l'assiduité s'impose pour les enseignements obligatoires et pour les enseignements facultatifs dès lors que les élèves se sont inscrits à ces derniers ».

La scolarisation

☐ Les chiffres présentés dans le tableau concernent les élèves scolarisés dans les établissements sous tutelle du ministère de l'Éducation nationale et dans ceux qui dépendent d'autres ministères (Agriculture, Défense, Travail, Affaires sociales, etc.).

Taux de scolarisation	
3 ans : 99,5 %	16-18 ans : 92 %
4-5 ans : 100 %	19 ans : 73 %
6-16 ans : 100 %	16-25 ans : 52 %

☐ Selon les calculs de la Direction de l'évaluation et de la prospective (DEP), l'espérance de scolarisation pour un élève entrant en maternelle en 1995 atteint 18,7 ans ; c'est-à-dire qu'entré à l'école aux alentours de ses 3 ans, il n'en sortira en moyenne qu'à plus de 21 ans.

L'absentéisme, un mal chronique

Autrefois, on disait « faire l'école buissonnière » ou « sécher les cours », aujourd'hui on parle d'absentéisme. Celui-ci touche de 3 % à 4 % des lycéens, soit 70 000 jeunes. L'absentéisme reflète le malaise et le dysfonctionnement de certains établissements. C'est souvent un fidèle miroir de la bonne marche ou des ratés du système éducatif.

LE CENTRE NATIONAL
D'ENSEIGNEMENT À DISTANCE

■ Un organisme public et autonome

La population scolaire qui ne peut suivre une formation dans les établissements d'enseignement relevant des académies, que ce soient des familles en déplacement à l'étranger ou non sédentaires en France, doit avoir recours à l'enseignement par correspondance.

Cet enseignement à distance est organisé, en France, par un établissement public, doté de la personnalité civile et de l'autonomie financière, placé sous tutelle du ministère de l'Éducation nationale de l'Enseignement supérieur et de la Recherche : le Centre national d'enseignement à distance (CNED).

■ À la pointe des techniques les plus modernes

Implanté dans des locaux construit en 1993, sur le site du Futuroscope à Poitiers, le CNED est doté d'un réseau pédagogique de huit instituts, parmi lesquels on peut citer l'institut de Rouen, de Rennes ou de Toulouse. Un certain nombre d'enseignants titulaires de tous grades y sont affectés pour y effectuer leur service.

Les activités du CNED se sont considérablement développées ces dernières années à l'aide des techniques les plus récentes de l'information et de la communication. Ce centre produit ainsi plus de 120 heures d'émission en direct par an, transmises par satellite à un large réseau d'établissements scolaires.

Des cours de langues dites rares ont été mis en place à destination des élèves de lycée ou collège qui ne peuvent bénéficier de ces options dans leurs établissements. Ces cours se font notamment par visioconférence. Contacter par Minitel 3615 CNED pour obtenir des informations complémentaires.

Profitez de l'été pour préparer la rentrée

■ Un enseignement pour tous les niveaux de formation

Ce centre a pour mission de dispenser un enseignement par correspondance pour tous les niveaux de formation à destination de tous les élèves en France comme à l'étranger. Plus de 3 000 formations sont dispensées pour tous les niveaux de la scolarité obligatoire, enseignement supérieur, formation professionnelle continue, préparations aux concours de la fonction publique, pour le recrutement des enseignants ou des personnels des collectivités territoriales. Le CNED propose également des cours d'été permettant de préparer la rentrée pour chaque discipline de l'enseignement élémentaire ou secondaire.

Avec 400 000 inscriptions dont 80 % d'adultes, le CNED est le premier opérateur d'enseignement à distance en Europe et en Francophonie.

LES GÉNÉRALITÉS

LE CURSUS SCOLAIRE

LES ACTEURS

LES ÉTABLISSEMENTS

LES ORGANISMES

LES PARTENAIRES

La décentralisation

En matière d'éducation, la décentralisation consiste à déléguer des pouvoirs et des compétences, auparavant dévolus à l'État, à des assemblées élues ayant un budget et un exécutif propres : conseils municipaux pour les communes, conseils généraux pour les départements, conseils régionaux pour les régions.

▬▬ Des compétences partagées

☐ La décentralisation du système éducatif a été mise en place dans les années 80 à travers plusieurs lois fixant la répartition des compétences entre l'État et les collectivités territoriales, notamment les lois du 7 janvier 1983, du 22 juillet 1983 et du 25 janvier 1985. Cette décentralisation repose sur deux principes : le partage des compétences et le principe de subsidiarité.

☐ Si l'État a transféré aux collectivités territoriales ses compétences en matière de transport scolaire, de fonctionnement, d'entretien et de construction des établissements, il reste garant du recrutement, de la formation et de la gestion des personnels enseignants et arrête les orientations générales et les programmes. Une telle répartition a fait dire à certains élus : « Ils n'ont décentralisé que les murs. » La répartition de ces compétences est gérée selon le principe de subsidiarité. Plutôt que d'une répartition entre collectivités territoriales par type de compétences, il s'agit d'une répartition par niveau d'enseignement.

▬▬ À chaque niveau de responsabilité un niveau d'enseignement

☐ Il n'existe pas de financement croisé de plusieurs collectivités territoriales pour un établissement scolaire. À un niveau d'enseignement correspond un niveau de responsabilité : à la commune correspondent les écoles ; au département, les collèges ; à la région, les lycées.

☐ On peut toutefois noter que cette décentralisation s'est conjuguée avec le développement de la scolarisation en lycée et la mise en place de conseils régionaux élus. Ainsi, ce sont ces derniers qui ont principalement assumé les frais de construction des lycées neufs : 290 lycées construits entre 1987 et 1993 contre 60 seulement entre 1980 et 1986.

▬▬ Des dotations de l'État

☐ Pour compenser les compétences transférées, l'État a instauré deux dotations :
– la dotation régionale d'équipement scolaire (DRES), versée aux régions ;
– la dotation départementale d'équipement des collèges (DDEC), versée aux départements.

☐ Si ces dotations couvraient, en 1986, de 90 à 95 % des dépenses d'investissement scolaire, elles n'en couvrent plus, dix ans après, qu'environ 10 %.

☐ Pour permettre aux collectivités territoriales de faire face à certaines dépenses, notamment celles concernant la réfection des nombreux bâtiments en mauvais état, l'État a eu recours à des aides exceptionnelles versées aux régions et aux départements en 1990-1991 et en 1995.

RÉGIONS ET ACADÉMIES

Il est souvent difficile de faire coïncider les diverses cartes administratives de la France. La carte des académies de l'Éducation nationale et celle des régions n'échappent pas à la règle. Si, dans la plupart des cas, à chaque région correspond une académie, on relève quelques exceptions :
– la région Île-de-France compte trois académies : Paris, Créteil et Versailles ;
– la région Rhône-Alpes dénombre deux académies : Lyon et Grenoble ;
– la région Provence-Alpes-Côte d'Azur, a deux académies : Aix-Marseille et Nice ;
– la Réunion, la Guadeloupe, la Martinique, et la Guyane ont une académie spécifique.

Les académies de l'Éducation nationale

LES GÉNÉRALITÉS

LE CURSUS SCOLAIRE

LES ACTEURS

LES ÉTABLISSEMENTS

LES ORGANISMES

LES PARTENAIRES

La déconcentration

La déconcentration est un transfert de compétences du niveau ministériel à un autre niveau des services de l'État. Elle vise à éviter que les décisions soient prises exclusivement à Paris, mais qu'elles puissent l'être au plus près des demandes et des besoins du terrain.

Des décisions plus proches du terrain

☐ Si la décentralisation diminue le rôle de l'État en augmentant les pouvoirs des collectivités locales, la déconcentration vise à rendre plus efficace la politique de l'État en donnant les pouvoirs de décision à des fonctionnaires plus proches du terrain. La mise en place des lois de décentralisation en 1983 a accentué les mesures de déconcentration. Celles-ci ont touché tous les départements ministériels.

☐ Ainsi des décisions autrefois prises au niveau du ministère de l'Intérieur ou de réunions interministérielles nationales sont, dorénavant, sous l'entière responsabilité des préfets de région ou de département.

☐ Dans l'Éducation nationale, des décisions autrefois prises au niveau de l'État sont à présent prises au niveau du rectorat. Certaines, prises au niveau rectoral ou départemental, ont été décentrées au niveau du chef d'établissement.

Niveau	Assemblées	Représentants de l'État	Éducation nationale
État	– Assemblée nationale – Sénat	– Président de la République – Premier ministre et gouvernement	Ministre de l'Éducation nationale (éventuellement secrétaires d'État)
Région	Conseil régional	Préfet de région désigné en Conseil des ministres	Recteur désigné en Conseil des ministres
Département	Conseil général	Préfet désigné en Conseil des ministres	Inspecteur d'académie désigné par le ministre de l'Éducation nationale
Commune	Conseil municipal	Préfet	– Inspecteur de l'Éducation nationale – Chef d'établissement : proviseur ou principal (représentant de l'État et exécutif de son CA)

Des services centraux moins concentrés à Paris

☐ La déconcentration se traduit également par la délocalisation de services, installés à proximité du ministère à Paris, dans des villes de province afin d'éviter une concentration des pouvoirs et des administrations dans la capitale.

☐ La gestion des personnels est en voie de déconcentration. Ainsi, les professeurs d'école sont recrutés au niveau académique et gérés départementalement mais les professeurs certifiés et agrégés voient leur recrutement et leurs mutations gérés nationalement.

DÉCONCENTRATION ET DÉLOCALISATION

■ Définition

La déconcentration (diminution des pouvoirs du ministère parisien au profit des échelons inférieurs) s'accompagne, souvent symboliquement, du départ d'un certain nombre de services ou d'établissements publics liés au ministère dans des villes de province : c'est ce qu'on appelle la délocalisation.

■ Faut-il plus déconcentrer ?

Ces dernières années, de nombreux rapports, notamment celui de la Commission de réflexion sur l'école présidée par Roger Fauroux, ont réclamé l'accroissement de la déconcentration en s'attaquant à la lourdeur du fonctionnement de l'administration centrale et en proposant de renverser la pyramide des décisions, en faisant d'un établissement scolaire véritablement autonome l'échelon décisif du système éducatif.

La qualité d'un proviseur ou d'un principal déterminant largement celle du lycée ou du collège, est-il possible d'accroître de manière importante les pouvoirs du chef d'établissement ? Peut-on proposer que les établissements se voient dotés d'une autonomie budgétaire réelle et puissent, dans une certaine limite, modifier les programmes et les horaires des classes en fonction des besoins locaux ? Peut-on généraliser l'usage des postes « à profil » (actuellement, 12 % des postes) où les chefs d'établissement et les équipes enseignantes seraient associés à la définition des postes et à la nomination des personnels ? Autant de questions qui montrent combien est étroite la marge entre l'accroissement de l'autonomie d'un établissement et le risque de voir éclater le cadre national du service public de l'enseignement.

**Un procédé multimédia très en vogue :
la visioconférence**

■ Un exemple de délocalisation réussie

Installé auparavant à Vanves, dans les Hauts-de-Seine, le Centre national d'enseignement à distance (CNED) a été délocalisé au début des années 90 à Poitiers, en plein cœur d'un site consacré aux technologies nouvelles et à l'image : le parc du Futuroscope.

En 1997 devrait s'y installer l'École supérieure des personnels d'encadrement du ministère de l'Éducation nationale (Espemen) qui a pour mission d'assurer la formation initiale des cadres de l'Éducation nationale.

Cette délocalisation a permis au CNED de développer un équipement multimédia grâce auquel il assure des visioconférences en liaison avec 120 sites répartis en France. Il est aussi en liaison avec certains de ses centres annexes implantés dans d'autres villes comme Toulouse ou Rennes.

Ceux qui souhaitent suivre les cours par correspondance s'inscrivent auprès du centre de Poitiers ou d'un autre centre et reçoivent les documents écrits ou audiovisuels constituant le cours. Minitel : 36 15 CNED (1,01 F la minute).

La loi d'orientation

La loi d'orientation a souhaité revaloriser les personnels de l'Éducation nationale, notamment à travers les recrutements. Elle a créé le CSE, fondé les IUFM, proposé la scolarité en cycles... En contrepartie elle a fixé une obligation de résultats et des objectifs précis et chiffrés de qualification minimale pour tous les jeunes.

■■■■■ Des objectifs pédagogiques

□ La loi d'orientation votée le 10 juillet 1989 est plus une loi d'aboutissement après une dizaine d'années de mutation du système éducatif qu'une loi de mise en œuvre. Présentée à l'initiative de Lionel Jospin, alors ministre de l'Éducation nationale, la loi d'orientation comporte 36 articles et un rapport annexé comprenant des objectifs chiffrés et des recommandations pédagogiques.

□ Les lois précédentes concernant l'éducation étaient des cadres institutionnels. La loi d'orientation rompt avec cette tradition. Elle prend acte des décisions déjà mises en œuvre depuis plusieurs années à travers les circulaires. Dorénavant, avec la loi et son rapport annexé, un certain nombre d'objectifs pédagogiques sont du domaine du législatif et non de la responsabilité individuelle de l'enseignant (travail en équipe, projet d'établissement, travail autonome de l'élève, pédagogie de contrat...).

□ La décision de présenter cette loi est liée à la négociation par le ministère de l'Éducation nationale de mesures de revalorisation en faveur de ses personnels. Cette revalorisation s'est traduite notamment par le recrutement des instituteurs devenus des professeurs des écoles, au niveau de la licence, par la création d'indemnités spécifiques pour le second degré, par l'accélération du début de la carrière des enseignants et la création de la hors-classe. Elle n'est quasiment pas évoquée dans la loi d'orientation puisqu'elle a fait l'objet d'un relevé de conclusions signé par le ministre et les principales organisations syndicales.

■■■■■ Les principales innovations

La loi d'orientation met en place un conseil national des programmes, laisse au chef d'établissement la décision finale quant à l'orientation de l'élève, institue un Conseil supérieur de l'éducation (CSE), fonde les instituts universitaires de formation des maîtres (IUFM), crée un conseil de délégués d'élèves en lycée et, dernière innovation et non des moindres, propose d'organiser la scolarité en cycles.

■■■■■ Une obligation de résultats

□ La loi d'orientation de 1989 fixe au système éducatif une obligation de résultats : dix ans pour que toute la classe d'âge acquiert un niveau de qualification CAP ou BEP au minimum, et pour que quatre élèves sur cinq poursuivent jusqu'au niveau baccalauréat.

□ Cet objectif, comme les statistiques le montrent, est en passe d'être atteint. Mais devant un tel défi une question se pose : peut-on, en accroissant aussi rapidement le nombre d'élèves arrivant à un certain niveau, répondre à la fois aux exigences de quantité et de qualité ?

LES DIVERS TEXTES RÉGLEMENTAIRES

■ **Cinq catégories de textes**

Indépendamment des traités internationaux, des conventions internationales (comme la Convention des droits de l'enfant), des textes adoptés par l'Union européenne et de la Constitution française, les textes concernant le système éducatif peuvent être, par ordre hiérarchique, des lois, des décrets, des arrêtés, des circulaires et des notes de service.

■ **Les lois**

Les *lois* sont proposées par le gouvernement ou par des parlementaires, votées par l'Assemblée nationale et le Sénat. Elles comprennent un ensemble d'articles auquel peuvent s'adjoindre un préambule ou un rapport annexé.

Les parlementaires amendent et votent les articles de la loi. Les autres documents publiés avec la loi servent de base à la rédaction des textes d'application. En cas de désaccord entre les deux assemblées, c'est l'Assemblée nationale qui a le dernier mot pour le vote de la loi. Soixante parlementaires peuvent déférer une loi votée auprès du Conseil constitutionnel pour en vérifier la « constitutionnalité ». Les articles jugés « non constitutionnels » sont annulés par ledit conseil.

■ **Les décrets**

Les *décrets* sont pris en application des articles d'une loi. Ils sont le plus souvent soumis à l'avis du Conseil d'État qui en vérifie la conformité. L'article d'une loi qui n'a pas fait l'objet d'un décret d'application n'est pas mis en œuvre. C'est le cas de l'article 16 de la loi d'orientation de 1989 : « Un plan de recrutement des personnels est publié chaque année par le ministre de l'Éducation nationale. Il couvre une période de cinq ans et est révisable annuellement. » Cet article prévoyant un plan de recrutement sur cinq ans, bien que voté par les deux assemblées et publié avec le reste de la loi dans le *Journal officiel*, n'a jamais reçu le moindre début d'application puisque aucun décret prévoyant les conditions de sa mise en œuvre n'a été publié.

Les décrets d'application d'une loi sont généralement présentés au Conseil d'État avant publication. Celui-ci examine la compatibilité du décret avec le texte de la loi concernée, mais aussi avec les autres lois existantes. C'est ainsi qu'en janvier 1991, sur le décret « Droits et obligations des élèves », le Conseil d'État avait jugé que le texte ne pouvait être en contradiction avec les lois concernant, par exemple, la liberté de la presse ou la liberté d'association puisque celles-ci s'exercent dans l'espace public qu'est un établissement scolaire.

■ **Arrêtés, circulaires et autres notes**

Les *arrêtés* sont pris en application des décrets et concernent, notamment, des textes devant être périodiquement revus (calendrier scolaire, programmes, horaires, etc.).

Les *circulaires* précisent le contenu des lois, décrets et arrêtés.

Les *notes de service* sont rédigées par tel ou tel service ministériel.

Tous les textes concernant le système éducatif sont présentés pour avis au Conseil supérieur de l'éducation (CSE). De façon générale une disposition figurant dans un texte ne peut être contradictoire avec une disposition figurant dans un texte de statut hiérarchique supérieur. Ainsi, une circulaire ne peut contredire le texte d'un arrêté, d'un décret ou d'une loi. Au cas où il apparaîtrait à une personne concernée que ce principe n'est pas respecté, elle peut saisir le tribunal administratif pour faire prévaloir le droit.

LES GÉNÉRALITÉS

LE CURSUS SCOLAIRE

LES ACTEURS

LES ÉTABLISSEMENTS

LES ORGANISMES

LES PARTENAIRES

Les chantiers du ministère

Le ministère de l'Éducation nationale a ouvert un certain nombre de chantiers de réflexion, devant aboutir à des réformes de fond sur la période 1998-2000. Les chantiers ouverts visent à adapter le système éducatif de la maternelle à l'université.

L'école primaire

Le 28 août 1998, une charte programmatique concernant les programmes et les rythmes scolaires, intitulée «Bâtir l'école du XXIe siècle», a été présentée et soumise à l'expérimentation dans 2000 écoles. Ces expérimentations concernent les programmes, les rythmes scolaires et les métiers d'enseignants.

Le lycée

En janvier 1998, un questionnaire a été diffusé auprès des élèves, des enseignants et des établissements sur le thème «Quels savoirs enseigner dans les lycées?». Le ministère a retenu en juin 1998 »Dix exigences indissociables». Ces exigences comprennent notamment, la réduction des horaires, l'allègement des programmes et la mise en place, pour tous les lycéens, d'un enseignement d'éducation civique, social, juridique et politique.

La déconcentration

Elle doit revêtir deux formes:
– une modification du mouvement de mutation des enseignants du second degré, qui décentralisé, va devenir un mouvement déconcentré;
– une déconcentration des rectorats, avec la création de nouvelles structures (districts, bassins de formation) permettant une prise de décision plus près du terrain. Six rectorats doivent expérimenter ce découpage.

Le développement des emplois d'aide-éducateur

40000 emplois jeunes d'aide-éducateurs ont été créés en 1997-1998. 20000 doivent l'être en 1998-1999. Ces employés d'aide-éducateurs dans les collèges et lycées encadreront des activités sportives, culturelles, ou des études dirigées.

Le plan «technologies nouvelles»

82% des lycées et 60% des collèges sont équipés en informatique. Il reste à définir un plan cohérent de formation des personnels et à réfléchir à une utilisation adéquate de l'informatique avec les programmes des différentes disciplines.

D'autres dossiers ouverts

☐ Le collège: au printemps 1998, un «audit» a été réalisé par une équipe de chercheurs. Une évaluation de la réforme Bayrou aura lieu en 1998-1999.
☐ L'enseignement supérieur: le rapport Attali a dressé un constat accablant du système universitaire français. Il propose un nouveau découpage licence, maîtrise, doctorat, basé sur des paliers atteint en 3, 5 ou 8 ans.
☐ Enfin, un plan de refonte et de relance des zones d'éducation prioritaires doit s'articuler avec des mesures de lutte contre l'illettrisme et des aides spécifiques pour les élèves qui sortent du système éducatif sans qualification.

DE LA NÉCESSITÉ DE RÉFORMER L'ÉCOLE ?

■ Les défis

L'école française doit digérer l'augmentation considérable des effectifs des dix dernières années. Pour ce faire, elle a deux solutions : soit elle adapte à tous les jeunes ce qui était jusqu'à présent réservé à une minorité ; soit elle réforme profondément ses missions, ses structures, voire le contenu de ses programmes. Ce qui n'est pas un mince défi puisque le but est de réduire l'échec persistant d'une centaine de milliers d'élèves, d'arriver à mieux définir le rôle du collège pour renforcer la relation entre le monde économique et l'école, d'assouplir les rigidités du système éducatif tout en maintenant l'égalité des chances, etc. Comment, en un mot, donner du sens à une école sans laquelle la réussite scolaire n'est plus la garantie absolue d'obtenir un emploi qualifié même si elle reste une nécessité incontournable ?

■ Les réponses

Deux conceptions pour résoudre ces défis s'opposent :
– celle qui préconise une réforme générale pour débloquer la situation. C'est ce que sous-tendait la proposition d'un référendum sur l'éducation ;
– celle qui regroupe les adeptes d'une mutation progressive associant tous les partenaires concernés.

■ Refuser « les impatients »

Dans le cadre du « nouveau contrat pour l'école », François Bayrou s'est résolument situé dans le cadre de la seconde option, notamment lorsqu'il a affirmé sa volonté de refuser une réforme construite dans le secret feutré des cabinets ministériels, sans vérification de la pertinence ou de la validité des mesures proposées. Il a notamment mis en cause, dans un texte publié dans la *Lettre de l'Éducation* en novembre 1996, les impatients qui croient que le système éducatif peut être rénové en quelques semaines et leur a opposé la phrase de Vaclav Havel : « Ils sont comme ces enfants, qui, pour faire pousser les arbres plus vite, tirent sur leurs feuilles. »

Panneau publicitaire d'une campagne du Conseil général de l'Essonne

■ « La dynamique du diplodocus »

Quatre ans auparavant, Antoine Prost, dans « La dynamique du diplodocus » (article publié en septembre 1992), parlait déjà des rythmes de la réforme : « On répète que l'Éducation nationale est la seconde entreprise du monde après l'Armée rouge, et peut-être aujourd'hui la première. Son gigantisme ferait d'elle un monstre incapable de changer rapidement. Un grand reptile de l'ère Secondaire, en quelque sorte... »
Toute tentative pour réformer l'enseignement suscite de fortes résistances, mais, à tout prendre, elles sont plutôt moins fortes que dans d'autres secteurs, car quelle profession accepte de bon gré les mutations qu'impose l'évolution sociale ?

LES GÉNÉRALITÉS

LE CURSUS SCOLAIRE

LES ACTEURS

LES ÉTABLISSEMENTS

LES ORGANISMES

LES PARTENAIRES

L'enseignement privé

L'enseignement privé représente environ 17 % de l'ensemble des élèves scolarisés dans le premier et le second degrés. Il concerne plus de 2 millions d'élèves, 800 000 familles et 110 000 enseignants. Sa longue histoire fut traversée par nombre de querelles avec l'État et l'école laïque.

La liberté de l'enseignement

☐ Les lois Jules Ferry instituant l'école primaire, publique, laïque, gratuite et obligatoire n'ont pas remis en cause le principe de liberté de l'enseignement. Ce dernier est garanti, en France, par la Constitution.

☐ L'enseignement privé, essentiellement catholique, a été mis à mal par les lois de 1901, 1904 et 1905 qui ont laïcisé un certain nombre d'établissements gérés par les congrégations catholiques. Un enseignement privé catholique va subsister dans un certain nombre de régions (nord de la France, Ouest, sud du Massif central), où bien des villages et des familles seront déchirés entre ceux qui fréquentent « la laïque » et ceux qui fréquentent l'école « libre ».

La loi Debré

☐ Après la Seconde Guerre mondiale, avec l'accroissement de la scolarisation, notamment dans l'enseignement secondaire, la question de l'association des établissements privés au service public de l'Éducation nationale est posée. Elle revêt deux formes : l'intégration pure et simple, que revendique le camp dit « laïque » et le conventionnement avec l'État.

☐ La loi Debré du 31 décembre 1959 a pour objectif de rapprocher l'enseignement public et l'enseignement privé tout en concédant des avantages au privé en échange de contreparties. Elle pose le principe du financement public du privé à condition de pouvoir exercer un contrôle. L'instrument de ce contrôle est le contrat d'association qui réunit l'établissement privé au service public. Les lois du 1er juin 1971 et du 25 novembre 1977 ont modifié celui-ci dans un sens nettement favorable à l'enseignement privé.

Le projet Savary

Ce projet (1984) comporte notamment un processus d'intégration des établissements privés dans des structures de gestion communes avec les établissements publics et l'obtention du statut de fonctionnaire pour les maîtres du privé. Il provoque l'opposition résolue des partisans de l'enseignement privé et aboutit à une manifestation d'un million de participants le 24 juin 1984 à Paris. Devant cette opposition, le président de la République retire le texte.

L'apaisement des querelles

Dès lors, la politique est à l'apaisement. Le gouvernement se contente d'adopter les textes réglementaires à la nouvelle donne des lois de décentralisation. Il aligne, en 1993, le recrutement et la formation des maîtres de l'enseignement privé sur ceux des enseignants du public en créant le certificat d'aptitude aux fonctions d'enseignant du privé (Cafep) avec les mêmes épreuves, les mêmes jurys et les mêmes préparations en IUFM que pour le Capes.

LE CONTRAT D'ASSOCIATION

■ Définition

Le contrat d'association prévu par la loi Debré en 1959 signifie que l'école privée est associée au service public de l'Éducation nationale. L'État prend en charge la rémunération des maîtres et les dépenses de fonctionnement. La gestion est assurée par une association propriétaire ou locataire des locaux. Dans le cas des écoles catholiques, le gestionnaire est l'Organisme de gestion des écoles catholiques (Ogec). La presque totalité (94 %) des établissements privés sont sous contrat d'association. Les autres sont dits « hors contrat ».

■ Les conditions

Le contrat d'association repose sur des conditions précises :
– un délai de fonctionnement de l'établissement : celui-ci doit fonctionner depuis cinq ans ; ce délai peut être ramené à un an pour les établissements implantés dans les quartiers nouveaux des zones urbaines comprenant au moins 300 logements neufs ;
– les maîtres ont les titres exigés pour les emplois correspondants de l'enseignement public ;
– les locaux doivent remplir des conditions de parfaite salubrité ;
– le besoin scolaire doit être reconnu ;
– le respect de l'article premier de la loi Debré, qui dit que « l'établissement, tout en conservant son caractère propre, doit donner son enseignement dans le respect total de la liberté de conscience. Tous les enfants, sans distinction d'origine, d'opinions ou de croyance, y ont accès ».
Le contrat est signé entre le directeur de l'établissement d'enseignement privé, la personne responsable de la gestion de cet établissement et le préfet.
Il n'y a pas de possibilité de rupture du contrat d'un maître de l'enseignement privé sans l'accord des autorités académiques, après avis des commissions consultatives mixtes réunissant représentants du personnel, représentants des employeurs du privé, administration de l'Éducation nationale.

Manifestation du 24 juin 1984 des partisans de l'école libre à Versailles

Les structures représentatives

L'enseignement privé s'est doté de structures représentatives très efficaces :
– une association de parents d'élèves en situation de quasi-monopole : l'Union nationale des parents d'élèves de l'enseignement libre (Unapel) ;
– un Comité national de l'enseignement catholique (CNEC), regroupant toutes les structures et les institutions de l'enseignement catholique et présidé par le secrétaire général de l'enseignement catholique, nommé par l'épiscopat français ;
– l'Association parlementaire pour la liberté de l'enseignement (Apel), qui multiplie les interventions en faveur de l'enseignement privé.

LES GÉNÉRALITÉS

LE CURSUS SCOLAIRE

LES ACTEURS

LES ÉTABLISSEMENTS

LES ORGANISMES

LES PARTENAIRES

Les établissements d'enseignement privé

Si les établissements d'enseignement privé jouissent toujours d'une réputation de sérieux parmi les parents, ils cherchent de plus en plus à se définir par un projet pédagogique précis.

Les règles de fonctionnement

☐ L'enseignement est assuré par un corps professoral nommé par les autorités rectorales sur proposition du chef d'établissement, qui assume la responsabilité de l'établissement et de la vie scolaire. Le chef d'établissement constitue donc son équipe en harmonie avec le projet éducatif de l'école. Il conserve un pouvoir de supérieur pédagogique sur le corps enseignant recruté depuis 1994 par le concours du Cafep.

☐ L'enseignement dispensé est apprécié par l'autorité académique, qui consulte le directeur de l'établissement. Les classes sous contrat d'association doivent respecter les programmes et les règles générales appliquées dans l'enseignement public en matière d'horaires, sauf dérogation accordée par le recteur en considération de l'intérêt présenté par une expérience pédagogique.

☐ L'État rémunère les maîtres et prend en charge les dépenses de fonctionnement des classes sous contrat d'association, sous la forme d'une contribution forfaitaire versée par élève et par an et calculée selon les mêmes critères que pour les classes correspondantes de l'enseignement public, c'est le forfait d'externat.

L'enseignement catholique

☐ En 1992, l'enseignement catholique a rénové ses statuts pour réaffirmer la prééminence de l'évêque, maître de son diocèse. Ce dernier a décentralisé le comité national de l'enseignement catholique en mettant en place des comités académiques travaillant avec les comités diocésains de l'enseignement catholique (Codiec).

☐ En mai 1996, l'Unapel a adopté une nouvelle « charte éducative » centrée sur le projet personnel des jeunes. Ce document est un appel à la responsabilité des familles, des communautés éducatives et des collectivités publiques. Il marque également l'ancrage sur « des valeurs chrétiennes d'autant plus clairement identifiées que l'acte d'enseigner est de moins en moins différencié ».

☐ C'est un défi difficile que de concilier ce rôle missionnaire de l'enseignement catholique et l'obligation faite par l'article 1 de la loi Debré de 1959.

Quelques chiffres

☐ 93 % des établissements privés et 98 % des établissements privés sous contrat sont gérés par l'enseignement catholique, une cinquantaine sont israélites, une dizaine protestants. Il existe également un certain nombre d'écoles privées laïques, regroupées en une Fédération nationale des écoles privées laïques.

☐ Aujourd'hui, l'enseignement privé regroupe 5 894 écoles maternelles et primaires, 1 782 collèges, 1 205 lycées et 673 lycées professionnels, qui accueillent 891 000 élèves dans le premier degré et 1 133 000 dans le second degré. 42 750 enseignants s'occupent des élèves de maternelle et de primaire et 90 340 professeurs instruisent dans le second degré.

LES RAISONS DES FAMILLES QUI SCOLARISENT DANS LE PRIVÉ

■ Le choix des familles

L'enseignement privé reste soumis à chaque rentrée aux aléas du choix des familles. On constate, pour simplifier, deux types de clientèle :
– une clientèle « stable », motivée par des raisons religieuses ;
– une clientèle de « zappeurs », circulant entre enseignement public et privé, guidée par des stratégies de consumérisme scolaire.

■ La clientèle « stable »

La clientèle stable est celle qui exerce réellement un choix d'école. Selon une étude de l'Insee de mai 1996, 20 % des familles françaises développent de véritables stratégies de recherche d'un établissement : 10 % dans le public, 10 % dans le privé. Le lien entre le choix de l'école privée et le degré d'implication dans la religion est fort : « Les ménages pratiquants font ce choix quatre fois plus souvent que les ménages indifférents à la religion. » Indépendamment des motivations religieuses, l'ambition des parents reste un ressort majeur du recours à l'enseignement privé.

Néanmoins, depuis plusieurs années, le privé catholique perd des bastions sous l'effet du déclin démographique dans les zones rurales. Cette évolution oblige à procéder à des mesures de redéploiement de ses écoles et de ses petits collèges.

■ Les « zappeurs »

Les zappeurs sont ceux qui considèrent l'enseignement privé comme un « lieu de passage » entre deux scolarisations dans le public. De 1989 à 1995, chaque année, les flux public-privé et privé-public représentent plus de 250 000 élèves, et

9 % environ des effectifs du privé partent vers le public. Les motivations ne sont pas d'ordre confessionnel. Le transfert du public au privé y apparaît comme un recours en cas d'échec ou comme élément de stratégie scolaire des familles. On remarque, par exemple, que des élèves quittent le plus souvent le privé, avant le baccalauréat, pour passer ce diplôme dans un « bon » lycée public afin de postuler à une classe préparatoire.

Si chaque année, 17 % des élèves sont scolarisés dans le privé, 37 % d'une génération d'élèves a au moins passé un an de sa scolarité dans le privé.

■ Une différenciation sociale avec l'enseignement public

L'enseignement privé se différencie socialement de l'enseignement public. On remarque, par exemple, que le pourcentage d'élèves d'origine étrangère est beaucoup plus important dans le public (10 %) que dans le privé (2 %), que les sections d'éducation spécialisée (SES – Segpa) sont implantées presque exclusivement dans les établissements publics, qui accueillent 97,4 % de la population concernée. Par ailleurs, on a constaté depuis longtemps que les enfants de chefs d'entreprise et des professions libérales fréquentent plus que la moyenne l'enseignement privé, et que ces deux catégories gèrent les choix d'école les plus « actifs » (c'est-à-dire pour des raisons autres que la proximité).

Les responsables de l'enseignement catholique se demandent comment gérer une situation qui risque d'entraîner un écartèlement entre un consumérisme scolaire touchant l'enseignement privé et la volonté de l'enseignement catholique de maintenir son projet chrétien.

LES GÉNÉRALITÉS

LE CURSUS SCOLAIRE

LES ACTEURS

LES ÉTABLISSEMENTS

LES ORGANISMES

LES PARTENAIRES

Le financement de l'Éducation nationale

En France, l'essentiel du financement de l'Éducation nationale provient du budget de l'État ou des collectivités territoriales, beaucoup plus que des entreprises.

▬▬ La part des dépenses d'éducation

Les dépenses de formation représentent 6,2 % du produit intérieur brut. La France occupe, de ce point de vue, une position moyenne entre le Danemark (7,8 %) et le Japon (4,8 %). En revanche, la proportion de la dépense d'éducation financée par des fonds publics (État, collectivités territoriales, etc.) y est la plus importante. Cette proportion est de 91,2 % ; elle n'est que de 78,6 % au Danemark, de 75 % aux États-Unis ; mais, en comparaison avec le reste de l'Europe, la part payée par les entreprises françaises est très faible.

▬▬ Le coût d'un élève

☐ En France, un élève coûte moins cher que dans la plupart des autres pays. De 1975 à 1994, la dépense moyenne par élève du premier degré a augmenté de 60 % (21 600 F en 1994), celle consacrée à un élève du second degré de 49 % (40 800 F en 1994), celle consentie à un étudiant de l'enseignement supérieur d'un peu moins de 10 % (43 700 F en 1994).

☐ En 1994, la France a consacré 86,5 milliards à l'enseignement supérieur. Cette dépense a augmenté de 4,2 % par an, soit un taux supérieur à celui de la dépense intérieure d'éducation (2,2 %).

☐ Au niveau international, la France se situe :

– pour le second degré, dans le groupe des pays où la dépense moyenne est élevée ;

– pour l'enseignement supérieur, parmi les pays dont les dépenses sont les plus faibles ;

– pour le premier degré, en position intermédiaire.

☐ Sur l'ensemble de ces chiffres, la dépense globale d'éducation du ministère de l'Éducation représente 304,9 milliards de francs, soit 56,7 % de la dépense allouée à l'éducation. En 1994, les dépenses du ministère retrouvent, par rapport aux dépenses du budget de l'État, la même part qu'elles occupaient en 1975 avant les lois de décentralisation, soit 20,8 %.

▬▬ La dépense intérieure d'éducation

Elle représente toutes les dépenses effectuées pour les activités d'éducation : activités d'enseignement scolaire et extrascolaire de tous niveaux, activités visant à organiser le système éducatif (administration générale, orientation, documentation pédagogique et recherche sur l'éducation), activités destinées à faciliter la fréquentation scolaire (cantines, internats, médecine scolaire, transports) et dépenses demandées par les institutions (fournitures, livres, habillement). Entre 1975 et 1982 la part de la dépense du supérieur dans la dépense intérieure d'éducation a régulièrement diminué, passant de 13,6 à 13 %. En 1995, la dépense intérieure d'éducation représente 588 milliards de francs. Cette croissance a sensiblement été égale à l'augmentation des effectifs.

LA DÉPENSE POUR L'ÉDUCATION

■ La part de chacun

Ce tableau montre que, depuis les lois de décentralisation, la part de l'État a diminué tandis que celles des collectivités locales et des administrations publiques augmentaient. Par ailleurs, la part des entreprises est restée extrêmement stable, mais la part des ménages diminue sensiblement.

	1990	1992	1994	1995
Dépenses en francs constants	364 milliards	512 milliards	538 milliards	588 milliards
État	69,1%	63,9%	65,4%	65,4%
Collectivités territoriales	14,3%	20,3%	19,9%	20 %
Autres administrations publiques et Caisses d'allocations familiales	0,4%	1,1%	2,3%	2,3%
Entreprises	5,5%	5,7%	5,3%	5,4%
Ménages	10,7%	9 %	7,1%	6,9%

■ Le coût d'un élève

Les dépenses moyennes par élève correspondent surtout à des dépenses de personnels.

Les écarts résultent des différences de taux d'encadrement, de statut des enseignants (rémunérations et obligations de service), des caractéristiques de chaque type d'enseignement et de l'importance des investissements réalisés.

Les dépenses de fonctionnement matériel sont plus importantes pour les formations techniques, surtout pour le travail en petits groupes dans les ateliers, sur des machines ou sur des ordinateurs. L'encadrement y est également plus important car on ne peut prévoir plus de vingt personnes travaillant sur du matériel alors que dans des formations «générales» des centaines d'étudiants peuvent «s'entasser» dans un amphithéâtre. Il est à noter que la France est un des rares pays à avoir le coût d'un étudiant à l'université inférieur à celui d'un élève en collège et en lycée.

Coût d'un élève par an	
Enseignement pré-élémentaire	21 500 F
Enseignement élémentaire	22 300 F
Second degré premier cycle	37 500 F
Second degré :	
– second cycle général	44 900 F
– second cycle technologique	56 700 F
– second cycle professionnel	52 500 F
Classes post-bac :	
– techniciens supérieurs, classes préparatoires	63 500 F
Universités	33 500 F
IUT	52 600 F
Formation d'ingénieurs	75 800 F

LES GÉNÉRALITÉS

LE CURSUS SCOLAIRE

LES ACTEURS

LES ÉTABLISSEMENTS

LES ORGANISMES

LES PARTENAIRES

L'évaluation du système éducatif

Le système éducatif évalue les élèves grâce au contrôle continu et avec l'aide de ses personnels soutenus par les corps d'inspection sous l'égide de la DEP.

L'évaluation des élèves

□ Pour les élèves, l'évaluation revêt la forme du contrôle continu, voire de l'examen (brevet, baccalauréat). Les enseignants ont désormais le souci que cette évaluation soit plus souvent sommative que formative.

□ Depuis 1990, le ministère de l'Éducation a mis en place une évaluation des élèves entrant en CE2, en classes de 6e et de seconde. Ces évaluations portent, suivant les niveaux, sur la maîtrise de la langue, les mathématiques et diverses matières. Elles se font à partir de cahiers de questions élaborées au niveau national, les enseignants de chaque classe assurant la correction des épreuves. Ces évaluations aident les enseignants à dresser un diagnostic des difficultés de leurs élèves en leur montrant où ils se situent par rapport aux exigences nationales et quels remèdes peuvent être trouvés.

L'évaluation des personnels et des établissements

□ Pour les personnels de l'Éducation nationale, l'évaluation individuelle est du ressort des corps d'inspection.

□ L'Inspection générale de l'Éducation nationale (Igen) et l'Inspection générale de l'administration de l'Éducation nationale (Igaen) ont vocation à évaluer le fonctionnement du système éducatif, la première essentiellement dans le domaine pédagogique, la seconde dans celui de la gestion. Chacune des deux inspections établit un rapport annuel.

L'évaluation du fonctionnement

□ Les établissements et leurs personnels souhaitent de plus en plus pouvoir évaluer eux-mêmes leurs résultats, leurs activités, leurs innovations. L'évaluation du projet élaboré par l'établissement est d'ailleurs une nécessité légale de par l'article 18 de la loi d'orientation de 1989.

□ Pour qu'un projet puisse être évalué, il faut une transparence de l'analyse, du diagnostic et du suivi, d'autant qu'aujourd'hui la demande publique est très exigeante quant aux résultats et à l'efficacité des établissements scolaires, comme en témoigne le succès des palmarès d'établissements publiés dans la presse.

□ La question des outils dont les établissements ont besoin pour élaborer, évaluer et suivre leur projet est posée. Des indicateurs de performance des lycées et des indicateurs pour le pilotage des établissements du second degré (Ipes) commencent à être mis en œuvre.

□ Concernant l'évaluation du système éducatif, la Direction de l'évaluation et de la prospective (DEP) joue un rôle de plus en plus important à travers ses publications : *L'État de l'école*, *La Géographie de l'école*, les notes d'information, la revue *Éducation et Formations*, etc.

L'ÉVALUATION D'UN ÉTABLISSEMENT

■ Les indicateurs de performance

La Direction de l'évaluation et de la prospective (DEP) établit et publie chaque année des indicateurs de performance des lycées, concernant les baccalauréats. Elle calcule pour chaque établissement un taux de réussite attendu, auquel elle compare le taux constaté en procédant ainsi :

a) elle mesure, par établissement, les résultats aux examens rapportés au nombre des candidats, ce qui permet d'obtenir le taux brut de réussite ;

b) à partir du profil des élèves par profession, catégorie socioprofessionnelle, âge et en fonction de la structure de l'établissement, elle détermine les taux théoriques attendus. Ce taux correspond aux résultats qu'auraient les élèves s'ils réussissaient comme la moyenne des élèves de même profil en France (taux national) ou dans l'académie (taux académique).

■ Mieux situer les établissements les uns par rapport aux autres

Un autre indicateur est donné pour les lycées. Il s'agit du taux d'accès des élèves de seconde au baccalauréat. Ce taux indique la proportion d'élèves entrés en seconde, conduits en terminale et obtenant le baccalauréat.

Avec la même démarche que celle concernant les bacheliers, on détermine alors la performance de l'établissement dans ce domaine.

Pour la Direction de l'évaluation et de la prospective, les établissements qui ont un taux constaté supérieur au taux attendu créent de la valeur ajoutée.

Ces calculs permettent aux établissements de mieux se situer les uns par rapport aux autres et par rapport à leur public.

Il existe également des indicateurs pour le pilotage des établissements du second degré (Ipes) comme :

– les horaires hebdomadaires d'enseignement par élève ;

– les horaires hebdomadaires d'enseignement et d'éducation (heures d'animation péri-éducatives, de surveillance, d'études dirigées, etc.).

■ Les autres critères d'évaluation d'un établissement

Le ministère de l'Éducation a aussi introduit un certain nombre de critères permettant d'attribuer des moyens supplémentaires aux établissements en raison des difficultés qu'ils peuvent rencontrer sur le terrain.

Parmi ces critères figurent :

– le taux d'élèves issus de catégories socioprofessionnelles défavorisées ;

– le taux d'élèves boursiers ;

– le taux d'élèves d'origine étrangère ;

– le taux d'élèves en retard scolaire de plus de deux ans à l'entrée en 6e.

D'autres critères peuvent être interrogés pour évaluer ou faire le diagnostic d'un établissement :

– le pourcentage de demi-pensionnaires, un critère très pertinent pour connaître la situation sociale réelle des familles ;

– le pourcentage d'élèves « évitant » l'établissement en étant scolarisés dans d'autres établissements ;

– le taux de stabilité des équipes pédagogiques en regardant, chaque année, le pourcentage d'enseignants qui demandent leur mutation ;

– la situation de l'établissement, en prenant en compte son enclavement, les moyens de transport qui le desservent, son ouverture sur le quartier ou un environnement plus large ;

– la taille de l'établissement, etc.

LES GÉNÉRALITÉS

LE CURSUS SCOLAIRE

LES ACTEURS

LES ÉTABLISSEMENTS

LES ORGANISMES

LES PARTENAIRES

L'Europe de l'éducation

En 1957, le traité de Rome n'avait pas prévu de textes concernant l'éducation de la jeunesse. Depuis l'Union européenne a rectifié ce manque en développant toute une série d'actions pour accroître la formation et trouver de nouvelles formes de coopération en matière d'éducation.

▬▬▬ Les différentes structures

☐ Le Centre européen pour le développement de la formation professionnelle (Cedefop) a été créé en 1975. Il a pour tâche l'information sur la formation professionnelle en Europe, la recherche sur les innovations, la concertation entre les organismes et organisations de divers pays. Ces tâches se concentrent actuellement sur :
– la mise en œuvre d'outils d'information concernant les qualifications et les profils professionnels ;
– le développement de programmes régionaux de formation ;
– le développement de l'orientation professionnelle ;
– l'étude comparative des professions de formateurs et de leur formation initiale et continue.
☐ D'autres structures européennes se sont peu à peu développées dans le domaine de l'éducation, entre 1980 et 1990. C'est ainsi que tous les ministres de l'Éducation de la Communauté se réunissent régulièrement pour échanger des informations sur les réformes en cours dans les divers pays et les problèmes rencontrés.
☐ La Commission européenne a mis en place un Commissariat à l'éducation et à la formation qui dispose de crédits pour financer divers projets.

▬▬▬ Les écoles européennes

☐ Des écoles européennes ont été instituées, notamment à Bruxelles, Bruges et Florence. Elles visent à permettre aux jeunes qui les fréquentent d'être prêts à s'insérer dans tous les pays d'Europe.
☐ Les programmes de ces écoles se veulent une synthèse de ce qui existe dans les divers pays. Elles sont aidées par le Commissariat à l'éducation et à la formation.

▬▬▬ La mobilité en Europe

☐ Le fonds social européen finance de nombreux programmes de formation. La commission européenne a mis en place un dispositif de consultation et de concertation comprenant un comité d'éducation chargé d'examiner ses propositions, de développer la coopération, de promouvoir les échanges d'information. Dans ce comité d'éducation siège la commission avec les représentants des États membres. Un comité consultatif pour la formation professionnelle, présidé par la commission et composé de représentants des gouvernements, des employeurs et des travailleurs, existe également.
☐ La reconnaissance du droit des enseignants à exercer leur profession dans tous les autres pays membres est devenue effective. C'est ainsi que, depuis 1993, tous les étudiants d'un autre pays membre de la Communauté justifiant de trois années d'études universitaires peuvent se présenter en France au concours de recrutement des enseignants du premier comme du second degré.

LES DIFFÉRENTS PROGRAMMES EUROPÉENS

■ Socrates

Les divers programmes de l'Union euro-péenne sont regroupés dans le pro-gramme Socrates qui vise à « contribuer au développement d'une éducation et d'une formation initiale de qualité, d'un espace européen ouvert de coopération en matière d'éducation ».

■ Comett (*Community in Education and Training for Technology*)

Ce programme de développement tech-nique a pour objectif principal de renfor-cer la coopération entre les universités, les instituts universitaires de technologie (IUT) ou leurs équivalents en Europe et les entreprises pour développer les for-mations initiales et continues.

Ces programmes prévoient la reconnais-sance des stages industriels effectués dans un autre pays de l'Union comme partie intégrante de certains cycles d'études. Ils s'adressent aux étudiants, cadres, ingénieurs, techniciens ainsi qu'aux formateurs.

■ Erasmus (*European Strategic Programm Scheme for the Mobility of University Students*)

Il a pour objectif principal de promouvoir la mobilité des étudiants en leur permet-tant de suivre un an de leur formation dans une université d'un pays de l'Union européenne, et la coopération entre les divers établissements d'enseignement supérieur d'Europe.

Dans le cadre de ce programme a été mis en place un système d'unités capitali-sables d'enseignement, transférables dans les établissements supérieurs d'autres pays membres.

■ Lingua

Lingua a pour but de promouvoir la connaissance des langues étrangères

dans les pays de la Communauté. Elle développe des projets pour :
– la formation continue des professeurs de langues étrangères ;
– l'apprentissage des langues étran-gères à l'université ;
– la connaissance des langues étran-gères dans les relations professionnelles et économiques ;
– les échanges d'élèves.

■ Tempus

Il vise à développer les échanges, les coopérations, les projets communs avec les pays d'Europe centrale et orientale.

■ Petra

C'est un programme d'actions commu-nautaires sur la formation professionnelle des jeunes et leur préparation à la vie active.

■ Comenius

Comenius a pour but de créer, sur l'ensemble des questions concernant la formation, des réseaux d'établissements du premier et du second degré dans les différents États de l'Union. Il s'agit de pré-senter à la commission concernée des projets éducatifs relevant des actions rete-nues comme prioritaires par la commis-sion. Pour chaque projet, la candidature doit être présentée par l'établissement coordinateur au nom des établissements participants, auprès de son agence natio-nale (pour la France, le Cnous).

Eurydice

Eurydice étudie l'état des divers systèmes éducatifs européens.
Depuis 1990, les moyens de ce réseau européen d'informations sur l'éducation, véritable banque de données sur les sys-tèmes éducatifs, ont été renforcés.

LES GÉNÉRALITÉS

LE CURSUS SCOLAIRE

LES ACTEURS

LES ÉTABLISSEMENTS

LES ORGANISMES

LES PARTENAIRES

La diversité des systèmes européens

En Europe, chaque pays a un système éducatif avec une organisation du parcours scolaire et des certifications particulières, en raison de la structure de son État et de l'histoire de sa scolarisation.

▆▆▆▆ La laïcité

☐ La France est le seul pays à pratiquer, sauf dans le Bas-Rhin, le Haut-Rhin et la Moselle, la laïcité à tous les niveaux du système éducatif et à ne pas proposer un enseignement des religions en dehors de l'enseignement privé confessionnel.

☐ Tous les autres pays européens inscrivent des cours de religion dans leur système éducatif. Les professeurs sont choisis parmi les responsables des différents cultes. Pour les élèves qui ne veulent pas suivre ces cours, des cours de morale ou d'éducation civique sont mis en place.

▆▆▆▆ Centralisation ou décentralisation ?

☐ Si l'on regarde les structures des divers systèmes éducatifs, on peut séparer l'Europe en deux : pays du Nord et pays du Sud.

☐ Les pays du Nord (Suède, Finlande, Norvège, Pays-Bas, Royaume-Uni, Allemagne, Belgique, Luxembourg) ont une politique très décentralisée au niveau local, pouvant aller, selon les pays et les niveaux d'enseignement, jusqu'à la définition des contenus d'enseignement et au recrutement des personnels.

☐ Les pays du Sud (France incluse) restent attachés à un pouvoir central responsable des orientations politiques, des programmes, des diplômes et des recrutements. L'effort de décentralisation est surtout administratif.

▆▆▆▆ Les contenus des programmes

☐ Des différences considérables existent entre les divers pays de l'Union européenne. On peut distinguer quatre approches.

☐ *Les programmes en fin de cycle* : seuls sont spécifiés les niveaux de connaissances et de compétences exigés de l'élève en fin de cycle. Ils sont en vigueur aux Pays-Bas et au Royaume-Uni.

☐ *Les programmes nationaux « adaptables »* : chaque instance (État, région, province ou « communauté », commune, établissement scolaire) se voit allouer un pourcentage déterminé de l'horaire global d'enseignement, pour lequel elle établit son programme. La part affectée à chaque instance peut varier selon les niveaux d'enseignement. L'Espagne, le Danemark, la Belgique, l'Irlande, le Luxembourg sont concernés par ce système, tout comme les pays scandinaves.

☐ *Les programmes régionaux inscrits dans un cadre national* : chaque région fixe librement les contenus des programmes à l'intérieur d'un cadre souple défini par l'État. C'est ce qui se passe en Allemagne et en Autriche.

☐ *Les programmes nationaux* : les décisions concernant les horaires, les disciplines, les contenus sont prises au niveau national et sont uniformément appliquées dans tous les établissements scolaires. Ce système fonctionne en France, en Italie, en Grèce et au Portugal.

TEMPS D'ENSEIGNEMENT SUR UNE JOURNÉE SCOLAIRE ENSEIGNEMENT PRIMAIRE

■ **Comparaison des horaires de scolarité en Europe pour des enfants âgés de 9 ans**

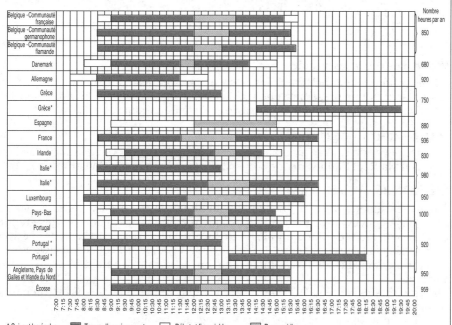

	Nombre heures par an
Belgique - Communauté française	
Belgique - Communauté germanophone	850
Belgique - Communauté flamande	
Danemark	680
Allemagne	920
Grèce	
Grèce*	750
Espagne	880
France	936
Irlande	830
Italie*	
Italie*	980
Luxembourg	950
Pays-Bas	1000
Portugal	
Portugal*	920
Portugal*	
Angleterre, Pays de Galles et Irlande du Nord	950
Écosse	959

* Suivant les écoles ■ Temps d'enseignement □ Début et fin variable ▨ Pause midi

Source : Eurydice, 1995.

La comparaison entre la journée de classe et le temps d'enseignement annuel d'un élève de 9 ans dans les divers pays d'Europe montre que la plupart des pays européens scolarisent leurs enfants dès 8 h 30, mais que ce sont la France et l'Espagne qui les libèrent le plus tard (16 h 30 pour la France, 17 h pour l'Espagne). Ces sorties tardives s'expliquent par l'obligation d'un arrêt entre 11 h 45 et 13 h 30 pour la France et midi et 15 h pour l'Espagne. Si la durée de cette pose était réduite à 45 ou 60 minutes, ces deux pays seraient dans l'horaire journalier moyen des autres pays européens.

Proposé par le ministère de l'Éducation nationale, ce serveur détaille le déroulement des études supérieures dans l'Union européenne. Les possibilités de poursuite des études sont accompagnées des métiers que l'on peut préparer. 0,37 F la minute.

LES GÉNÉRALITÉS
LE CURSUS SCOLAIRE
LES ACTEURS
LES ÉTABLISSEMENTS
LES ORGANISMES
LES PARTENAIRES

Former des citoyens

Si l'école apporte des savoirs, elle enseigne aussi des comportements. Du cours de morale à l'éducation de la citoyenneté, elle a toujours essayé de sensibiliser les jeunes à leur devoir de citoyen. Cette démarche est plus que jamais nécessaire à une époque où, dès 18 ans, ils sont juridiquement responsables.

Les cours de morale

L'école primaire instituée par Jules Ferry dispensait des cours de morale. Chaque matin, l'instituteur présentait une maxime pour inspirer aux jeunes le respect de valeurs ayant trait à l'amour de la patrie et de la République.

L'instruction civique

Après la Seconde Guerre mondiale, l'accent fut mis sur la connaissance des institutions de la République : mairie, conseil général, Parlement, Constitution.

L'éducation civique

☐ Dans les années 70 et 80, la volonté d'impliquer les jeunes a amené l'Éducation nationale à concevoir une éducation civique qui permettait d'aborder les grandes questions du monde contemporain. Cette louable intention a conduit à des dérives. C'est ainsi qu'à la fin des années 70, par exemple, en collège, l'éducation civique s'est retrouvée diluée dans le programme d'histoire-géographie appelé alors « sciences humaines ».

☐ Au milieu des années 80, l'éducation civique rentre dans les programmes de l'école élémentaire et du collège avec la volonté :
– de faire comprendre les règles de la vie sociale et politique ;
– d'aborder les savoirs relatifs aux instructions, aux lois, aux principes et valeurs qui fondent et organisent la démocratie et la République ;
– d'apprendre ce que signifie les droits de l'homme, le sens de l'exercice des responsabilités individuelles et collectives, les droits et les devoirs du citoyen ;
– de s'approprier des règles de vie, d'exercer son esprit critique, son jugement, et de pratiquer l'argumentation.

L'éducation à la citoyenneté

☐ Comme l'ont rappelé les textes des nouveaux programmes de collège, toutes les disciplines contribuent à l'éducation civique, « c'est l'ensemble de la communauté éducative qui a une responsabilité d'éducation à la citoyenneté », les savoirs disciplinaires portent en eux des contenus civiques spécifiques à leur objet.

☐ Aussi, pour faire prendre conscience aux élèves de la notion de citoyenneté, pour les former à la pratique et aux modalités de la représentation en vigueur dans le monde du travail ou dans le monde associatif, la formation des élèves délégués de classe joue un rôle important. Par la mise en place du conseil des délégués des élèves, par l'installation de la maison des lycéens, par l'étude des décrets sur les droits et obligations des lycéens, notamment en matière de liberté d'expression, d'association, de réunion, de presse, les élèves peuvent avoir une vraie pratique de la citoyenneté.

ÉDUCATION CIVIQUE
ET ÉDUCATION À LA CITOYENNETÉ

■ **Pour une éducation civique authentique**

Une éducation civique authentique doit avoir trois dimensions : une éducation à la civilité, une éducation à la vie sociale et une éducation politique qui initie à la compréhension de la vie politique, aux institutions et à leur fonctionnement. L'éducation civique étant par nature un lieu de tensions et de contradictions, deux écueils sont à éviter impérativement : penser que la connaissance des institutions puisse tenir lieu d'éducation civique et croire que les règles de comportement sans finalité civique claire puissent tenir lieu d'enseignement. Le but de cet enseignement est de faire comprendre que les démentis de la réalité ne rendent pas caduques les valeurs de la Déclaration des droits de l'homme, mais demandent au contraire qu'on les considère toujours comme un idéal pour lequel il est nécessaire d'agir en permanence, faute de quoi elles s'éloignent.

■ **Faire des citoyens responsables**

L'école aujourd'hui est sans doute le seul lieu, depuis la suppression du service national, où le citoyen peut advenir. Elle ne forme pas elle-même une communauté de citoyens, mais chacun doit pouvoir y découvrir peu à peu les enjeux de sa vie de citoyen et commencer à comprendre les choix dont il aura la responsabilité.

Les nouveaux programmes du collège s'inscrivent dans cette démarche. Ils proposent une double progression de la classe de 6e à la classe de 3e, de la personne au citoyen et à la République, soit du plus concret au plus abstrait.

Présente tout au long de la scolarité, l'éducation à la citoyenneté sous forme d'une initiation aux questions civiques, juridiques et sociales sera progressivement mise en place dans toutes les classes des lycées en 1998-1999.

Des semaines d'«initiatives citoyennes pour apprendre à vivre ensemble» sont organisées dans les écoles, collèges, lycées pour sensibiliser les élèves à la morale civique et à la prévention des incivilités et de la violence.

Les épreuves du brevet des collèges comportent à partir de la session 1999 une ou deux questions d'éducation civique pour tous les élèves.

Les programmes du collège

Cycle d'adaptation	Cycle central		Cycle d'orientation
6e Droits et devoirs de la personne	5e Égalité, solidarité, sécurité	4e Libertés, droits, justice	3e Citoyenneté, démocratie
Le sens de l'école. L'élève est une personne qui a des droits et des obligations. La responsabilité vis-à-vis du cadre de vie, de l'environnement et du patrimoine.	L'égalité devant la loi, le refus des discriminations, la citoyenneté de la personne. L'esprit de solidarité, la solidarité instituée. La sécurité au collège et dans la vie quotidienne.	*Les libertés et les droits* – les libertés individuelles et collectives, – des droits de nature différente, – les enjeux de l'information. *La justice en France* *Les droits de l'homme et l'Europe*	*Le citoyen de la République française* – la citoyenneté, la nationalité, – les institutions de la Ve République, la défense nationale, *Le citoyen français et le monde* La notion de société démocratique

LES GÉNÉRALITÉS

LE CURSUS SCOLAIRE

LES ACTEURS

LES ÉTABLISSEMENTS

LES ORGANISMES

LES PARTENAIRES

Les niveaux d'enseignement

Tout élève fréquente quatre niveaux d'enseignement et rencontre deux types d'enseignants : les instituteurs ou professeurs d'école, les professeurs de lycée et collège (certifiés ou agrégés).

▬▬▬ L'école maternelle

☐ L'école maternelle scolarise la quasi-totalité des enfants de 3 à 6 ans (un tiers des enfants de 2 ans). Elle est organisée en trois sections : petite, moyenne et grande, qui forment un cycle : *le cycle des apprentissages premiers.*

☐ La grande section de maternelle relève également, afin de faciliter la transition vers l'école élémentaire, du cycle des apprentissages fondamentaux.

▬▬▬ L'école élémentaire

☐ Pour les 80 % des enfants qui ne redoublent pas, l'école élémentaire dure cinq ans. Elle comprend cinq sections, chacune sous la responsabilité d'un maître unique, composant deux cycles.

☐ Le cours préparatoire et le cours élémentaire première année forment, avec la grande section de maternelle, *le cycle des apprentissages fondamentaux.*

☐ Le cours élémentaire deuxième année, le cours moyen (première et seconde année) forment *le cycle des approfondissements.*

▬▬▬ Le collège

☐ Durant les quatre années qui forment la scolarité du collège, l'élève va connaître trois cycles :

– un cycle d'adaptation qui concerne la classe de 6e ;

– un cycle central correspondant aux classes de 5e et de 4e ;

– un cycle d'orientation pour la classe de 3e.

☐ Le collège est le moment où le jeune va être confronté à ses premiers vrais paliers d'orientation. Il y rencontre un enseignement basé sur les disciplines (dix, onze ou douze suivant les années), avec un enseignant différent pour chacune d'entre elles. À la fin de la 3e, il passe le brevet des collèges.

▬▬▬ Le lycée

Après le collège, l'adolescent peut choisir :

– la voie professionnelle ; dans ce cas, il sera scolarisé en lycée professionnel pour préparer en deux ans un brevet d'études professionnelles (BEP) ou un certificat d'aptitude professionnelle (CAP). Plus de 50 % de ceux qui ont réussi un BEP ou un CAP poursuivent encore deux ans pour obtenir un baccalauréat professionnel ;

– la voie générale ou technologique qui scolarise l'enfant en lycée d'enseignement général et technologique (LEGT) où, après une seconde dite indifférenciée mais avec des possibilités d'options, il choisira, pour le cycle première-terminale, soit la voie générale (vers un bac littéraire, économique ou scientifique), soit la voie technologique (vers un bac technologique des filières tertiaires ou industrielles).

LE CURSUS SCOLAIRE

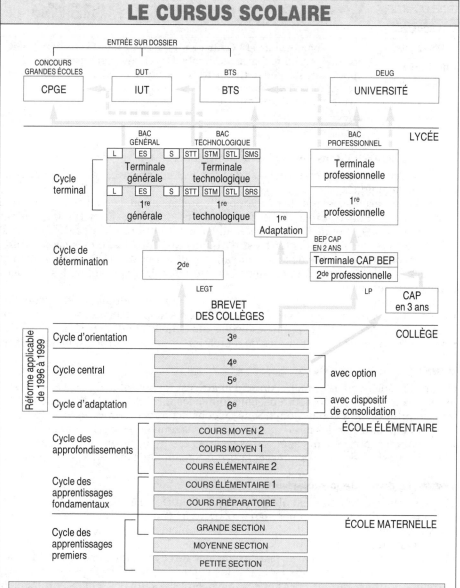

L'après-bac

À la fin des années 90, l'enseignement post-baccalauréat concernera plus de 50% d'une génération. Il offre plusieurs possibilités.

Les filières sélectives, qui recrutent à partir d'un dossier sur le cursus et les résultats antérieurs :
  – sections de techniciens supérieurs (STS) et instituts universitaires de technologie (IUT) qui débouchent sur des diplômes à bac + 2 (BTS ou DUT) ;
  – classes préparatoires aux grandes écoles (CPGE).
L'entrée à l'université dans une section permettant d'espérer, en deux ans, l'obtention d'un Deug.

LES GÉNÉRALITÉS

LE CURSUS SCOLAIRE

LES ACTEURS

LES ÉTABLISSEMENTS

LES ORGANISMES

LES PARTENAIRES

L'enseignement primaire

L'école maternelle et l'école élémentaire forment l'enseignement primaire. D'une durée minimale de huit ans, cet enseignement a pour but de permettre à tous les élèves d'acquérir les bases indispensables pour une scolarité réussie en collège. Il comprend trois cycles d'enseignement.

La scolarité dans l'enseignement primaire

☐ La scolarité de l'école maternelle et de l'école élémentaire est organisée en trois cycles pédagogiques.

☐ L'école maternelle se doit de développer la socialisation, la connaissance de soi et de l'autre ; son rôle est d'entraîner l'enfant dans des activités impliquant l'approche de l'écrit et de l'oral et la découverte des notions d'espace et de temps.

☐ L'objectif de l'école élémentaire est d'obtenir que tous les jeunes sachent lire, écrire et compter au terme de leurs cinq années de scolarité. Ils doivent également avoir été initiés à diverses disciplines comme l'histoire-géographie, les sciences expérimentales, etc.

☐ L'horaire réglementaire est de 24 heures de cours hebdomadaire, auxquelles s'ajoutent 2 heures d'études dirigées. Ces 26 heures de présence sont réparties sur neuf demi-journées (à l'exception des écoles qui bénéficient d'un aménagement des rythmes scolaires). Quinze minutes de récréation par demi-journée sont accordées.

Un maître par classe

☐ Dans l'enseignement primaire, un seul maître est responsable d'une classe ; il suit les élèves toute l'année et leur enseigne toutes les disciplines. On l'appelle instituteur ou professeur d'école (nom donné aux enseignants recrutés depuis 1991).

☐ Il peut être aidé par des intervenants spécialisés rémunérés par la commune. C'est le cas pour les intervenants spécialisés en arts plastiques ou en musique, les moniteurs de sport ou encore les intervenants enseignant une langue vivante étrangère.

La durée de la scolarisation

Même si l'enseignement n'est obligatoire qu'à l'entrée en école élémentaire, à l'âge de 6 ans, plus de 98 % des jeunes sont scolarisés à l'école maternelle entre 3 et 6 ans (un tiers d'entre eux le sont à 2 ans). Le redoublement à l'école élémentaire, qui concernait encore en 1984 près de 4 enfants sur 10, a beaucoup diminué ces dernières années, notamment avec la mise en place des cycles qui permettent à l'enseignant de mieux s'adapter aux rythmes des enfants en régulant l'apprentissage de certaines notions sur plusieurs années. Ainsi, en 1995, 80 % des jeunes entrent en 6e sans avoir redoublé à l'école élémentaire.

Le rôle décisif de l'enseignement primaire

☐ Ce qui n'a pas été acquis à l'école maternelle et élémentaire est très difficilement rattrapable ultérieurement. Le destin scolaire des élèves se forge en grande partie dans l'enseignement primaire. Sur les 25 % d'élèves ayant, au sortir de l'école élémentaire, les meilleurs résultats en français et en mathématiques, 93,2 % passeront quatre ou cinq ans après en seconde générale ou technologique de lycée.

SCOLARISER À DEUX ANS

■ Égalité des chances dès deux ans

La loi d'orientation de 1989 avait prévu de développer la scolarisation le plus tôt possible en maternelle, c'est-à-dire dès deux ans, pour faire de cette classe non un substitut de garderie, mais un lieu où tous les enfants puissent trouver les conditions d'un développement favorable que le milieu familial n'offre qu'à quelques-uns. C'est ainsi que, en 1996, 35,4 % des enfants sont scolarisés à deux ans. Ce chiffre, un peu plus du tiers des enfants de cet âge en école maternelle, cache de profondes disparités régionales. Car si tous les textes réglementaires insistent sur le développement prioritaire de la scolarisation à deux ans dans les zones concentrant une population défavorisée et notamment dans les zones d'éducation prioritaire (ZEP), il apparaît que cet objectif n'est qu'en partie atteint puisque le taux de scolarisation n'y est que légèrement supérieur à la moyenne nationale avec un peu moins de 40 % de création d'établissement et de postes en nombre suffisant.

Les statistiques mettent en effet en évidence que la scolarisation en maternelle, pour cet âge, tient avant tout à des facteurs régis par la loi de l'offre et de la demande, non pas la demande des parents qui souhaiteraient scolariser leurs enfants si tôt, mais bien l'offre des écoles maternelles qui ont des places vacantes. Plusieurs explications à ce phénomène.

■ Concurrence et survie économique

La concurrence traditionnelle entre le secteur privé et le secteur public a généré une offre abondante et des places disponibles dans les écoles. C'est ainsi qu'on dénombre 67,6 % d'enfants scolarisés en maternelle à deux ans dans l'académie de Rennes, 62 % dans le Nord-Pas-de-Calais, 52,4 % en Pays de la Loire.

Dans les zones rurales dépeuplées, pour maintenir une école ouverte dans un village, on n'hésite pas à scolariser dès le plus jeune âge, afin que le seuil minimal du nombre d'élèves entraînant la fermeture ne soit pas atteint. Le cas est fréquent en Midi-Pyrénées et en Languedoc-Roussillon, où respectivement 57 % et 59 % d'enfants de deux ans sont en maternelle. Les régions où la scolarisation à deux ans est la plus faible sont celles, compte tenu de l'importance de la population, où les places disponibles en maternelle sont rares et souvent concurrencée par les crèches. L'Île-de-France en est l'exemple type puisque seulement 12 % des enfants sont scolarisés à deux ans. À signaler que cette région compte à elle seule 46 % des places en crèche de France.

L'aménagement à la carte

La scolarisation pour tous a lieu le lundi, mardi, jeudi, vendredi et la matinée du samedi. Elle peut, selon les aménagements, se répartir sur le lundi, mardi, mercredi matin, jeudi, vendredi ou lundi, mardi, jeudi, vendredi. Dans ce dernier cas, les journées peuvent être plus longues et les vacances plus courtes.

LES GÉNÉRALITÉS

LE CURSUS SCOLAIRE

LES ACTEURS

LES ÉTABLISSEMENTS

LES ORGANISMES

LES PARTENAIRES

Les programmes de l'enseignement primaire

Les cycles des apprentissages premiers, des apprentissages fondamentaux et des approfondissements constituent les programmes de l'enseignement primaire.

▄▄▄▄▄ Le programme de l'école maternelle

☐ En France, l'école maternelle a un programme publié par le Centre national de documentation pédagogique (CNDP) et donc disponible à tout parent souhaitant le consulter.

☐ Ce programme comporte des objectifs et des progressions échelonnés sur les trois années des apprentissages premiers. Ces objectifs sont de susciter l'éveil de l'enfant à travers des activités motrices et intellectuelles, de le socialiser en lui permettant de se découvrir lui-même et d'aller à la découverte des autres, de le mettre en contact avec l'écrit et de multiplier ses formes d'expression.

▄▄▄▄▄ Le programme de l'école élémentaire

☐ *Le cycle des apprentissages fondamentaux* : la grande section de maternelle appartient au même cycle que le cours préparatoire afin de mieux prendre en compte le rythme d'apprentissage des jeunes, notamment de la lecture et de l'écriture. Le programme ne propose aucune méthode officielle d'apprentissage de la lecture au cours préparatoire. L'élève doit, au bout du cycle, savoir lire, commencer à élaborer des textes écrits, raisonner, notamment au niveau du calcul. Des cours d'éducation civique recentrés sur la vie en commun dans la classe et dans l'école font partie du programme. L'enseignement d'une langue vivante doit commencer en dernière année du cycle (CE1).

☐ Décidé dès la rentrée 1995, cet enseignement se met en place progressivement, en fonction de la préparation des enseignants. Les capacités d'expression dans les domaines corporel et artistique doivent être développées. Les études dirigées assurées par les enseignants aident les élèves à effectuer leur travail pour le lendemain, ceci afin de respecter les textes officiels qui interdisent les devoirs écrits à la maison pour l'école élémentaire.

☐ *Le cycle des approfondissements* : les élèves de CE2, CM1 et CM2 ont un programme de français essentiellement basé sur la production d'écrit, sur le développement de la lecture et l'expression orale. En mathématiques, outre l'apprentissage de la division, le programme favorise la capacité de déduction, de raisonnement et initie les élèves aux calculs. L'enseignement de l'éducation civique commencé à l'école élémentaire se poursuit et l'étude de l'histoire et de la géographie commence. Une initiation aux sciences expérimentales est mise en place en CM1 et CM2. L'éducation artistique, physique, sportive et les études dirigées ont les mêmes objectifs que dans le cycle précédent.

☐ Des heures (trois le plus souvent) peuvent être consacrées à l'étude des langues régionales ou étrangères. Pour ces dernières, les professeurs sont recrutés et rémunérés par les pays concernés qui ont conclu un accord avec la France.

L'ENSEIGNEMENT PRÉCOCE DES LANGUES VIVANTES

■ L'effet Jospin

Toutes les études le montrent : plus un enfant apprend tôt une langue étrangère, plus vite il la maîtrise et mieux il parle sa langue maternelle. Or, pendant long-temps, la France a été en retard dans ce domaine ; seules quelques initiatives pri-vées (école active bilingue, *Merry schools*) existaient. Il fallait attendre l'entrée au collège pour accéder à une langue étrangère. Depuis quelques années, plusieurs mesures tentent de modifier cet état de fait.

En 1989, Lionel Jospin met en place un enseignement d'initiation aux langues étrangères dès le cours moyen. Les res-ponsables de cet enseignement sont pour 42 % des enseignants du premier degré, le reste étant des professeurs de collège ou des intervenants extérieurs rémunérés et recrutés par les collectivités territoriales. En 1995, la moitié des élèves de CM2 et un quart des élèves de CM1 étaient concernés.

■ De l'initiation à l'apprentissage

Après l'expérimentation de l'initiation, un véritable apprentissage des langues vivantes va se mettre en place. Une cir-culaire de mai 1998 a indiqué qu'à la rentrée 1998 tous les élèves de CM2 devraient se voir dispenser l'enseigne-ment d'une langue vivante étrangère durant une heure et demie par semaine par des personnels compétents. Ceux-ci pourraient être des professeurs de langue du second degré, des maîtres du premier degré ayant bénéficié en forma-tion initiale ou continue d'une formation linguistique et didactique ou validée par la Commission d'habilitation académique en langues vivantes.

Des aides-éducateurs justifiant d'une compétence en langues pourraient éga-lement participer à ce dispositif. Des assistants étrangers, des personnels bilingues, diplômés d'universités étran-gères, des étudiants étrangers, des étu-diants français diplômés en langues vivantes pourraient aussi être des locu-teurs actifs après avoir été agréés par la Commission académique d'habilitation. Cet enseignement de langue vivante en CM2 sera étendu en CM1 à la rentrée 1999. Les cours portent essentiellement sur la pratique orale, afin d'amener, au plus tôt, les élèves à pouvoir s'exprimer dans des situations de communications simples.

Ces cours auront, à terme, des répercus-sions sur le collège : les enseignants pourront ainsi avoir des exigences supé-rieures à ce qu'elles sont aujourd'hui. À terme, l'arrivée de la seconde langue vivante dans les programmes des col-lèges pourrait être avancée d'un an, de la 4e à la 5e.

Aujourd'hui l'anglais est la langue majo-ritairement choisie (82 % des classes) devant l'allemand (12 %), l'espagnol (4 %) et l'italien (2 %).

Ce serveur donne accès à une rubrique consacrée aux certificats de langues recon-nus dans 14 pays européens. Il précise le nombre d'heures de cours, les conditions d'inscription et les niveaux possibles de préparation. 2,23 F la minute.

LES GÉNÉRALITÉS

LE CURSUS SCOLAIRE

LES ACTEURS

LES ÉTABLISSEMENTS

LES ORGANISMES

LES PARTENAIRES

Le collège

Depuis 1995, trois cycles d'étude sont mis en place pour permettre à tout élève de compléter, approfondir et élargir son savoir non plus avec l'aide d'un seul maître mais à travers une pluralité d'enseignants. L'élève a quatre ans pour construire le parcours le plus apte à favoriser une orientation en lycée.

▬▬▬ Du collège pour tous au collège pour chacun

☐ Longtemps le collège a eu pour finalité d'être la dernière étape de la scolarité obligatoire. Aujourd'hui, il est un maillon entre l'enseignement primaire et le lycée. Il a donc pour mission d'être unique, accessible à tous et capable de présenter clairement pour chacun des parcours d'études diversifiés pour une chance professionnelle maximale. Victime de cette diversité, il reste le maillon faible du système éducatif.

☐ C'est pourquoi le collège qui a existé de 1975 à 1995 – sur la base : cycle d'adaptation (6e/5e) et cycle d'orientation (4e/3e) avec options à partir de la classe de 4e – a été modifié. Dès 1995 s'est mis en place un collège construit avec de nouveaux programmes, sur trois cycles : cycle d'adaptation (6e), cycle central (5e/4e), cycle d'orientation (3e).

▬▬▬ Le cycle d'adaptation

Pièce maîtresse dans l'organisation du collège, son objectif est d'affermir les acquis fondamentaux de l'école élémentaire et d'initier les élèves aux disciplines et méthodes propres à l'enseignement secondaire. La nouvelle classe de 6e se distingue par quatre innovations principales :
– une plus grande marge d'initiative pour aménager les horaires et favoriser le travail en petits groupes ;
– une priorité à la maîtrise des langages fondamentaux ;
– un dispositif de consolidation des acquis qui apporte l'aide nécessaire aux élèves confrontés à des difficultés aiguës ;
– du fait de la diversité des niveaux des élèves, il a été décidé de distinguer les *études dirigées*, confiées aux seuls enseignants pour favoriser l'acquisition de méthodes de travail personnelles, et les *études encadrées*, qui peuvent être animées par d'autres membres de l'équipe éducative ou des intervenants extérieurs.

▬▬▬ Le cycle central

☐ Il permet aux élèves d'approfondir et d'élargir leurs savoirs et leur savoir-faire. C'est le début de l'apprentissage du latin (5e), de la deuxième langue vivante (4e), de l'option technologique renforcée (4e), de l'éducation aux choix d'orientation.

☐ En 4e, une option technologique renforcée fondée sur une pédagogie de projet pourra être proposée aux élèves et à leurs familles, les élèves suivant les programmes d'enseignement des 4e générales pour les autres disciplines.

▬▬▬ Le cycle d'orientation

Il complète les acquisitions des élèves et leur permet d'accéder aux formations qui font suite au collège. Cycle charnière, il devra proposer une liaison plus cohérente avec les classes de seconde et les autres formes de poursuite d'études.

LES DISPOSITIFS DU NOUVEAU COLLÈGE

■ Les dispositifs de consolidation

Un dispositif de consolidation apporte l'aide nécessaire aux élèves qui rencontrent les difficultés les plus aiguës, pour qu'ils puissent suivre, dans les meilleures conditions, leur scolarité secondaire. Il peut prendre deux formes :
– *le regroupement temporaire de certains élèves*. L'élève partage alors son temps entre sa classe et des regroupements temporaires à effectifs réduits consacrés à des objectifs bien définis ;
– *la création d'une division distincte* dotée d'une organisation spécifique.
Dans un collège classé ZEP avec douze classes de 6e, deux classes spécifiques ont été créées. Avec l'accord des familles, les élèves ont été regroupés selon leurs difficultés de compréhension et d'expression dans une classe dite *de consolidation* pour les élèves en grande difficulté et dans une classe dite *à dispositif* pour les élèves en difficulté moindre.

■ Classe de consolidation et classe à dispositif

L'objectif de la classe de consolidation est de donner aux enfants les moyens de réussir pleinement, l'année suivante, leur classe de 6e, à travers un enseignement (compromis entre le CM2 et la 6e) qui doit leur permettre d'acquérir les apprentissages fondamentaux. En fin d'année, 15 des 18 élèves de la classe de consolidation ont intégré une 6e, qu'ils ont suivie normalement.
La classe à dispositif a pour objectif de mener au moins 50 % des élèves en 5e l'année suivante. Le programme de cette classe est donc un programme de 6e traité de façon adaptée au public considéré, ce qui implique un travail important d'élaboration de stratégies pédagogiques concertées.

■ Les dispositifs d'aide aux élèves en grande difficulté

Concernant les élèves aux difficultés persistantes, des dispositifs mêlant socialisation et qualification peuvent être mis en place par des équipes pédagogiques volontaires et formées à de telles pratiques pédagogiques.

La 4e d'aide et de soutien et la 3e d'insertion
Ces classes privilégient les périodes en entreprise, pour découvrir divers secteurs d'activité professionnelle dans un projet d'insertion-formation visant une formation qualifiante de niveau V qui accueillera l'élève à l'issue de ces classes. Les élèves peuvent se présenter en fin de 3e au Certificat de formation générale dont l'obtention donne l'équivalent du niveau I de certaines unités du CAP.

Les classes d'initiation préprofessionnelle par alternance (Clipa)
Ces classes peuvent convenir à des élèves qui manifestent un intérêt pour l'entreprise sans pour autant avoir élaboré un projet personnel précis. Les élèves demeurent sous statut scolaire.

Les enseignements adaptés
Ils sont intégrés au collège. Le projet de la section d'enseignement général et professionnel adapté (Segpa) fait partie intégrante du projet du collège.

Les classes-relais

La finalité des classes relais en collège est de permettre la resocialisation et la rescolarisation des élèves.
Ces classes favorisent, par un accueil temporaire spécifique, une réinsertion effective des élèves concernés. Elles s'adressent à des élèves de collège entrés dans un processus évident de rejet de l'institution scolaire. L'emploi du temps est évolutif et adapté à chaque situation individuelle.

LES GÉNÉRALITÉS

LE CURSUS SCOLAIRE

LES ACTEURS

LES ÉTABLISSEMENTS

LES ORGANISMES

LES PARTENAIRES

L'enseignement au collège

Au collège, l'enseignement repose sur la souplesse des horaires pour réaliser un programme précis permettant l'acquisition de méthodes et de mécanismes propre à chaque discipline : français, mathématiques, langues vivantes, histoire-géographie, sciences physiques, technologie, etc.

▬▬▬ Une souplesse horaire

☐ Les programmes de collège sont des programmes définis nationalement avec, pour chaque discipline, l'indication d'une progression, de contenus et d'objectifs à connaître à la fin du cursus. Pour réaliser ce programme, il n'y a pas d'horaire fixe par discipline, mais une souplesse horaire. Celle-ci, définie dans les textes, doit permettre au conseil d'administration de chaque établissement de mettre en place des parcours pédagogiques diversifiés, fondés sur les centres d'intérêt et les besoins des élèves, et d'organiser des enseignements en effectifs allégés.

☐ C'est ainsi que :
– en 6e, 26 heures sont attribuées par classe, à charge pour le conseil d'administration de l'établissement d'établir un horaire de cours pour chaque élève situé entre 23 ou 24 heures ;
– en 5e/4e, les établissements, sur la base d'une dotation de 25 heures 30, doivent établir un horaire-élève à partir d'un horaire-plancher et d'un horaire-plafond pour chaque discipline ;
– en 3e, les horaires diffèrent quelque peu entre la 3e générale et la 3e à option technologique.

▬▬▬ Des choix délicats

☐ Cette souplesse pose le délicat problème du choix, car comment, en partant d'un programme définissant des objectifs nationaux, permettre à chaque élève, avec des horaires différenciés, d'être à même d'avoir les pré-requis nécessaires pour suivre la scolarité ultérieure en lycée ? Ne risque-t-on pas, à terme, de créer des établissements à plusieurs vitesses ?

☐ Les programmes évoquent le fait que la maîtrise de la langue, « si elle est au cœur de l'enseignement du français dont l'horaire a été augmenté, ne peut être pleinement assurée que par la contribution de chaque discipline ».

☐ Les disciplines enseignées dans les classes de 6e des collèges sont le français, les mathématiques, les langues vivantes étrangères, l'histoire-géographie, les sciences de la vie et de la terre, la technologie, les arts plastiques, l'éducation musicale, l'éducation physique et sportive.

☐ Concernant les langues vivantes, la prééminence de l'anglais demeure une des constantes du système éducatif français : plus de 94 % des élèves choisissent l'anglais en première ou seconde langue. L'allemand voit sa part régresser en tant qu'enseignement de première et de seconde langue, où l'espagnol consolide sa position majoritaire (53 % des élèves).

☐ La possibilité d'établir des études dirigées ou encadrées est prévue dans les textes, mais sans qu'aucun moyen horaire minimum ne soit attribué aux établissements pour les réaliser.

■ Années 20 contre années 90

Le débat ne cesse de rebondir pour savoir si l'accroissement de la durée de scolarisation des jeunes aujourd'hui a correspondu à un accroissement du niveau de connaissances des jeunes.

Ambiance d'antan

Pour apporter une contribution à cette discussion, la Direction de l'évaluation et de la prospective (DEP) du ministère de l'Éducation a mené une étude comparative en faisant passer, en 1995 par deux échantillons de 3 000 élèves représentatifs, des épreuves du certificat d'études primaires données en 1923, 1924 et 1925 et dont on avait conservé des copies.

En rédaction, les élèves de 1995 ont tendance à mieux réussir que ceux des années 20 si l'on compare les résultats sur l'ensemble de la génération.

Dans certaines dimensions, les résultats sont analogues : compréhension des consignes, capacité à produire un texte complet, pertinence des éléments, qualités formelles et maîtrise de la langue.

L'avantage va aux candidats des années 20 pour les temps verbaux, mais il est aux élèves d'aujourd'hui pour la cohérence et la longueur du texte, la maîtrise de la ponctuation et la présentation.

En orthographe, les résultats étaient largement supérieurs dans les années 20. Les élèves d'aujourd'hui ont ainsi commis, dans les dictées proposées, en moyenne 2,5 fois plus de fautes que ceux des années 20. En analyse grammaticale et en conjugaison, les années 20 réussissent mieux, mais ils font jeu égal pour la compréhension.

En calcul, les élèves des années 20 ont mieux réussi les problèmes posés et les multiplications.

Au total, les élèves sont aujourd'hui plutôt meilleurs en rédaction, à peu près équivalents dans les questions de dictée concernant l'intelligence du texte, et en calcul dans l'addition, la soustraction et la division ; ils sont en légère baisse en multiplication, en baisse marquée en orthographe, en connaissance de la langue et dans la résolution de problèmes.

Le brevet

Chaque élève en fin de 3e passe le brevet. Cet examen, le premier que passe l'élève dans son cursus, n'a aucune incidence sur le passage en seconde puisque les décisions des conseils de classe interviennent avant les résultats. Les notes permettant l'attribution du brevet sont :
– pour un tiers environ du barème : les notes obtenues lors d'épreuves écrites, avec des sujets définis au niveau de chaque académie et des corrections effectuées par groupe de 4 à 5 collèges pour trois matières : le français, les mathématiques et l'histoire-géographie ;
– pour deux tiers environ du barème : les notes obtenues dans le cadre du contrôle continu dans toutes les disciplines enseignées au collège. Il s'agit de la moyenne des notes trimestrielles obtenues par l'élève en 4e et en 3e.
Un jury départemental, à partir de l'addition des points obtenus aux épreuves écrites et en contrôle continu, attribue le brevet.

LES GÉNÉRALITÉS

LE CURSUS SCOLAIRE

LES ACTEURS

LES ÉTABLISSEMENTS

LES ORGANISMES

LES PARTENAIRES

Le cursus des lycées

La rénovation des structures des lycées d'enseignement général et technologique a été menée de 1992 à 1995. Elle a permis de remodeler les structures et d'individualiser l'enseignement en créant des modules dans le but de parvenir à mieux différencier les voies conduisant aux différents baccalauréats.

La réorganisation des structures

☐ Cette rénovation a porté sur trois grands domaines : les *structures*, par la réorganisation ; la *pédagogie*, par la création de modules ; les *contenus*, par l'évolution des programmes.

☐ Après une seconde, dite indifférenciée, où l'élève peut choisir deux ou trois options, le cursus des lycées est organisé pour les classes de première et de terminale en voies générales et technologiques.

☐ Afin de mieux individualiser l'enseignement, des modules (3 h en seconde, 2 h 30 en première dont 1 h dans la matière fondamentale de la série) ont été mis en place dans l'horaire obligatoire de tous les élèves.

Les voies générales

Trois séries existent : littéraire (L), économique et sociale (ES), scientifique (S). En terminale, l'élève doit choisir des enseignements obligatoires et un enseignement de spécialité qui détermine un profil de la série du baccalauréat général. Ce sont :
– les *baccalauréats littéraires (L)* : lettres-langues vivantes, lettres-langues anciennes, lettres-arts, lettres-mathématiques ;
– les *baccalauréats économiques et sociaux (ES)* : économie-langues, économie-sciences sociales, économie-mathématiques ;
– les *baccalauréats scientifiques (S)* : sciences-mathématiques, sciences-physique-chimie, sciences-sciences de la vie et de la terre.

Les voies technologiques

☐ Il existe quatre séries technologiques :
– *les sciences et technologies industrielles (STI)* : option génie mécanique, génie électronique, génie électrotechnique, génie civil, génie énergétique, génie des matériaux ;
– *les sciences et technologies de laboratoire (STL)* : option physique de laboratoire et procédés industriels, chimie de laboratoire et procédés industriels, biochimie et génie biologique ;
– *les sciences et techniques tertiaires (STT)* : option comptabilité et gestion, informatique et gestion, action et communication administratives, action et communication commerciales ;
– *les sciences et technologies médico-sociales (SMS)*.

☐ Les baccalauréats technologiques sciences et technologies du produit agro-alimentaire (STPA), sciences et technologies de l'agronomie et de l'environnement (STAE) sont préparés en lycée agricole. Pour les baccalauréats technologiques hôtellerie, arts appliqués, techniques de la musique et de la danse, l'élève doit faire une seconde spécifique pour pouvoir les préparer.

L'ENSEIGNEMENT EN MODULES

■ Le rôle des modules

Prévus dans l'emploi du temps des élèves de seconde et de première des lycées d'enseignement général et technique et de ceux qui préparent un bac professionnel, les modules, en lycée, visent à faire travailler des élèves dont l'hétérogénéité ou l'absence de motivation s'accentuent, tout en respectant l'heure de cours qui organise le temps et la vie scolaires.

Ces modules permettent d'approfondir des points importants du programme, de s'attarder sur des notions difficiles, de combler des lacunes, etc.

La répartition des élèves dans les modules est de la responsabilité des enseignants. Ils sont aidés par une évaluation nationale systématique de tous les élèves en début de seconde. À partir de ces évaluations, les enseignants élaborent des grilles de compétences qui leur permettent de mesurer les acquis et les difficultés des élèves.

■ Un travail en équipe

La mise en œuvre de l'enseignement modulaire peut être l'occasion de prôner, de développer ou d'entretenir un travail d'équipe. La lecture et l'interprétation des résultats de l'évaluation en seconde peuvent, par exemple, être effectuées en équipe pédagogique de classe.

Ainsi peuvent être définis en équipe, des approches qui seront présentes, pendant une période, dans tous les modules, quelle que soit la discipline concernée :
– savoir prendre des notes ;
– utiliser des documents, un dictionnaire, un atlas, un index ;
– rechercher une information dans un livre, sur un CD-Rom ;
– savoir définir une situation de communication, une question à traiter ;
– savoir résumer, synthétiser, faire un plan, problématiser une question.

Les modules offrent également la possibilité de faire travailler des petits groupes où les interactions entre élèves peuvent jouer un rôle dans l'apprentissage et permettent aux enseignants de voir les élèves travailler en leur présence. Ils peuvent alors identifier leurs difficultés, non par l'intermédiaire d'une copie, mais lors d'une situation de tâche où peut jouer une évaluation formative.

L'évaluation en début de seconde

Tous les élèves admis en classe de seconde des lycées d'enseignement général et technologique passent, au cours du premier mois de l'année scolaire, un test de vérification de leurs connaissances en français, mathématiques, histoire-géographie et langue vivante 1. Ces sont des cahiers d'exercices établis au niveau national qu'ont à remplir les élèves (avec l'aide, pour la langue, de cassettes audios). Voici, à titre d'exemple, une page du cahier d'exercices de mathématiques.

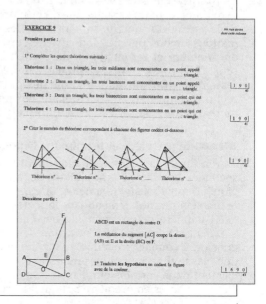

LES GÉNÉRALITÉS

LE CURSUS SCOLAIRE

LES ACTEURS

LES ÉTABLISSEMENTS

LES ORGANISMES

LES PARTENAIRES

L'enseignement au lycée

Le lycée est le moment décisif pour l'orientation d'un jeune. C'est là qu'il choisit la voie menant à son entrée plus ou moins rapide dans la vie active et qu'il décide de la spécialité qui sera la sienne pour le baccalauréat. Il a trois ans pour s'y préparer. À cet égard, le choix des options, dès la seconde, est extrêmement important.

La seconde : une classe de détermination

☐ L'architecture des enseignements de seconde repose sur des enseignements communs, des modules, des options et des ateliers pratiques. Il y a 24 heures 30 d'enseignement commun à tous, consacré au français, aux mathématiques, à la physique-chimie, aux sciences de la vie et de la terre ou à la technologie des systèmes automatisées (TSA), à la langue vivante 1, à l'histoire-géographie, à l'éducation physique et sportive. Trois heures de modules se déroulent en français, langue vivante 1, histoire-géographie et mathématiques.

☐ Pour les options, c'est dès le troisième trimestre de la classe de 3e que l'élève doit choisir les deux options obligatoires qu'il suivra en seconde et éventuellement une troisième facultative. À ces options peuvent s'ajouter dans certains établissements des ateliers de pratique, notamment artistique.

☐ En seconde, les élèves sont « pré-orientés » entre voie générale et voie technologique au travers des options technologie des systèmes automatisés (TSA) et productique.

☐ De 1993 à 1995, on a noté une baisse très sensible des élèves suivant l'option TSA (moins de 10 %). Le ministère s'est inquiété du fait que le renforcement du caractère de détermination de la seconde s'effectue au détriment des formations technologiques industrielles et crée en première et terminale un déséquilibre au profit de la voie générale. Le principal problème reste que, trop souvent, le choix des options technologiques se fait par défaut, ce qui ne motive pas les élèves à suivre ces formations.

Options choisies en seconde en 1995-1996 par les élèves de la voie générale

LV2	98,9 %	STT	6,1 %
SES	57,9 %	Informatique	2,8 %
LV3	13,2 %	EPS	1,7 %
Latin	10,5 %	Grec	1,6 %
TSA	7,5 %	Autres options	5,4 %
Arts	6,3 %		

Le total est plus grand que 200 % puisque les élèves choisissent deux options obligatoires et peuvent facultativement en prendre une troisième.

En première et terminale : l'époque de la spécialisation

☐ À la fin de la seconde, l'adolescent doit choisir, selon les options suivies en seconde, entre les diverses filières de la voie générale et celles de la voie technologique. Depuis plusieurs années, une baisse continue des orientations vers la voie technologique, notamment dans le secteur des Sciences et Technologie industrielles (STI), inquiète, compte tenu des besoins en techniciens supérieurs et en ingénieurs.

☐ Dans la logique de la rénovation des lycées, le choix d'option ne doit pas être considéré comme irréversible. Aucune option n'est imposée pour le passage dans une classe déterminée de première. C'est pourquoi les possibilités de rattrapage existent dans certains établissements en classe de première, notamment pour les élèves orientés en première STI qui n'auraient pas choisi l'option TSA.

DE L'IMPORTANCE DE CHOISIR SA VOIE EN LYCÉE

■ Trouver la voie royale

Le lycée est un moment de choix important pour l'élève.

S'il choisit le baccalauréat général, il doit avoir en ligne de mire des études supérieures longues la plupart du temps jusqu'à la licence, voire la maîtrise, c'est-à-dire bac + 4.

Il va devoir, dans certaines voies générales (L ou S), choisir certaines disciplines parmi les enseignements obligatoires.

Il va également décider de ce qui sera son (ses) option(s) obligatoire(s) parmi plusieurs possibilités. Ce choix est important, puisqu'il amorce le profil de la classe terminale.

Enfin, si l'élève ne craint pas la surcharge de travail, une ou deux options facultatives sont possibles. Ces options sont importantes, car elles pourront l'aider dans ses choix d'unités de valeur dans le cadre des diplômes d'études universitaires générales (Deug).

■ En technologie

Les formations technologiques ont comme débouché, pour la majorité des bacheliers, l'entrée dans des études supérieures d'un minimum de deux ans (en BTS ou en DUT) avec comme horizon, des fonctions de technicien supérieur dans un domaine proche de la spécialité obtenue et la possibilité de poursuivre des études plus spécialisées, après ce diplôme de niveau bac + 2 dans la voie technologique supérieure notamment les Instituts universitaires professionnalisés (IUP).

■ La voie littéraire

Les trois quarts de ceux qui s'engagent vers le baccalauréat littéraire choisissent de s'inscrire à l'université dans les filières lettres et langues, sciences humaines et sociales ou droit. Ils se destinent aux métiers de l'enseignement, dont les instituts de préparation des concours recrutent, sur la base des licences, des disciplines enseignées à l'école, au collège et au lycée. Ils peuvent également s'orienter vers les métiers de l'interprétariat, de la documentation, de la communication, les carrières juridiques, la fonction publique.

■ La voie économique et sociale

Les deux tiers de ceux qui choisissent la voie économique et sociale s'inscrivent à l'université après le baccalauréat, principalement dans les filières économie et gestion, administration économique et sociale (AES), mais aussi en sciences humaines et sociales et dans les instituts d'études politiques (IEP). Afin de préparer l'entrée dans ces instituts, des classes préparatoires Sciences-Po se sont développées dans nombre de lycées. Elles sont la filière la plus adéquate pour préparer l'entrée dans les IEP les plus prestigieux.

■ Les scientifiques

Soixante pour cent des bacheliers scientifiques entrent à l'université, principalement en Deug sciences, qui possède plusieurs mentions.

Les classes préparatoires scientifiques, vétérinaires, économiques et commerciales sont également recherchées par les élèves de S pour lesquels elles constituent un débouché privilégié. Même s'ils échouent aux concours de la (ou des) grande(s) école(s), ces élèves auront une équivalence d'un Deug scientifique et rejoindront l'université en licence, dotés d'un bagage qui fait d'eux, et de loin, ceux qui réussissent le mieux en second cycle universitaire.

LES GÉNÉRALITÉS

LE CURSUS SCOLAIRE

LES ACTEURS

LES ÉTABLISSEMENTS

LES ORGANISMES

LES PARTENAIRES

Les lycées professionnels

Après le collège, le lycée professionnel vise à permettre au jeune d'acquérir, en deux ans, une formation professionnelle sanctionnée par un certificat d'aptitude professionnelle (CAP) ou un brevet d'études professionnelles (BEP), ou, en quatre ans, par un baccalauréat professionnel.

La filière professionnelle

□ Aujourd'hui, il n'y a plus d'orientation vers les lycées professionnels en fin de 5e, celle-ci se fait après la 3e. En 1995, le pourcentage des élèves de 3e choisissant la filière professionnelle a été de 31 %.

□ La loi quinquennale relative au travail, à l'emploi et à la formation de 1994 a donné à l'enseignement professionnel une mission s'inscrivant dans la logique de la loi d'orientation de 1989 qui prévoyait d'amener 100 % d'une classe d'âge au moins au niveau V (c'est-à-dire à un niveau CAP-BEP minimum).

□ La filière professionnelle, qui peut se préparer sous statut scolaire ou en apprentissage, propose un éventail de diplômes très diversifiés : des CAP très nombreux, 45 BEP (sans compter le brevet d'études professionnelles agricoles, Bepa), une palette de 37 baccalauréats professionnels, etc.

Les programmes

□ Aujourd'hui, dans la voie professionnelle, tous les diplômes ont une double finalité : permettre l'entrée sur le marché du travail avec la reconnaissance de savoirs et de savoir-faire dans le cadre d'un ensemble de métiers, et autoriser la poursuite d'études vers un autre diplôme plus élevé, par exemple du BEP vers un bac professionnel ou technologique. Les programmes rénovés à la rentrée 1996 sont conçus dans ce sens.

□ *Pour les enseignements généraux* : les programmes de français et d'histoire-géographie sont conçus dans une perspective de développement de la culture générale des élèves tandis que les programmes des sciences physiques et mathématiques visent en priorité à apporter les éléments nécessaires à la compréhension des démarches suivies dans le domaine professionnel.

□ *Pour les enseignements professionnels* : plutôt que d'être étroitement liés à un métier exclusif, les programmes des BEP ou des bacs professionnels visent à faire acquérir un ensemble de notions clés adaptables à toute une famille de métiers.

La formation en entreprise

□ Élément clé de l'enseignement professionnel, la période de formation dans l'entreprise est d'une durée variable selon le diplôme préparé : au moins 12 semaines pour un CAP, 8 semaines pour un BEP, entre 16 et 24 semaines pour un baccalauréat professionnel. On parle, à propos de ces stages, de formation en alternance sous statut scolaire, puisque le stagiaire n'est pas rémunéré. Pendant le stage, il est sous la responsabilité d'un tuteur de l'entreprise et reçoit la visite d'un enseignant qui suit son stage et l'aide à formuler ses attentes et ses besoins.

□ Le stage est validé par un rapport, partie intégrante de la formation. De plus en plus, les lycées professionnels s'organisent en réseau d'établissements pour planifier les stages et la recherche d'entreprises d'accueil afin d'éviter que plusieurs établissements n'aient à placer des stagiaires en même temps.

L'ENSEIGNEMENT AGRICOLE

■ Son organisation

L'enseignement agricole régi par la loi de 1984 (votée à l'unanimité) comporte un secteur agricole public géré par la direction générale de l'enseignement agricole du ministère de l'Agriculture et un secteur privé géré par l'enseignement catholique ou les associations familiales rurales, qui ont beaucoup développé les formations en alternance.

Le ministère paie les personnels enseignants, de direction, administratifs ou de service des lycées professionnels agricoles (LPA) et des lycées d'enseignement général et technique agricole (Legta). En 1997, le budget se monte à 6,2 milliards. Le ministère ayant en charge la pêche, la filière agro-alimentaire, l'Office national des forêts, la filière technique et professionnelle propose aussi des formations horticoles, des métiers liés à l'environnement, à l'écologie, etc.

Avec une augmentation de 30 % d'élèves depuis 1992, l'enseignement agricole est le seul secteur de l'enseignement professionnel en accroissement.

■ Les raisons du succès

Le relationnel : l'enseignement agricole a su tisser des liens très étroits avec les professions et les organismes représentatifs du monde agricole, ce qui lui a permis d'adapter ses diplômes aux mutations de l'agriculture et du secteur agro-alimentaire. Exemple : les professionnels du monde agricole participent étroitement à la gestion des établissements publics, non seulement en tant que membres d'un conseil d'administration, mais même comme présidents.

Une rénovation pédagogique profonde : une organisation souple du travail des enseignants, la proximité du monde professionnel permettant la réalisation de « vrais » stages, des contrôles en cours de formation ont remotivé des jeunes en perdition ou en difficulté scolaire. Ainsi, la filière agricole tend à devenir, pour un certain nombre d'élèves, une deuxième chance, ce qui amène paradoxalement, dans nombre d'établissements, le pourcentage de fils d'agriculteurs à ne plus représenter qu'un tiers des élèves, contre plus de 60 % il y a dix ans.

Dans un Legta dont les cycles de formation spécialisés dans l'élevage bovin, équin et les cultures fourragères s'étendent de la 4e technologique au brevet de technicien supérieur, 90 % des élèves trouvent du travail à la sortie, ce qui explique l'engouement rencontré pour ces formations agricoles.

Cours d'écologie à Limoux

Les diplômes du secteur agricole

Il faut trois ans en lycée agricole pour obtenir le baccalauréat sciences et technologies du produit agro-alimentaire (STPA), celui des sciences et technologies de l'agronomie et de l'environnement (STAE) et le brevet de technicien agricole (BTA) comme celui concernant la « Conduite de l'exploitation, polyculture, élevage ».
Deux ans d'études en LEP agricole après la 3e permettent d'obtenir le brevet d'études professionnelles agricoles (Bepa).
Deux ans d'études en lycée agricole après le baccalauréat donnent le brevet de technicien supérieur agricole (BTSA).

LES GÉNÉRALITÉS
LE CURSUS SCOLAIRE
LES ACTEURS
LES ÉTABLISSEMENTS
LES ORGANISMES
LES PARTENAIRES

La transition école-emploi

Quel que soit le niveau de qualification atteint, l'entrée d'un jeune sur le marché du travail donne lieu à une période de transition entre l'école et l'entreprise qui tend à s'allonger.

▰▰▰ Le diplôme reste un sésame pour l'emploi

☐ Ce sont les jeunes les plus récemment sortis du système scolaire qui connaissent le plus fort taux de chômage. Cependant toutes les études montrent que le diplôme est plus que jamais un sésame pour l'emploi.

☐ Plus le diplôme est élevé, plus l'insertion dans le monde professionnel est facilité.

☐ Cinq ans après leurs études, moins de 10 % des jeunes diplômés de l'enseignement supérieur sont chômeurs contre 30 % pour les non-diplômés ou détenteurs du seul brevet.

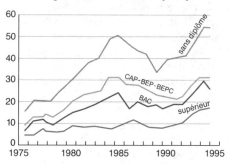

Évolution du taux du chômage selon le diplôme de 0 à 4 ans après la fin des études (en %)

Source : *Les Comptes de la nation*, Insee, 1996.

☐ Les diplômes sont devenus beaucoup plus importants qu'il y a vingt ans. En revanche, quitter l'école sans formation est plus handicapant que jamais.

▰▰▰ Une insertion dans l'emploi par des formes précaires

L'insertion dans la vie active passe le plus souvent par des formes précaires d'emploi : contrats d'aide, contrats à durée déterminée, travail à temps partiel imposé. Globalement, si les jeunes ont plus de risques d'être au chômage avant le premier emploi, ou après un emploi temporaire, ils sortent plus facilement du chômage. Là encore, ce sont les moins diplômés qui rencontrent le plus de difficultés. Un titulaire de CAP-BEP sur trois, neuf mois après la fin de ses études, est encore au chômage, alors qu'il n'y a dans cette situation qu'un titulaire de BTS sur cinq.

▰▰▰ L'articulation formation initiale-profession

☐ Globalement, la profession et le salaire sont assez étroitement liés à la formation suivie.

☐ La grande majorité des titulaires d'un troisième cycle universitaire et des diplômés des écoles de commerce exercent, cinq ans après la fin de leurs études, une profession supérieure, et les détenteurs de licence et de maîtrise, le plus souvent, une profession intermédiaire.

☐ Des discriminations subsistent cependant. Les chances d'une jeune femme d'occuper une position de cadre entre 26 et 32 ans avec un diplôme supérieur à bac + 2 sont de 53 % contre 71 % pour un homme. Pour un jeune adulte dont le père est lui-même cadre, les chances sont de 74 % contre 61 % pour un autre d'origine ouvrière.

52

L'EMPLOI DES JEUNES À L'HORIZON 2005

■ **Une prospective à dix ans**

Le Bureau d'information et de prévisions économiques (Bipe) a réalisé une étude sur la prospective emploi-formation à l'horizon 2005 à partir d'un scénario posant l'hypothèse d'un taux de croissance annuelle moyenne du produit intérieur brut de 2 %.

Dans ces conditions, environ 600 000 jeunes débutants (en moyenne annuelle) devraient accéder à l'emploi pour la première fois.

Entre 70 % et 80 % des besoins en recrutement devraient s'adresser à des jeunes d'un niveau égal ou supérieur au baccalauréat ; entre 40 % et 50 % à des jeunes diplômés de l'enseignement supérieur : bac + 2 et plus (niveau I à III) ; 30 % à des bacheliers ou à des jeunes de niveau IV.

La part des recrutements s'adressant à des jeunes diplômés de niveau V (CAP-BEP) ne serait que de 13 % et celle proposée à des non-diplômés de 11 %. Cette prospective à dix ans infirme totalement l'idée que l'on formerait trop de jeunes à haut niveau.

Dans toutes les catégories d'emploi, les exigences des entreprises sont de plus en plus faites au niveau du diplôme, de l'adaptabilité, du savoir-faire et des capacités à assumer des responsabilités.

■ **Les conclusions du rapport**

Le rapport du Bipe se conclut par trois réflexions :

– les difficultés d'insertion des jeunes sortant du système éducatif sans aucun diplôme et qui ne s'engagent pas dans une filière de type apprentissage ne peuvent que s'accentuer ;

– la demande de recrutement de jeunes titulaires d'un diplôme professionnel de niveau bac + 2 ou équivalent continue à croître. Elle pourrait même, dans un environnement économique favorable, dépasser les capacités de sorties du système éducatif projetées à l'horizon 2005 ;

– le risque majeur pour les années à venir demeure celui d'une insuffisance globale du nombre d'emplois offerts aux jeunes et non celui d'un déséquilibre structurel entre les besoins de l'économie et les sorties du système éducatif.

Ce seront toujours les plus bas niveaux de formation qui seront les premiers touchés par le chômage.

Les niveaux de qualification	
Niveau VI	Sortie du premier cycle du second degré (6e-5e-4e)
Niveau V bis	Sortie de 3e générale, de 4e et 3e technologiques et des classes de second cycle court avant la classe terminale
Niveau V	CAP (certificat d'aptitude professionnelle) ou BEP (brevet d'études professionnelles) et abandon de la scolarité du second cycle avant la classe terminale
Niveau IV	Baccalauréat général, technologique ou professionnel et abandon des scolarisations post-baccalauréat avant le niveau III
Niveau III	BTS (brevet de technicien supérieur) DUT (diplôme universitaire de technologie) Deug (diplôme d'études universitaires générales) Diplômes des écoles des formation sanitaires ou sociales, etc.
Niveau II } Niveau I }	Niveau égal ou supérieur à la licence ou diplôme de grande école

LES GÉNÉRALITÉS

LE CURSUS SCOLAIRE

LES ACTEURS

LES ÉTABLISSEMENTS

LES ORGANISMES

LES PARTENAIRES

Les CAP et les BEP

Les certificats d'aptitude professionnelle (CAP) et les brevets d'études professionnelles (BEP) sont des diplômes professionnalisés de niveau V, avec des finalités différentes : le premier donne un savoir-faire pour un métier spécifique, le second prépare à une branche d'activités.

Le CAP

☐ Il existe près de 250 CAP délivrés par le ministère de l'Éducation nationale ou par le ministère de l'Agriculture. Ils définissent une qualification professionnelle correspondant à un métier précis.

☐ L'arrêt de l'orientation en fin de 5e pour préparer au CAP en trois ans avait donné à penser que les CAP allaient se tarir au profit des BEP. Il n'en est rien, car certains secteurs d'activités (bâtiment, ameublement, hôtellerie…) restent très attachés au CAP et offrent de bonnes perspectives d'insertion professionnelle.

☐ Le CAP se prépare dans un lycée professionnel et en apprentissage. La tendance actuelle est de préparer le CAP dans le cadre de contrats de travail en alternance.

☐ L'enseignement technologique et professionnel occupe un peu plus de la moitié de l'emploi du temps. Il a lieu en atelier, sous forme de cours et de travaux pratiques. Il y a 12 semaines de formation en entreprise. L'examen se déroule soit par épreuves terminales, soit par combinaison d'épreuves terminales et d'un contrôle en cours de formation, soit, dans certains cas, sous la forme d'un contrôle continu.

Le BEP

☐ Ce diplôme atteste une qualification pour :

– plusieurs activités relevant d'un même secteur professionnel : le titulaire d'un BEP optique-lunetterie est à la fois vendeur et ouvrier monteur en lunetterie ;

– une activité commune à plusieurs secteurs : avec un BEP maintenance des systèmes de production, un ouvrier assure l'entretien des machines, anticipe les pannes, mais aussi répare, monte et met en place le matériel.

☐ Le BEP se prépare en lycée professionnel, sous statut scolaire. Avec 15 heures d'enseignement technologique et professionnel – sur les 31 heures des BEP tertiaires et 17-19 heures sur les 34-35 heures de BEP industriels –, ce diplôme permet une entrée dans la vie active ou la poursuite d'études vers un baccalauréat professionnel ou technologique. L'examen se déroule dans les mêmes conditions que le CAP.

La liaison CAP-BEP

Il existe plusieurs cas de figures :

– le CAP et le BEP cohabitent harmonieusement : le CAP apporte un savoir-faire particulier et le BEP « généraliste » donne des compétences transversales. Par exemple, dans le domaine de l'hôtellerie, on trouve un BEP hôtellerie-restauration et des CAP cuisine, restaurant et hébergement ;

– le BEP tend à se substituer au CAP dans certaines professions où il est menacé par les évolutions techniques, comme dans la réparation automobile ;

– le CAP se développe dans certains « créneaux », par exemple dans les emplois de surveillance et de sécurité.

L'ÉCOLE DE LA DEUXIÈME CHANCE

■ Un défi nécessaire

En France, 102 000 jeunes sortent du système éducatif (60 000) ou ne terminent pas leur contrat d'apprentissage (42 000) sans avoir obtenu de diplôme. Ils étaient 206 000 en 1977, 133 000 en 1990.

Le niveau de formation atteint étant de plus en plus un rempart contre le chômage, les jeunes qui ne parviennent pas à poursuivre leurs études au-delà de la scolarité obligatoire sont très fortement exposés au risque d'exclusion économique et sociale. La situation des jeunes en échec scolaire, sans diplôme ni qualification, principales victimes de la spirale du chômage et de la marginalisation, atteint dans les banlieues des grandes métropoles des proportions inquiétantes. C'est pourquoi l'Union européenne, dont 5 millions de jeunes sont touchés par le phénomène, s'est préoccupée de la situation.

Elle a décidé de lancer, à Marseille à partir de janvier 1998, une « école de la deuxième chance » qui accueillera 10 000 jeunes de 18 à 22 ans sans diplôme ni qualification. À ceux qui n'ont connu que les « stages-parking » ou les contrats d'insertion, cette expérience veut offrir deux ans de formation en pratiquant une pédagogie individualisée et l'alternance. Ce projet est mis en œuvre par un comité de pilotage comprenant, autour de la ville de Marseille, le Conseil général, la Chambre de commerce et d'industrie et des personnalités qualifiées comme le responsable de l'Association des compagnons du devoir.

■ Les objectifs

Le premier objectif assigné à ce projet est de redonner aux jeunes les notions de base indispensables qu'ils n'ont pu acquérir dans le système scolaire : lire, écrire, compter, s'initier à l'informatique, pratiquer une langue étrangère, toutes notions qui paraissent comme essentielles pour une pratique professionnelle aujourd'hui.

Le deuxième objectif concerne l'apprentissage des responsabilités. Ce principe se concrétisera par un contrat définissant les engagements réciproques entre les jeunes, l'école et les entreprises, chaque jeune étant parrainé par une entreprise industrielle, commerciale ou artisanale.

Le troisième objectif concerne la notion de « lieu de vie » de l'établissement. Cette « école de la deuxième chance » sera aussi un lieu de vie communautaire intégré au quartier, où le mouvement associatif local aura toute sa place pour développer des activités sportives, éducatives ou culturelles.

■ Le financement

Un tel projet nécessite des financements considérables en termes d'investissement et de fonctionnement (environ 140 millions de francs). Ceux-ci seront pris en charge par des crédits européens, une participation de l'État, de la région, du département et de la ville.

Le projet marseillais est fortement impulsé et soutenu par Édith Cresson, commissaire européen à l'Éducation et à la Formation. Présente à Marseille en décembre 1996 pour le lancement du projet, elle a tenu à déclarer que « l'aide aux jeunes en difficulté vaut bien qu'on consacre l'équivalent des 80 000 F que coûte un étudiant d'école de commerce ». Elle nécessite également le recrutement « d'un corps professoral de volontaires motivés, enseignants, animateurs et travailleurs sociaux à la fois, qui seront rémunérés en conséquence ». (*Le Monde,* 11 décembre 1996)

LES GÉNÉRALITÉS

LE CURSUS SCOLAIRE

LES ACTEURS

LES ÉTABLISSEMENTS

LES ORGANISMES

LES PARTENAIRES

Les baccalauréats

Aujourd'hui, le baccalauréat se conjugue au pluriel. Premier grade universitaire créé en 1808, il s'est diversifié au fil du temps, notamment avec la création des baccalauréats de technicien (devenus des baccalauréats technologiques en 1986) et celle des baccalauréats professionnels.

▄▄▄▄▄ Le baccalauréat général

☐ Le baccalauréat comprend, quel que soit son type ou sa série – scientifique (S), littéraire (L), économique et sociale (ES) –, des épreuves obligatoires et des épreuves facultatives. Pour les épreuves facultatives, ne sont retenus que les points supérieurs à la moyenne de 10 sur 20.

☐ La mise en place des nouvelles séries générales (S, ES, L) s'est traduite au niveau des coefficients des épreuves, par une valorisation des matières clés de la série : pour la série littéraire (L), le français a un coefficient 5 et la philosophie un coefficient 7 ; pour la série économique et sociale (ES), les sciences économiques et sociales ont un coefficient 7, les mathématiques appliquées et l'histoire-géographie un coefficient 5 ; pour la série scientifique (S), les mathématiques ont un coefficient 7, la physique-chimie et les sciences de la vie et de la terre un coefficient 6. Il faut donc réussir dans les matières fondamentales de la série pour obtenir le baccalauréat.

▄▄▄▄▄ Les baccalauréats technologiques

Ces baccalauréats sont au nombre de quatre : sciences et technologies industrielles (STI), sciences et technologies de laboratoire (STL), sciences et technologies médico-sociales (SMS), sciences et techniques tertiaires (STT). Leurs spécialités ont des coefficients importants. Ainsi, le baccalauréat STI a des coefficients 8 et 9 pour l'étude des constructions et des systèmes techniques industriels. Le baccalauréat STL a des coefficients 10 pour la physique-chimie-électricité, 8 pour le génie chimique, 12 pour les technologies biochimiques et biologiques. Le baccalauréat STT a un coefficient 8 pour l'économie-droit et un coefficient 8 + 6 à l'épreuve pratique pour la comptabilité-gestion, l'informatique de gestion, l'action et communication administratives, l'action et communication commerciales. Le baccalauréat SMS a un coefficient 8 pour les sciences sanitaires et sociales, la communication en santé et action sociale, la biologie humaine.

▄▄▄▄▄ Le baccalauréat professionnel

☐ Le baccalauréat professionnel comporte 37 spécialités et touche 4 grands domaines : la formation professionnelle, technique et scientifique (de 16 à 18 heures) ; le français, la langue vivante, l'histoire-géographie (de 7 à 8 heures) ; l'éducation artistique (2 heures) ; l'éducation physique et sportive (2 heures).

☐ Aux cours obligatoires s'ajoutent des matières facultatives et une période de formation en entreprise d'une durée de 16 à 24 semaines. Cette période en entreprise est prise en compte à l'examen final. Elle est validée par contrôle en cours de formation.

☐ Le diplôme est donc obtenu à partir de sept épreuves obligatoires et une facultative ; trois des épreuves obligatoires se déroulent sous forme d'un contrôle en cours de formation.

DE PLUS EN PLUS DE BACHELIERS

■ Une présentation en hausse

Franchissant la barre des 200 000 lauréats en 1975, dépassant les 300 000 à la session 1988 et représentant plus de 481 000 reçus à la session 1998, les bacheliers sont de plus en plus nombreux. La proportion de bacheliers sur une génération est quant à elle passée de 3 % en 1945 à 24 % en 1975 et 50 % en 1992 pour avoisiner 63 % à la session 1995. La hausse de la proportion de bacheliers de 39 % de 1975 à 1995 est imputable pour 20 % au baccalauréat général, pour 10 % au technologique, pour 9 % au professionnel.

■ Un taux de réussite modulé selon les baccalauréats

Le taux de réussite des candidats qui se présentent au baccalauréat était de 78,8 % en juin 1998. Il y a des disparités générales importantes concernant la part d'une génération obtenant le baccalauréat.
En 1998, le taux de réussite est différent selon les baccalauréats :
– séries générales : 79,1 %
(1996 : 74,8 %) (1997 : 76,3 %)
– séries technologiques : 79,6 %
(1996 : 77,8 %) (1997 : 77,3 %)
– séries professionnelles : 76,1 %
(1996 : 78,2 %).
Sur 100 bacheliers en juin 1998 : 56 ont obtenu un baccalauréat général, 29 un baccalauréat technique, 15 un baccalauréat professionnel.

■ Les particularités de l'année 1998

Le nombre des nouveaux bacheliers a augmenté de plus de 12 000 par rapport à l'an dernier. On constate, cette année, une grande homogénéité des taux de succès dans les différentes séries avec une légère chute pour les séries professionnelles.
Si les deux tiers d'une génération réussissent le baccalauréat, il n'y a qu'un bachelier sur quatre parmi la population active des 18-60 ans. C'est dire, à la fois, combien est important l'accroissement du nombre de bacheliers dans la dernière période, importance qui augure d'un problème de société futur : le remplacement par des bacheliers d'emplois actuellement occupés par des non-bacheliers, avec tous les problèmes d'insertion dans l'entreprise et de déqualification qui pourront être ressentis par les jeunes.

Où vont les bacheliers ?						
	Littéraire	Économique et social	Scientifique	Technologiques industriels	Technologiques tertiaires	Professionnels
Université	76 %	67 %	56 %	4 %	28 %	6 %
BTS	6 %	6 %	3 %	40 %	31 %	4 %
IUT	2 %	10 %	12 %	11 %	8 %	1 %
CPGE	5 %	4 %	18 %	1 %	–	–
Autres formations supérieures	11 %	13 %	11 %	26 %	17 %	4 %
Arrêt des études	–	–	–	18 %	16 %	85 %
	100 %	100 %	100 %	100 %	100 %	100 %

D'après note DEP 96-05, février 1996 avec un accroissement de seulement 6 490 du nombre de candidats.

LES GÉNÉRALITÉS

LE CURSUS SCOLAIRE

LES ACTEURS

LES ÉTABLISSEMENTS

LES ORGANISMES

LES PARTENAIRES

Les classes post-baccalauréat

Un bachelier général sur trois poursuit une formation dans des classes post-baccalauréat de lycée : sections de techniciens supérieurs (STS), classes préparatoires aux grandes écoles (CPGE).

Les inscriptions

☐ L'obtention du baccalauréat est nécessaire pour entrer dans les classes post-baccalauréat, mais la décision est prise, sur dossier, avant les résultats de cet examen. Les dossiers d'inscription sont à déposer durant le second trimestre de l'année de terminale, il est également nécessaire de faire une inscription télématique (Ravel, pour la région parisienne).

☐ Les classes post-baccalauréat STS et CPGE sont des filières sélectives qui ont accueilli à la rentrée 1996, selon les prévisions, 20,6 % des bacheliers de série générale (13,5 % en CPGE, 7,1 % en STS), 47,2 % des bacheliers de série technologique (46,2 % en STS, 1 % en CPGE). Au total, il y a donc près d'un bachelier général ou technologique sur trois (29,4 % : 20,1 % en STS, 9,3 % en CPGE) qui reste en lycée dans ces classes post-baccalauréat.

Les classes préparatoires aux grandes écoles (CPGE)

Les CPGE préparent les concours d'entrée aux grandes écoles, écoles normales supérieures, instituts d'études politiques, écoles d'ingénieurs, écoles de commerce, écoles militaires, etc. Parmi toutes les classes, on distingue les classes « prépas » littéraires, les classes « prépas » économiques et sociales, les classes « prépas » scientifiques (filières du domaine mathématiques-physique-chimie-technologie), la filière biologique, la « prépa véto » qui prépare en un an le concours de l'école vétérinaire, les « prépas » technologiques industrielles.

Les sections de techniciens supérieurs (STS)

☐ Elles préparent au brevet de technicien supérieur (BTS). Selon une étude du Cereq, 82 % des élèves ayant un BTS trouvent un travail dans les six mois qui suivent l'obtention de leur diplôme. Un nombre croissant de jeunes titulaires d'un BTS choisissent de poursuivre leurs études (30 % en 1995). La formation avec 8 à 12 semaines de stage donne une part importante à l'enseignement technologique et aux travaux pratiques. Le diplôme peut également se préparer en apprentissage.

☐ Depuis la rentrée 1995 le diplôme national de technologie spécialisée (DNTS) est préparé en un an après l'obtention d'un BTS (ou d'un DUT) dans 28 établissements scolaires publics et privés. Le DNTS, de niveau bac + 3, procure une formation palliant l'absence de licence dans certains domaines précis et techniquement avancés.

La filière comptable

En un an, dans les lycées, se prépare le diplôme préparatoire aux études comptables et financières (DPECF) ; il permet l'entrée dans une classe préparatoire (toujours en lycée) pour le diplôme d'études comptables et financières (DECF). Deux mille élèves préparent le DPECF en un an ; 6 200, le DECF en deux ans.

L'ENTRÉE DANS LES GRANDES ÉCOLES

■ L'élite

72 500 étudiants (dont 29 000 filles) fréquentent les classes préparatoires aux grandes écoles réparties dans 480 lycées. La plupart sont des bacheliers S (74 %), mais on rencontre également 11,5 % de bacheliers L et 10 % de bacheliers ES. Apparaissant comme l'élite des classes des lycées, les classes préparatoires sont le fleuron d'un certain nombre d'établissements illustres comme Henri IV, qui accueille les classes préparatoires littéraires (classes appelées hypokhâgne), ou Louis-le-Grand, qui se réserve les meilleurs étudiants scientifiques des établissements de la région parisienne.

■ Bêtes de travail et bêtes à concours

L'accès aux classes préparatoires est très sélectif. Il s'effectue sur dossier au milieu de l'année de terminale. Si l'élève est retenu, le baccalauréat n'est qu'une confirmation. Admis en classe préparatoire pour une durée de deux ans (trois ans si un redoublement est autorisé), le jeune va se lancer dans la préparation des concours aux diverses grandes écoles existantes. Il est clair que le travail fourni dans ces classes est intensif, mais il permet à des élèves refusés au concours d'entrée des grandes écoles de pouvoir, au vu de leurs notes, obtenir assez facilement une équivalence avec un Deug pour poursuivre à l'université en licence.

■ Le passeport de la réussite sociale

Le système des classes préparatoires est très lié au système français des grandes écoles. Dans chaque secteur, une ou plusieurs grandes écoles de formation, Normale supérieure, Polytechnique, Mines, HEC, etc., recrutent sur concours. L'institut d'études politiques de Paris (Sciences-Po) peut aussi être classé comme une grande école. Son concours d'entrée est préparé en classes préparatoires.

La réussite au concours d'entrée dans une de ces écoles prestigieuses signifie un positionnement social et professionnel réussi pour la vie. Ce système, qui laisse l'université en dehors du recrutement des « élites », favorise l'existence d'un esprit de corps pour ceux qui en sortent.

S'il est vrai, que compte tenu de leur mode de recrutement, les classes prépas sont composées des meilleurs élèves, il ne faudrait pas interdire à d'autres, formés par plusieurs années d'études dans les universités, de pouvoir postuler à l'entrée dans certaines écoles. Forts de leurs bons résultats, les proviseurs d'un certain nombre de lycées de province réagissent et veulent voir respecter les règles d'égalité dans l'accès de leurs élèves aux classes préparatoires et aux concours d'accès aux grandes écoles.

LES GÉNÉRALITÉS

LE CURSUS SCOLAIRE

LES ACTEURS

LES ÉTABLISSEMENTS

LES ORGANISMES

LES PARTENAIRES

Les instituts universitaires de technologie

Un institut universitaire de technologie (IUT) est rattaché à une université. On y prépare le diplôme universitaire de technologie (DUT). L'inscription s'effectue sur dossier.

L'enseignement en IUT

☐ Avec environ 100 000 étudiants accueillis dans un peu plus de 500 départements d'enseignement, les 94 IUT de France qui ont fêté leurs trente ans en 1997, restent attractifs. L'enseignement dispensé comprend 23 spécialités en première année, qui se traduisent par 46 options possibles en seconde année.

☐ Les 13 spécialités industrielles préparant à un métier du secteur secondaire sont enseignées dans 275 départements d'enseignement.

☐ Les formations aux métiers du secteur tertiaire sont assurées dans 10 spécialités par 248 départements d'enseignement.

☐ Le contrôle des connaissances est assuré de façon continue pendant les deux années d'études, à la différence des BTS, obtenus après un examen terminal.

Les diplômes universitaires de technologie (DUT)

Les DUT sont des diplômes de niveau bac + 2. Ils certifient des qualifications valables pour une famille ou une branche de section. Pour chaque spécialité préparée dans les IUT, une commission pédagogique nationale veille aux évolutions technologiques afin d'adapter les programmes aux besoins des entreprises. C'est ainsi que les enseignements généraux représentent 50 % du diplôme ; les enseignements professionnels et techniques visent à inculquer une solide culture polyvalente des univers professionnels de référence.

Les étudiants

☐ Le secteur secondaire des IUT continue d'attirer presque exclusivement des bacheliers des séries S et STI, soit 94,3 % des entrants. Le secteur tertiaire est surtout choisi par des bacheliers ES (34,4 %), STT (29,9 %) et, dans une moindre mesure, par ceux de la série S (21 %). Le dossier d'inscription doit être déposé au second trimestre de l'année de terminale.

☐ L'augmentation progressive du nombre de bacheliers généraux dans les IUT a sans doute contribué à valoriser le diplôme universitaire de technologie qui n'apparaît plus seulement comme un passeport d'entrée dans la vie professionnelle, mais comme un moyen d'accès en second cycle après une formation fortement encadrée. En outre, il ne demande pas à l'étudiant de gérer une trop forte rupture par rapport à l'organisation des études secondaires.

☐ On constate que les titulaires d'un DUT poursuivent plus souvent leurs études (60 %) que les titulaires d'un BTS, notamment dans des écoles d'ingénieurs, des écoles de commerce, dans certains seconds cycles universitaires, ou en institut universitaire professionnalisé (IUP) où le titulaire d'un DUT peut être admis en seconde année.

L'AVENIR DES IUT

■ Une crise d'identité

Les IUT, initialement prévus pour former des techniciens supérieurs en deux ans, voient leurs étudiants prolonger de plus en plus leurs études pour conjurer la morosité du marché de l'emploi. Ces instituts sont obligés de reconsidérer leur positionnement par rapport aux sections de techniciens supérieurs (STS) des lycées et instituts universitaires professionnalisés (IUP) créés au sein des universités et permettant de passer une licence, une maîtrise voire un diplôme d'ingénieur par la voie de l'alternance. Aussi, à la rentrée 1996, les IUT n'ont pu éviter ce que certains médias ont appelé une « crise d'identité ».

Les directeurs d'IUT se sont inquiétés de la faiblesse des dotations, tant en personnels qu'en crédits, pour la mise en place des nouveaux programmes de DUT et pour l'ouverture de nouveaux départements délocalisés. Ils n'étaient pas d'accord avec le ministère sur les modalités de contrôle des connaissances. Ils réclamaient la possibilité d'inscrire dans les textes la notion de note minimale (autour de 7 sur 20) dans la ou les disciplines de spécialité, au-dessous de laquelle le jury peut refuser, même si la moyenne générale est satisfaisante, le passage de première en deuxième année ou la délivrance finale du DUT. La crise a été dénouée par un accord, fin octobre 1996.

En lieu et place de la note éliminatoire de 7 sur 20, le système de la moyenne générale a été retenu. Celle-ci devrait être obtenue dans deux ou trois blocs de spécialités définis par les commissions pédagogiques des IUT. L'obtention du diplôme sera lié à la validation des stages et des travaux personnels. Le droit au redoublement qui n'existait pas dans les IUT a été institué.

Les étudiants siègent désormais dans les commissions pédagogiques chargées d'élaborer les programmes et les modalités de contrôle des connaissances.

■ Vers une grande voie technologique

Ces mesures ne dispensent pas le ministère de mener à son terme une réflexion en profondeur sur la place de l'enseignement technologique et professionnel afin de clarifier la place et la mission des IUT dans le système universitaire.

Il est nécessaire de rendre plus lisibles les parcours de la voie technologique en définissant les divers niveaux et leurs spécificité, mais aussi les passerelles possibles de l'un à l'autre.

Avec les STS, les IUT, les IUP, il est possible de construire une grande voie technologique d'égale dignité à celle de la voie générale, composante à part entière de l'enseignement supérieur, associant enseignement, stages en entreprise et recherche.

Quelques chiffres

À la rentrée 1995, 94 100 étudiants étaient inscrits en IUT : 45 300 dans les spécialités du secteur secondaire, 58 800 dans celles du secteur tertiaire, soit une progression de 2,5 % par rapport à 1994-1995.

24 000 lauréats du baccalauréat général 1995 ont choisi de préparer un DUT à la rentrée 1995-1996. 10 % des bacheliers technologiques se sont orientés vers les IUT (9,3 % en 1994, 8,6 % en 1993).

---

36 15 ou 36 16 Candidut
36 14 Ravel

Ce sont les deux numéros pour l'inscription par Minitel en Île-de-France en DUT. Elle doit toujours être accompagnée d'une inscription sur dossier. Les dates et les modalités de retrait et retour varient selon les IUT et les spécialités (entre février et avril).

LES GÉNÉRALITÉS

LE CURSUS SCOLAIRE

LES ACTEURS

LES ÉTABLISSEMENTS

LES ORGANISMES

LES PARTENAIRES

L'enseignement universitaire

Plus d'un million et demi d'étudiants a fréquenté l'université, en 1995. Celle-ci est ouverte à tous les bacheliers, même si certaines filières doivent limiter leurs effectifs.

Le cursus universitaire

Ce cursus est divisé en trois cycles : un premier cycle de deux ans aboutissant au Deug, un deuxième cycle conduisant à la licence en première année et à la maîtrise en seconde année, et un troisième cycle permettant d'obtenir un DEA, un DESS, un magistère, une thèse de doctorat.

Les diplômes en deux ans

□ Le parcours universitaire après le baccalauréat commence par un *diplôme d'études universitaires générales* (Deug). Il se prépare en deux ans (maximum trois ans, un seul redoublement étant autorisé).

□ Les enseignements sont regroupés en modules. Chaque Deug s'appuie sur un certain nombre de modules obligatoires. D'autres sont optionnels. Le choix des modules permet de favoriser une éventuelle réorientation.

□ Le diplôme d'études universitaires scientifiques et techniques (DEUST) est un diplôme universitaire professionnalisé préparé en deux ans après le baccalauréat. Il est très spécialisé : DEUST technicien de la mer et du littoral, DEUST laser, etc.

De la licence au doctorat

□ Après le Deug, l'étudiant entre en second cycle pour obtenir une *licence* qui lui permettra de préparer une maîtrise de la même famille.

□ Les *maîtrises* donnent lieu à la rédaction, en un an, d'un mémoire par l'étudiant. Les maîtrises professionnalisées se préparent en deux ans. Les maîtrises de sciences et techniques (MST) attestent de connaissances et de pratiques techniques dans des domaines variées. Les maîtrises de science et gestion (MSG) forment des cadres gestionnaires.

□ En dehors des maîtrises, un étudiant en possession d'un bac + 2 peut prétendre à un magistère ou à une formation d'ingénieur. Le *magistère* est un diplôme d'université sans caractère national, il comprend des enseignements à finalité professionnelle et dure trois ans.

□ Le *diplôme d'études supérieures spécialisées* (DESS) se prépare en un an après une maîtrise. L'enseignement comprend trois à quatre mois de stage.

□ Le *diplôme d'études approfondies* (DEA) se prépare en un an (des dérogations sont toutefois possibles pour le préparer en deux ans) après la maîtrise. L'enseignement est théorique et méthodologique, et comporte une importante initiation aux techniques de recherche.

□ Une fois titulaire de son DEA, un étudiant peut se présenter au *doctorat*. La durée recommandée pour la préparation de ce diplôme final est de trois ans (des majorations sont toutefois possibles). Au terme de cette période, le candidat est autorisé à présenter sa thèse ou ses travaux en soutenance devant un jury.

LES INSCRIPTIONS À L'UNIVERSITÉ

■ La télématique

Pour éviter les heures de file d'attente devant les guichets d'inscription universitaires, un service de pré-inscription par télématique a été mis en place dans toutes les académies. Ces pré-inscripitions télématiques se déroulent selon un calendrier précis.

■ De mars à avril : le temps des vœux

Les vœux des futurs bacheliers sont recensés sur Minitel (Ravel pour l'Île-de-France, un code spécifique existant pour chaque académie). Les dossiers d'inscription en STS, IUT ou classes préparatoires se demandent bien avant cette date et sont à remettre directement aux établissements concernés.

C'est en mars et avril que le lycéen de l'Île-de-France doit se connecter sur 3614 Ravel à partir de n'importe quel Minitel. Il doit émettre plusieurs vœux d'orientation dans l'enseignement supérieur, parmi lesquels, au final, un seul sera retenu par étudiant. Il est donc important de se ménager le choix le plus large possible en multipliant les vœux.

– *En filières sélectives* : les vœux émis doivent correspondre aux dossiers d'admission déposés dans les établissements concernés entre janvier et mars. Il est possible de postuler à plusieurs filières sélectives en même temps (classes prépas et BTS, par exemple) ou à plusieurs spécialités au sein d'une même filière. Pour les affectations en IUT, il faut aussi se connecter sur 3615 Candidut à partir de mars pour pouvoir remplir les dossiers correspondants aux départements d'IUT dans lesquels on souhaite postuler.

– *En filières universitaires* : il est important pour un lycéen de demander des filières universitaires en plus des filières sélectives. Il lui est possible de combiner deux spécialités de Deug avec deux universités au maximum.

L'ordre dans lequel sont indiqués les vœux est très important. Ravel essaie toujours de réaliser le premier vœu. Certains Deug (15 sur 50 proposés) font l'objet d'une sectorisation, ce qui peut conduire l'étudiant à demander des dérogations.

■ Mai-juin : décision pour les filières sélectives

Les demandes d'inscription en BTS, IUT, classes prépas sont examinées par les établissements courant mai.

Pour chaque dossier, le lycéen reçoit, début juin, un avis lui indiquant s'il est retenu, refusé ou inscrit sur une liste d'attente (avec le rang) concernant les filières sélectives demandées. S'il est retenu, il se connecte sur Ravel et confirme un de ses vœux. S'il est sur liste d'attente, il doit attendre que les établissements aient fait le point sur leurs inscriptions. Si aucune place ne se libère dans les filières demandées, le rectorat reporte la demande sur les vœux universitaires.

■ Début juillet, après le baccalauréat : affectation

Pour les filières sélectives, il faut envoyer une photocopie de la « collante » du baccalauréat à l'établissement qui a accepté la candidature. Pour les filières universitaires, il faut se connecter sur 3614 Ravel pour connaître l'université où la candidature a été transmise. Nanti de cette information, l'étudiant apprendra par le serveur Minitel de l'université les modalités précises d'inscriptions administratives et pédagogiques pour la filière choisie.

LES GÉNÉRALITÉS

LE CURSUS SCOLAIRE

LES ACTEURS

LES ÉTABLISSEMENTS

LES ORGANISMES

LES PARTENAIRES

Les enjeux de l'université

L'université française est confrontée à un certain nombre de défis : accueillir de plus en plus de bacheliers et leur permettre de choisir la voie la plus conforme à leurs aptitudes, combattre les échecs trop nombreux en Deug, rester un pôle de recherche et de rayonnement intellectuel.

Les échecs en premier cycle

☐ Toutes les statistiques le montrent, l'échec des étudiants est important en premier cycle. Une des raisons en est que ces jeunes n'ont pas été retenus parmi les 40 % des filières sélectives : STS, IUT, classes prépas. Ils ne représentent donc pas, à l'inverse d'il y a vingt ans, les meilleurs lycéens.

☐ Autre raison : l'incertitude de leur orientation. Compte tenu de la limitation des candidats dans certaines filières, bon nombre d'entre eux s'inscrivent là où il reste de la place.

☐ Résultat : un bilan sévère, mais pas aussi catastrophique que certains experts veulent le présenter, vu le public concerné. Exemple : la durée moyenne de réussite au Deug est de 2,7 ans, ce qui veut dire qu'un étudiant sur deux obtient le diplôme en trois ans au lieu de deux (seuls 28,4 % des étudiants réussissent le Deug en deux ans).

Une meilleure orientation

Certaines filières connaissent des engouements passagers, rarement rationnels et réducteurs quant à leurs débouchés. Ce fut le cas des filières « psychologie » ou « sociologie » à la fin des années 80 ; c'est le cas, au milieu des années 90, de la filière « sciences et techniques des activités physiques et sportives » qui suscite un afflux de candidatures ingérables. Il est indispensable que les cursus proposés soient plus lisibles. Des voies clairement identifiables existent déjà :
– professionnalisantes et technologiques autour des IUP ;
– sanitaires et sociales pour les métiers de la santé autour des centres hospitaliers universitaires (CHU).

Un pôle de recherche

☐ Quel que soit leur domaine, les unités de formation et de recherche (UFR) ont le souci de développer des laboratoires, des centres de recherche, afin non seulement d'enseigner des savoirs, mais d'en créer toujours de nouveaux. Cette fonction, l'université l'assume en collaboration avec de grands organismes de recherche : le Centre national de recherche scientifique (CNRS), l'Institut national de la santé et des recherches médicales (Inserm).

☐ Dans nombre de cas, la politique de recherche se traduit par la création de presses universitaires gérées par l'université qui publie maîtrises, thèses et articles rédigés par les étudiants et les enseignants-chercheurs.

☐ De plus en plus, notamment dans un certain nombre de régions (Nord-Pas-de-Calais, Bretagne, Bourgogne, Picardie), les universités jouent un rôle important, en liaison avec les instances régionales d'observation et de prospective, concernant les réalités locales.

LA RÉFORME DE L'UNIVERSITÉ

■ L'organisation des premiers cycles

Une nouvelle organisation s'est mise en place en 1997-1998.

La première année universitaire est découpée en deux semestres.

Le premier semestre conserve un contenu disciplinaire fort, permettant à l'étudiant de découvrir la discipline qu'il a choisie et éventuellement de décider une nouvelle orientation. Ce trimestre est commun à plusieurs Deug, qui sont regroupés en huit « champs disciplinaires » : droit, économie, gestion, administration ; lettres et langues ; sciences sociales et humaines ; sciences ; arts ; STAPS ; sciences et technique de l'organisation ; sciences et techniques pour l'intérieur.

À l'intérieur de ces champs, l'enseignement s'organise sous la forme de trois unités d'enseignements : des enseignements fondamentaux, des enseignements de découverte des autres disciplines, un apprentissage de la méthodologie.

Au sortir de ce semestre, l'étudiant fait le choix définitif du Deug qu'il préparera pendant les trois autres semestres. Un système de coefficient incite l'étudiant à prendre en spécialité la discipline où il aura obtenu les meilleures notes.

■ Le tutorat

Le tutorat s'adresse exclusivement aux étudiants de première année, en excluant toute évaluation ou notation.

Ces étudiants peuvent bénéficier du soutien d'étudiants de deuxième ou de troisième cycle dans trois domaines :

– l'aide au travail personnel, à la gestion de l'emploi du temps ;

– l'apprentissage des méthodes propres à l'université ;

– la découverte et l'utilisation des outils documentaires dans les bibliothèques.

Les tuteurs sont recrutés dans les universités, mais aussi dans les écoles d'ingénieurs et les IUFM.

La bibliothèque de l'université de Nanterre

■ Le rapport Attali

En mai 1998, Jacques Attali a remis un rapport sur l'état de l'enseignement supérieur dans lequel figure un certain nombre de mesures parmi lesquelles l'élaboration d'une carte universitaire nouvelle, le développement de l'autonomie des établissements, le remplacement des niveaux de qualification actuels par un premier niveau à Bac + 3 ; le second niveau conduisant à l'acquisition d'une « nouvelle maîtrise » (Bac + 5) ou d'un doctorat (Bac + 8).

Le rapprochement des universités et des grandes écoles est également prôné ainsi que l'harmonisation des formations universitaires existant en Europe.

Les effectifs de l'enseignement supérieur en 1996

Université (hors IUT, BTS, classes prépas et IUFM) : 1 393 800
Premier cycle : 680 000 (– 1,5 % par rapport à 1995)
Deuxième cycle : 501 900 (+ 2,6 %)
Troisième cycle : 211 900 (+ 1,5 %)

Par discipline
Droit : 199 800
Sciences économiques, AES : 158 300
Lettres, sciences humaines : 536 600
Sciences, STAPS : 346 800
Santé : 152 300

| LES GÉNÉRALITÉS |
| **LE CURSUS SCOLAIRE** |
| LES ACTEURS |
| LES ÉTABLISSEMENTS |
| LES ORGANISMES |
| LES PARTENAIRES |

L'orientation des jeunes

L'éducation à l'orientation doit se dérouler tout au long du cursus scolaire. Elle est souvent revue et corrigée en fonction de l'évolution des savoirs et des compétences spécifiques. L'orientation doit toujours se faire en collaboration avec les parents et le concours des élèves.

Les moments de l'orientation

☐ Durant la scolarité, les procédures d'orientation interviennent en fin de 6e, en fin de 4e (à partir de 1998-1999), en fin de 3e et en fin de seconde. Dès la fin de leur scolarité au collège, les élèves se trouvent amenés à formuler un premier choix de formation. Ce choix est déterminé en fonction de projets scolaires, voire professionnels à plus long terme. Il présuppose que l'élève ait une bonne connaissance des voies de formation, la maîtrise d'un certain nombre de repères du monde professionnel et une prise de conscience de ses potentialités et de ses aspirations.

☐ Ces procédures mettent en œuvre un processus de dialogue entre la famille et le conseil de classe, le plus souvent par l'intermédiaire du professeur principal ou du conseiller d'orientation-psychologue (COP).

☐ Au troisième trimestre, la famille (ou l'élève s'il est majeur) émet des vœux d'orientation auxquels le conseil de classe répond sous la forme de proposition d'orientation. La décision définitive est prise par le chef d'établissement, qui se garde la possibilité, en cas de désaccord, de rencontrer la famille.

☐ Après la décision du chef d'établissement, la famille, si elle n'est pas satisfaite, peut faire appel de cette décision devant une commission. Si celle-ci donne raison à la famille, sa décision s'impose à tous et l'élève est affecté conformément à ses souhaits.

Les procédures d'orientation

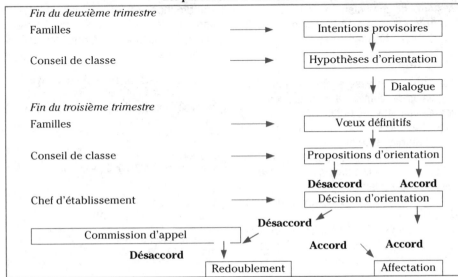

L'ORIENTATION TOUT AU LONG DU CURSUS SCOLAIRE

■ En primaire

Le conseil des maîtres peut, avec l'accord des parents, allonger la durée du cycle d'un an.

■ Au collège

Dès la 6e, tout élève accède de droit au collège sauf si le conseil des maîtres formule une proposition contraire. Une commission d'harmonisation, présidé par l'inspecteur de l'Éducation nationale (IEN), établit la liste des propositions de maintien dans l'école primaire. La décision d'orientation en fin de cycle porte sur le passage en 5e ou le redoublement (l'appel est possible auprès de la commission d'appel).

En 5e (à partir de 1997-1998), la règle est le passage en 4e ; le redoublement peut être conseillé mais n'intervient qu'à la demande de la famille.

En 4e, la règle est le passage en 3e ; le redoublement peut être conseillé mais n'intervient qu'à la demande de la famille. À partir de 1998-1999, la décision d'orientation porte sur le passage en 3e ou le redoublement. Il sera possible de faire appel de la décision auprès de la commission d'appel.

En 3e option générale ou technologique, la décision d'orientation porte sur la classe de seconde générale, technologique ou spécifique, la seconde professionnelle, la première année de CAP post-3e ou le redoublement. Les propositions et les décisions d'orientation peuvent inclure un avis sur les options ou spécialités professionnelles, mais ne sont pas susceptibles d'appel. La famille peut faire appel devant la commission sur les voies d'orientation.

■ Au lycée

En seconde générale et technologique, les décisions d'orientation sont élaborées en termes de voie d'orientation (série) ou de redoublement. Les choix d'option reviennent à la famille et ne sont pas susceptibles d'appel. L'orientation vers la préparation d'un BEP n'intervient qu'à la demande de la famille ou de l'élève majeur et n'est pas susceptible d'appel. La famille peut faire appel auprès de la commission portant sur le passage en classe de première ou sur la série de la première ou opter pour le redoublement avant ou après l'appel.

En seconde professionnelle, la règle est le passage en terminale de BEP. Le redoublement peut être conseillé, mais n'intervient qu'à la demande de la famille ou de l'élève s'il est majeur.

En première, la règle est le passage en terminale dans la même série. Le redoublement peut être conseillé, mais n'intervient qu'à la demande de la famille ou de l'élève majeur. Un changement de série est possible, uniquement avec l'avis favorable du conseil de classe.

L'élève, à chaque niveau, doit avoir le souci de s'informer auprès de l'équipe enseignante, du conseiller d'orientation du centre d'information et d'orientation, et de prendre connaissance des brochures éditées par l'Onisep.

L'éducation à l'orientation

En collège et en lycée, il est prévu qu'un dispositif d'éducation à l'orientation soit mis en place dans le cadre du projet d'établissement.

Le chef d'établissement est responsable du programme d'éducation à l'orientation. Il doit permettre à l'élève d'acquérir les compétences requises pour former des choix aussi autonomes que possible et lui permettre de les mettre en œuvre selon des stratégies appropriées.

Il peut s'agir d'interventions dans la classe du conseiller d'orientation-psychologue, d'actions d'information au centre de documentation et d'information (CDI) ou de rencontres thématiques avec des professionnels.

LES GÉNÉRALITÉS

LE CURSUS SCOLAIRE

LES ACTEURS

LES ÉTABLISSEMENTS

LES ORGANISMES

LES PARTENAIRES

Les programmes scolaires

Périodiquement, les programmes scolaires sont restructurés et réécrits pour faire face à l'évolution des contenus des diverses disciplines et à la modification de leur place dans le cursus scolaire. Ces changements entraînent toujours d'importants débats chez les enseignants et dans le public.

La procédure de modification

☐ Lorsque la décision est prise de modifier les programmes d'un niveau d'enseignement, le ministre de l'Éducation nationale consulte d'abord le Conseil national des programmes (CNP). Celui-ci fait des propositions en matière de conception générale des enseignements et des programmes.

☐ Les groupes de travail disciplinaires (GTD) travaillent auprès de la Direction des lycées et collèges (DLC) à la rédaction précise du programme en liaison avec le CNP. Ces groupes de travail soumettent leurs projets de rédaction au ministre. Les projets sont publiés au *Bulletin officiel* de l'Éducation nationale adressé à tous les établissements concernés, à charge pour les enseignants, les corps d'inspection, les inspecteurs d'académie et les recteurs de faire remonter auprès des GTD les critiques, propositions et autres suggestions.

☐ Une fois débattus, les programmes sont retravaillés par le GTD sur la base des propositions des enseignants, des organisations syndicales et des associations de spécialistes qui sont souvent représentatives des enseignants d'une même discipline.

☐ Une fois revus, les programmes sont soumis au Conseil supérieur de l'Éducation (CSE) qui émet un avis par un vote. C'est ainsi qu'en juillet 1995, le CSE a rendu un avis défavorable sur les nouveaux programmes de 6e. Ses membres pensaient que si l'on voulait pouvoir faire des choix dans son enseignement en 6e, en 5e ou en 4e, il était fondamental de savoir ce qui était exigible au terme du cursus. Il semblait donc plus judicieux de commencer par le programme de 3e et de remonter jusqu'au programme de 6e, plutôt que de faire l'inverse.

☐ Les programmes de 6e ont été revus, le CSE a été informé des projets des programmes de 5e et de 4e et des lignes directrices du contenu des programmes pour l'ensemble du collège, pour lesquels il a rendu un avis favorable.

Un cadre national

☐ Les programmes, selon les textes en vigueur, doivent paraître au *B.O.E.N.*, 14 mois avant leur mise en application, ce qui est loin d'être toujours le cas. Leur texte, souvent assez court, s'accompagne d'instructions et de compléments pédagogiques également publiés au *B.O.E.N.* Sont notamment publiés des tableaux indiquant les possibilités de plages de rencontre entre deux disciplines : par exemple, la Bible étudiée en français, les Hébreux étudiés en histoire, etc.

☐ Il faut noter que, de plus en plus, les programmes des disciplines techniques ou générales sont basés sur des «référentiels» indiquant les savoirs et les savoir-faire exigibles pour chaque niveau. On précise donc les notions clés à connaître, les méthodologies à utiliser et que l'élève doit maîtriser : savoir chercher et trouver une information, repérer et analyser un document, utiliser un dictionnaire, lire une carte, etc.

LES MANUELS SCOLAIRES

■ Une spécificité française

En France, les enseignants ont une liberté totale de choix et d'utilisation des manuels scolaires, car il n'y a pas d'organe officiel d'habilitation des manuels. La libre concurrence s'exerce donc entre les différents éditeurs. Les auteurs sont, en majorité, des enseignants en exercice auxquels peuvent s'associer des universitaires ou des membres des corps d'inspection.

■ Le choix des manuels

Ce sont les équipes pédagogiques, réunies à l'initiative du chef d'établissement en conseil d'enseignement, qui choisisse les manuels scolaires en vigueur aux divers niveaux de l'établissement. Le conseil d'administration donne son avis sur « les principes guidant le choix des manuels scolaires, des logiciels et des outils pédagogiques ».

■ Les diverses fonctions d'un manuel

Un manuel a une fonction pédagogique et culturelle. Il est à la fois le dépositaire des contenus d'un enseignement, un recueil d'exercices, un guide méthodologique et un instrument de référence.

Il est impératif qu'il soit conforme aux programmes, ce qui n'exclut nullement qu'il apporte des informations complémentaires ou propose des approfondissements. Il doit être enrichi de documents textuels ou/et iconographiques, porteurs de contenus ou pouvant constituer des supports d'activités.

Aujourd'hui, la plupart des manuels comportent des questions méthodologiques propres à chaque discipline ; ils s'accompagnent d'exercices de sensibilisation, d'application, d'intégration et d'évaluation.

Les manuels scolaires sont achetés par l'établissement sur la base des crédits versés soit par la mairie à l'école primaire, soit par l'État au collège ; ils sont fournis gratuitement aux familles.

En lycée, les manuels scolaires sont achetés par les familles. Le fonds social lycéen peut aider les familles qui auraient des difficultés financières pour les acheter.

Les manuels d'État

Dans plus des deux tiers des pays du monde, les enseignants se voient imposer des manuels d'État ou ne peuvent choisir que des manuels contrôlés par l'État. L'introduction d'un manuel dans les classes est subordonnée à un agrément de l'Administration, qui n'est donné que si l'ouvrage respecte un certain nombre de critères précis comme l'intitulé des chapitres, la présence de certains types d'exercices, etc.

LES GÉNÉRALITÉS

LE CURSUS SCOLAIRE

LES ACTEURS

LES ÉTABLISSEMENTS

LES ORGANISMES

LES PARTENAIRES

Les études surveillées

La rénovation de l'école primaire et du collège a été l'occasion de redécouvrir le rôle pédagogique des études. Aujourd'hui, les directives du ministère proposent des études dirigées et des études encadrées pour aider les élèves à réaliser leur travail en leur donnant les moyens d'apprendre à apprendre.

▬▬▬ Une relance des études

Le développement de l'hétérogénéité des classes entraîne une relance des études effectuées en fin de journée par les surveillants, les appelés du contingent exerçant dans l'établissement, voire des intervenants extérieurs en école primaire et au collège. Leur rôle est avant tout de permettre à l'élève de « faire » ses devoirs avant de rentrer à son domicile.

▬▬▬ L'organisation pédagogique des études

☐ En primaire, dans le cadre des 26 heures hebdomadaires, 2 heures d'études dirigées (soit 30 minutes à la fin de chaque journée ouvrable) sont prévues pour les devoirs, la révision des leçons, etc. Elles permettent aux élèves d'acquérir progressivement des méthodes personnelles de travail.

☐ En collège, pour la classe de 6e (le cycle d'adaptation), des études sont prévues *pour l'ensemble des élèves* pour 2 heures au moins au-delà de l'horaire d'enseignement.

☐ Pour tenir compte de la diversité des élèves, le ministère a décidé de moduler les modes d'intervention et de distinguer les *études dirigées*, confiées aux seuls enseignants et dont l'objectif est de favoriser l'acquisition de méthodes de travail personnel, et les *études encadrées,* qui peuvent être animées par d'autres membres de l'équipe éducative ou des intervenants extérieurs et offrir aux élèves qui maîtrisent mieux ces méthodes la possibilité d'un travail autonome.

☐ Les études dirigées donnent aux élèves les moyens « d'apprendre à apprendre » en leur donnant une aide méthodologique par la préparation des devoirs et des leçons, pour une meilleure appropriation des enseignements dispensés dans les cours.

☐ Les études encadrées permettent aux élèves d'effectuer leur travail personnel au sein du collège, de disposer de ressources documentaires en bénéficiant de l'aide ponctuelle du responsable de l'étude.

▬▬▬ Un encadrement pédagogique complémentaire

☐ Contrairement à la 6e, en 5e, les études ne concernent pas la totalité des élèves ; elles constituent un encadrement pédagogique complémentaire destiné aux élèves qui ne font pas encore preuve d'une autonomie suffisante dans leur travail. Elles sont réservées aux élèves qui ne trouvent pas chez eux les conditions requises pour travailler ou qui ont besoin d'un encadrement supplémentaire.

☐ L'enseignant travaille avec des petits groupes, guide l'élève dans les documents qu'il a à sa disposition, l'aide à comprendre ce qu'on attend de lui, à effectuer les démarches qui le conduiront à mieux s'approprier les connaissances.

☐ Au-delà de l'aide à la réalisation des devoirs et à la gestion du temps scolaire, les études créent des relations différentes au sein de la classe ; elles permettent aux élèves de s'approprier les processus du travail intellectuel.

LES OBJECTIFS DES ÉTUDES

■ Permettre à l'élève de se connaître

Les études mises en place dans les collèges sont perçues de façon très positives par les enseignants, sous réserve de respecter deux conditions :
– s'inscrire dans une stratégie globale de l'établissement durant l'année scolaire ;
– s'appuyer sur une liaison renforcée entre ceux qui font les études et toute l'équipe pédagogique, notamment en utilisant des outils de liaison.
Trois objectifs centrés sur l'élève ont été assignés aux études. Celles-ci doivent aider le collégien à :
– mieux se connaître, en le préparant, par exemple, à identifier ses modes personnels d'apprentissage, à réviser ses démarches, à tirer parti de ses erreurs, etc. ;
– mieux s'organiser, par l'apprentissage de la gestion du temps et de l'utilisation d'outils matériels d'organisation du travail ;
– mieux vivre en collège, en facilitant la socialisation et l'institution de groupes de travail et d'entraide entre élèves.

■ Mieux connaître l'élève

Dans certains établissements, l'élaboration d'un projet annuel d'organisation des études est considéré comme partie intégrante de l'action pédagogique des enseignants. Il s'agit d'éviter d'en faire une séquence de soutien, ce qui incombe aux enseignants pendant leurs heures de cours, ou de se limiter à des exercices plus ou moins ludiques. Il faut, au contraire, aider l'élève à pouvoir transférer les méthodes acquises pendant les cours dans les différentes disciplines.
À travers les études, les enseignants peuvent observer des démarches d'appropriation mises en œuvre par les élèves, identifier les difficultés éprouvées, ce qui peut leur permettre de traiter ces difficultés et, à terme, les aider à mieux prévoir les difficultés que peuvent rencontrer les élèves et à choisir les approches pédagogiques adaptées.
L'étude doit aussi conduire à une véritable collaboration entre enseignants et élèves pour emprunter tel ou tel cheminement permettant de parvenir aux apprentissages nécessaires à la progression du jeune.

Une classe de soutien scolaire

Quelques exemples d'études

Plusieurs possibilités d'horaires existent : un après-midi de 14 h à 16 h ou 16 h 30 ou deux séquences d'une heure en fin de journée. Le choix appartient à l'équipe pédagogique de la classe.
Pour les 6e comme pour les 5e, le premier trimestre est consacré à l'aide méthodologique. Les intervenants sont des enseignants de l'établissement et, notamment, des documentalistes. Leur travail est d'aider les élèves, souvent regroupées en deux groupes, à organiser leur travail, utiliser un manuel, un dictionnaire, etc. Au deuxième et troisième trimestres, les études sont consacrées à l'aide aux devoirs, les surveillants-maîtres d'internat sont aux côtés des enseignants et le professeur principal joue un rôle de coordinateur entre enseignants et intervenants.

LES GÉNÉRALITÉS

LE CURSUS SCOLAIRE

LES ACTEURS

LES ÉTABLISSEMENTS

LES ORGANISMES

LES PARTENAIRES

L'aménagement du temps scolaire

Les rythmes scolaires annuels, hebdomadaires et journaliers sont souvent remis en cause. Une tentative d'aménagement des horaires est expérimentée pour rééquilibrer le temps scolaire.

▄▄▄▄ L'aménagement de l'année

☐ C'est en 1939 que, pour la première fois, le calendrier scolaire annuel est arrêté nationalement par le ministère de l'Éducation.

☐ Dans les années 60, le zonage des vacances est adopté et, en 1979-1980, un calendrier déconcentré des vacances scolaires est expérimenté au niveau académique. Devant la pagaille qu'il entraîne, le calendrier est très vite arrêté.

☐ En 1986-1987, un nouveau découpage est initié 7/2 - 7/2 : sept semaines de travail - deux semaines de vacances. Ce découpage est confirmé par l'article 9 de la loi d'orientation qui déclare que « l'année scolaire comporte 36 semaines réparties en cinq périodes de travail de durée comparable, séparées par quatre périodes de vacances ». Le maintien du découpage en trimestre dans les collèges et les lycées va rendre cet article difficilement applicable.

☐ Le report des cours du samedi matin au mercredi matin est appliqué en 1995 dans 8,7 % des écoles publiques (15,7 % des écoles privées).

☐ La semaine de quatre jours est appliquée dans 17,1 % des écoles publiques (la quasi-totalité des écoles a adopté ce rythme dans 13 départements). C'est le cas également de 33,5 % des écoles privées.

▄▄▄▄ L'aménagement de la semaine et de la journée

☐ À l'initiative du ministère de la Jeunesse et des Sports, de nouvelles formes d'aménagement des rythmes scolaires entrent en application en septembre 1996 dans 175 sites pilotes répartis sur 88 départements. Ce nouvel aménagement concerne 100 000 élèves. L'idée générale est d'introduire, après les cours du matin, davantage d'activités sportives et culturelles pour mieux équilibrer la journée.

☐ Selon les cas, l'expérimentation touchera parfois quelques écoles, voire quelques dizaines d'élèves, ou tous les établissements d'une ville.

▄▄▄▄ Le financement des activités

☐ Dans le cadre de l'expérimentation 1996, 50 millions sont prévus, ce qui ne couvrira au mieux que 20 % des dépenses totales. Certes, d'autres partenaires pourront intervenir, comme le Conseil régional, la Caisse d'allocations familiales, la Direction régionale des affaires culturelles (Drac), le Fonds d'action sociale (FAS), mais le coût restera néanmoins important pour les communes car il faudra équiper des espaces, rémunérer les animateurs culturels et sportifs, transporter les enfants, autant d'obstacles financiers qui peuvent entraver l'application du projet.

☐ Certains en sont à se demander si l'on ne risque pas de voir apparaître des inégalités entre les écoles, et d'autres se demandent si cette expérimentation, qui s'oppose à la semaine de quatre jours pratiquée par près d'une école publique sur cinq et une école privée sur trois, a quelques chances de se généraliser.

EXEMPLES D'AMÉNAGEMENT DES RYTHMES SCOLAIRES

■ À Épinal, dans les Vosges

La ville des images a regroupé les activités scolaires de 1 200 élèves (un tiers des élèves des écoles primaires de la ville) sur cinq matinées de 4 heures et un après-midi (le lundi) de 2 heures 30. Elles mordent sur 20 jours des petites et grandes vacances. Des activités culturelles et sportives sont organisées par la municipalité durant trois après-midi par semaine de 14 h à 16 h 30, et sont encadrées par des animateurs sportifs et culturels recrutés et payés par la ville.

■ À La Rouquette, dans l'Aveyron

Un projet d'aménagement du temps de l'enfant a été mis en place, avec accueil à l'école du lundi au vendredi de 8 h à 18 h 30. Des activités sont proposées en liaison avec une association complémentaire de l'enseignement public avant le début des cours, de 8 h 15 à 9 h (dessin, jeux, éducation musicale...), de 16 h 30 à 18 h 30 le mercredi après-midi (activités éducatives, sportives ou artistiques).

Dans le cadre des horaires scolaires, la matinée du mercredi est allégée, deux après-midi sont consacrés à l'EPS avec des cycles d'initiation aux sports, à des ateliers de peinture, d'informatique, de technologie, proposés par des animateurs du centre de loisirs du mercredi après-midi.

■ À Marseille, dans les Bouches-du-Rhône

Le collège Édouard-Manet a procédé à un aménagement des rythmes scolaires pour les classes de 6e et les 6e/5e des SES/Segpa, soit 250 élèves. Théâtre, vidéo, VTT, voile, équitation, ateliers d'écriture, de lecture... sont organisés trois après-midi par semaine de 14 h à 17 h 30, le mercredi restant réservé à l'association sportive et le quatrième après-midi aux cours. Les élèves ne choisissent pas leurs activités. Ils sont répartis par demi-groupes et changent d'activités au deuxième trimestre. Le coût est de l'ordre de 2 300 F à 2 500 F par enfant, pris en charge par les collectivités locales et divers organismes.

■ À Sourdeval, dans la Manche

Cette commune de 3 200 habitants a mis en place des activités scolaires tous les matins de 9 h à 12 h 30 et les lundis, mardis, jeudis, vendredis de 14 h 30 à 15 h 30, soit 19 heures par semaine. L'accueil est prévu tous les jours du lundi au samedi de 7 h à 9 h et de 12 h 30 à 14 h 30 avec repas et activités diverses. Des activités sportives, culturelles ou d'éveil sont organisées le lundi, mardi, jeudi et vendredi de 15 h 30 à 17 h, le mercredi après-midi de 14 h 30 à 17 h 30, le samedi matin de 9 h à 12 h. Le samedi après-midi, de 14 h 30 à 17 h des rencontres sportives sont prévues.

La musique est au programme des activités culturelles.

LES GÉNÉRALITÉS

LE CURSUS SCOLAIRE

LES ACTEURS

LES ÉTABLISSEMENTS

LES ORGANISMES

LES PARTENAIRES

L'accueil des handicapés

En 1995, 264 500 jeunes handicapés intellectuels, sensoriels ou moteurs sont accueillis dans des établissements dépendant du ministère de l'Éducation ou du ministère des Affaires sociales et de la Santé. Ils représentent 2,1 % des élèves du premier et second degrés.

▬▬▬ Les classes d'accueil

☐ *Les classes d'intégration scolaire (Clis) des écoles du premier degré* (51 000 élèves, environ 29 % des élèves handicapés accueillis) ont un effectif limité à 12 élèves. L'enseignement est dispensé par des maîtres titulaires du certificat d'aptitude pédagogique spécialisé pour l'adaptation et l'intégration scolaire (Capsais).

☐ *Les sections d'éducation spécialisée/sections d'enseignement général et professionnel adapté (SES/Segpa)* sont des unités spécifiques annexées à un collège. Elles comptent le plus souvent 96 élèves répartis par groupe de niveau et d'âge. Les SES/Segpa sont dirigées par un directeur adjoint au principal du collège auquel la Segpa est annexée. Ce directeur est titulaire du diplôme de direction d'établissements d'éducation adaptée et spécialisée (DDEEAS). Interviennent dans l'établissement des instituteurs spécialisés titulaire du Capsais option F des professeurs de lycée professionnel, des psychologues, psychiatres, rééducateurs et assistantes sociales.

☐ *Les lycées d'enseignement adapté (LEA),* ex-établissements régionaux d'enseignement adapté (Erea) dispensent un enseignement général, technologique et professionnel à des jeunes présentant des handicaps mentaux légers ou des handicaps moteurs ou physiques.

▬▬▬ Les classes ou établissements spécialisés

Il existe trois sortes de classes ou d'établissements scolaires créés à l'intention d'élèves ayant besoin d'un régime spécial de vie ou de scolarité :
– des classes dans les écoles, collèges, lycées pour déficients sensoriels, qui scolarisent les élèves non voyants ou malentendants ;
– des structures scolaires implantées dans des hôpitaux ou des maisons de cure, qui sont annexées à des collèges ou des lycées de l'enseignement public.

▬▬▬ Les structures d'accueil des secteurs sanitaires, sociaux et médico-sociaux

☐ Les établissements sous tutelle du ministère de la Santé accueillent 125 000 jeunes, soit 71 % des élèves handicapés, dans une structure spécialisée.

☐ Gérés pour l'essentiel par des associations, l'Association pour adultes et jeunes handicapés (APAJH) ou l'Union nationale d'associations de parents d'enfants inadaptés (UNAPEI), ces établissements ont la possibilité d'obtenir par voie de conventionnement le concours de maîtres qualifiés de l'Éducation nationale. Ils n'ont pas les mêmes vacances scolaires que les établissements de l'Éducation nationale. Ils doivent ouvrir 210 jours par an pour bénéficier des financements des Directions départementales de l'action sanitaire et sociale (Ddass) et des prix de journées de la Sécurité sociale.

LA PUISSANCE DES COMMISSIONS

■ Des places insuffisantes

Les places dans les structures d'accueil pour handicapés sont en nombre très insuffisant. Les familles ont d'énormes difficultés pour trouver des places dans les structures d'accueil préscolaires (pour les moins de trois ans) ou pour faire intégrer leurs enfants dans des écoles maternelles. Dans les instituts médico-pédagogiques (IMP) ou les instituts médico-éducatifs (IME), la loi Creton (du nom de l'acteur qui s'est investi pour la faire voter), qui contraint les structures d'accueil à garder les jeunes au-delà de vingt ans s'ils ne trouvent pas de place dans les établissements pour adultes, pose d'énormes problèmes pour accueillir de nouveaux jeunes, notamment quand ce sont des cas lourds.

■ Des commissions spécialisées

Il existe plusieurs commissions d'affectation et de suivi :
– les *Commissions de circonscription pré-élémentaire et élémentaire (CCPE)* qui, après examen du dossier de l'enfant et la concertation avec les parents, peuvent l'orienter vers une classe d'enseignement spécialisé en premier degré, une SES/Segpa ou un IMP ;
– les *Commissions départementales d'éducation spécialisée (CDES)* qui statuent sur le cas des jeunes handicapés de la naissance jusqu'à l'âge de vingt ans. Elles évaluent le handicap et son évolution, notamment pour l'éventuelle attribution de l'allocation d'éducation spéciale ou de la carte d'invalidité et pour l'orientation et l'affectation du jeune handicapé. Elles peuvent être saisies par les parents, par la Caisse d'allocations familiales (CAF), par le directeur de l'école fréquentée, par un service médical ou par la Ddass ;
– les *Commissions de circonscription pour l'enseignement du second degré*

(CCSD) qui examinent le cas des jeunes handicapés accueillis dans un établissement de second degré ou dans des structures post-élémentaires. Elles peuvent orienter vers les SES/Segpa.
– les *Commissions techniques d'orientation et de reclassement professionnel (Cotorep)* qui ont pour fonction de reconnaître, pour les adultes, la qualité de handicapés, d'évaluer le pourcentage du handicap, de désigner les établissements d'accueil et d'apprécier si l'état justifie l'attribution de l'allocation aux adultes handicapés et de la carte d'invalidité.

Jeunes handicapés légers au centre de Vaugneray, près de Lyon

Les principaux établissements

– Les instituts médico-pédagogiques (IMP) accueillent les jeunes jusqu'à 14, 16, voire 18 ans ;
– les instituts médico-pédagogiques professionnels (Impro) accueillent les jeunes à partir de 12 ans jusqu'à 18 ans, mais une prolongation éventuelle jusqu'à 20 ans ou au-delà est possible.
Ces instituts peuvent être jumelés avec un Centre d'aide au travail (CAT) permettant de faire accéder les personnes handicapées à une vie sociale et professionnelle ;
– les instituts médico-éducatifs (IME) regroupent dans un même ensemble IMP et Impro.

LES GÉNÉRALITÉS

LE CURSUS SCOLAIRE

LES ACTEURS

LES ÉTABLISSEMENTS

LES ORGANISMES

LES PARTENAIRES

Le ministère de l'Éducation nationale

Les établissements scolaires et universitaires, leurs personnels et leurs usagers sont sous la responsabilité du ministère de l'Éducation nationale et de l'enseignement supérieur.

■■■■ L'administration centrale

Depuis juin 1997, il y a un ministre de l'Éducation nationale, de la recherche et de la technologie et une ministre déléguée chargée de l'enseignement scolaire.

Une secrétaire d'État à la formation profesionnelle est rattachée au ministère de l'emploi et de la solidarité.

L'administration centrale du ministère de l'éducation nationale comporte :
– les cabinets du ministre et de la ministre déléguée, dirigés chacun par un directeur de cabinet ;
– l'Inspection générale de l'Éducation nationale (Igen) ;
– l'Inspection générale de l'administration de l'Éducation nationale (Igaen) ;
– onze directions chargées d'élaborer et de mettre en œuvre la politique du ministère.

■■■■ Les directions

Les directions du ministère ont été réduites en décembre 1997 à onze.
– *La direction de la technologie (DT)* ;
– *La direction de la recherche (DR)* ;
– *La direction de l'enseignement supérieur (DESUP)* ;
– *La direction de l'enseignement scolaire (DESCO)* ;
– *La direction de la programmation et du développement (DPD)* ;
– *La direction des personnels enseignants (DPE)* ;
– *La direction des personnels administratifs, techniques et d'encadrement (DPATE)* ;
– *La direction des affaires financières (DAF)* ;
– *La direction de l'administration (DA)* ;
– *La direction aux affaires juridiques (DAJ)* ;
– *La direction aux relations internationales et à la coopération (DRIC)*.

■■■■ Réorganisation des académies

À la rentrée 1998, le ministère a diffusé un projet visant à modifier l'organisation des académies.

Dans chaque département, un *vice-recteur*, dépendant du recteur, assurerait la gestion des ordres d'enseignement.

Dans chaque bassin (ou district), *un administrateur scolaire* gérerait les établissements de son secteur.

Au niveau du réseau pédagogique, *un inspecteur général académique* rapportant au recteur, aurait sous son autorité les IPR-IA et IEN ainsi que les *conseillers pédagogiques académiques* des différents bassins.

Des directeurs des ressources humaines et *des médiateurs* effectueraient l'interface à chaque niveau : rectorats, départements et bassins.

LES STRUCTURES DU SYSTÈME ÉDUCATIF

■ **Un gestion pédagogique et une gestion administrative**

La gestion du système éducatif nécessite une gestion administrative des établissements et une gestion pédagogique des objectifs nationaux de chaque discipline dans la classe.

Alors que l'administration des moyens devrait être éclairée par les réalités des pratiques pédagogiques sur le terrain, le niveau administratif ignore souvent cet aspect et sous-estime le fait qu'un certain nombre de pratiques innovantes ne peuvent pas fonctionner sans moyens.

■ **Deux blocs séparés**

Le système éducatif fonctionne trop souvent avec un bloc administratif d'un côté, un bloc pédagogique de l'autre, ce qui gêne la possibilité aux divers niveaux de décision de mettre en place un projet commun d'envergure.

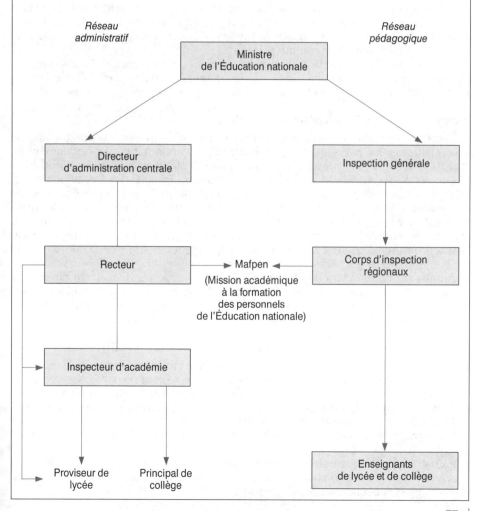

Réseau administratif

Réseau pédagogique

Ministre de l'Éducation nationale

Directeur d'administration centrale

Inspection générale

Recteur

Mafpen (Mission académique à la formation des personnels de l'Éducation nationale)

Corps d'inspection régionaux

Inspecteur d'académie

Proviseur de lycée

Principal de collège

Enseignants de lycée et de collège

LES GÉNÉRALITÉS

LE CURSUS SCOLAIRE

LES ACTEURS

LES ÉTABLISSEMENTS

LES ORGANISMES

LES PARTENAIRES

Le recteur et son académie

Nommé en conseil des ministres, choisi parmi des universitaires, souvent ancien président d'université, le recteur est le représentant du ministre dans une académie.

Le représentant de l'État dans l'académie

☐ Le recteur a compétence dans son académie pour les contenus d'enseignement, l'organisation du système éducatif, les cursus scolaires, la gestion des personnels du second degré. Il préside le conseil d'administration de l'IUFM de son académie.

☐ Existant depuis près de deux siècles, le recteur en tant que représentant de l'État peut être affecté dans une autre académie ou se voir retirer sa charge du jour au lendemain. Il retrouve, dans ce cas-là, le poste qu'il occupait dans une université au moment de sa nomination comme recteur.

☐ En 1997, en France métropolitaine et dans les départements d'outre-mer, on dénombre trente académies, donc trente recteurs, depuis qu'en janvier 1997 la Guadeloupe, la Martinique et la Guyane ont chacune été dotées d'un rectorat.

Un champ de compétences étendues

☐ Un certain nombre d'académies se sont dotées d'un projet académique afin de mieux affirmer les nécessités de l'action de l'Éducation nationale, notamment en direction des publics réputés difficiles et pour développer les qualifications.

☐ Les lois de décentralisation ont fait du schéma provisionnel des formations le premier instrument de programmation. Le plan régional de formation professionnelle des jeunes (PRDFJ), dont la compétence est attribuée à la région par la loi quinquennale sur l'emploi, complète ce dispositif en établissant une cohérence entre les différentes modalités de formation, sous statut scolaire, en apprentissage ou en formation continue d'adultes. Les rectorats s'impliquent aux côtés des régions dans la mise en œuvre de ces plans.

☐ Auprès du recteur fonctionne un certain nombre de services et de directions. Parmi les directions importantes, figure la Direction des personnels enseignants qui s'occupe de la gestion des personnels de lycée et collège de l'académie, et notamment pour les certifiés des notations, avancement, promotions.

Le Conseil académique de l'Éducation nationale (CAEN)

☐ En fonction de l'ordre du jour, le CAEN est présidé par le préfet de région ou le président du Conseil régional, il peut être suppléé par le recteur ou par le vice-président du Conseil régional chargé des affaires scolaires. Il comprend un tiers d'élus locaux, un tiers de représentants des personnels, un tiers de représentants des usagers.

☐ Le CAEN est notamment consulté pour :

– l'élaboration et le contenu du schéma prévisionnel des formations de second degré ;

– le programme prévisionnel des investissements, subventions de fonctionnement aux lycées, les orientations concernant la formation continue des adultes, les schémas de développement de l'enseignement supérieur.

LA « VALSE » DES RECTEURS

■ Une mission

Le journal *Le Monde* des 1er-2 décembre 1996 titrait ainsi un article de Béatrice Gurrey « La grande valse des recteurs de l'Éducation nationale s'est ralentie ». Est-ce à dire que ce poste subit le mouvement intempestif de cette danse ?

Traditionnellement politiques, puisque la nomination des recteurs semble toujours faite sur des critères politiques, les postes de recteurs sont surveillés de près par tous les ministres de l'Éducation nationale. « La fonction rectorale n'est pas une carrière, mais une mission », disait Alain Peyrefitte en 1967.

Entre 1974 et 1981, toutes les académies, sauf celle de Toulouse, ont changé de patron. Le même cas de figure s'est produit entre 1981 et 1986, où seul le recteur de Lyon est resté en place. Entre 1986 et 1988, Jacques Chirac a remplacé 21 des 28 recteurs tandis que la totalité des postes « valsait » de 1988 à 1993. Après le renouvellement massif qui a suivi les élections de 1993 (14 changements en six mois), la stabilité domine. De juin 1995 à août 1996, 13 nominations sont intervenues, dont 3 mutations internes.

■ De réelles compétences

La nomination de « fidèles » n'exclut pas la recherche de compétences réelles, puisqu'il faut, par exemple, pour devenir recteur, posséder un doctorat.

Le métier s'est complexifié depuis une douzaine d'années avec la mise en place de la décentralisation et la déconcentration.

De plus, avec l'explosion des effectifs scolaires, les recteurs ont à répondre à des questions aussi cruciales que le nombre de jeunes à conduire à tel ou tel niveau de diplôme, les propositions à émettre concernant le développement des filières générales, technologiques ou professionnelles.

Toutes ces constatations montrent que la durée idéale pour un poste de recteur serait de cinq ans, un quinquennat permettant de mener une action en profondeur, d'élaborer un projet académique, de commencer à en voir certaines réalisations, d'évaluer les conséquences de ces choix. Face à des présidents de région élus pour six ans, nombre de responsables pensent qu'il est temps que cette fonction de recteur, garante du service public, se stabilise et ne soit plus soumise au mouvement intempestif des changements de majorité.

■ Deux cas particuliers

L'académie de Paris a la particularité d'avoir, au côté du recteur, chancelier des universités, un directeur chargé des enseignements scolaires, placé au-dessus de l'inspecteur d'académie.

Le centre national d'enseignement à distance (CNED) est également dirigé par un recteur.

De la création des recteurs

« Chaque académie sera gouvernée par un recteur sous les ordres immédiats du grand maître, qui le nommera pour cinq ans et le choisira parmi les officiers des académies. […] Ils résideront dans les chefs-lieux des académies. Ils assisteront aux examens et réceptions des facultés. Ils viseront et délivreront les diplômes des gradés qui seront ensuite envoyés à la ratification du grand maître. Ils se feront rendre compte par les doyens des facultés, les proviseurs des lycées et les principaux de collège de l'état de ces établissements ; et ils en dirigeront l'administration, surtout sous le rapport de la sévérité dans la discipline, et de l'économie dans les dépenses. »

Décret impérial du 17 mars 1808

LES GÉNÉRALITÉS
LE CURSUS SCOLAIRE
LES ACTEURS
LES ÉTABLISSEMENTS
LES ORGANISMES
LES PARTENAIRES

L'inspecteur d'académie

Dans chaque département, le représentant du ministre de l'Éducation nationale est l'inspecteur d'académie. Nommé par le ministre, sa principale responsabilité est de gérer les écoles et les collèges, ce qui le place directement face au Conseil général et aux élus locaux.

Un profil simple

□ L'inspecteur d'académie, directeur des services départementaux de l'Éducation nationale (DSDEN), porte le titre d'inspecteur pédagogique régional-inspecteur d'académie (IPR-IA). Il est chargé de fonctions administratives, de même que les deux adjoints qui, généralement, l'assistent. Il est placé sous l'autorité du recteur pour exercer ses responsabilités d'organisation, de gestion et d'animation dans un département.

□ Cet inspecteur ne reste que quelques années dans le même département. Il effectue donc sa carrière dans plusieurs postes.

Des fonctions multiples

□ Par délégation du recteur, les décisions concernant l'organisation, le fonctionnement, les contrôles administratifs et financiers des écoles et des collèges, la répartition entre les établissements des emplois de direction, d'éducation, de documentation, d'enseignement et de surveillance, la structure pédagogique des écoles et des collèges, l'instruction de la liste annuelle des opérations de construction ou d'extension des collèges sont de sa compétence. Il a pleine autorité sur les affectations, la répartition des moyens, la gestion des personnels concernant le premier degré. C'est généralement un inspecteur d'académie DSDEN qui préside le jury du concours de recrutement concernant le premier degré.

□ L'inspecteur d'académie est aussi responsable de la carte scolaire. C'est lui qui arrête, après avis du Conseil départemental de l'Éducation nationale, les secteurs scolaires de recrutement des collèges.

□ Concernant les opérations de construction et de reconstruction de collèges, l'inspecteur d'académie a pour interlocuteur le préfet du département, nommé en Conseil des ministres, qui est le représentant de l'État dans le département et le président du Conseil général. Cet organisme qui gère le département a généralement une commission des affaires scolaires présidée par un vice-président du conseil général.

□ L'inspecteur d'académie est aussi en liaison avec les inspecteurs de l'Éducation nationale (IEN) ; il est l'interlocuteur des maires sur tout ce qui concerne les écoles et les établissements scolaires de sa commune.

Une vocation de diplomate

Une des périodes les plus importantes dans l'emploi du temps d'un inspecteur est la rentrée de septembre. À cette époque, il lui faut faire preuve de diplomatie, de patience, de compréhension, et d'efficacité car il est celui vers qui convergent toutes les récriminations (celles des parents, des syndicats, des élus). C'est à lui d'assurer la bonne gestion de la rentrée et la distribution des moyens financiers.

L'INSPECTION ACADÉMIQUE

■ Une multitude de services

Dans la préfecture de chaque département, on trouve une inspection académique. Celle-ci est placée sous l'autorité de l'inspecteur (IA) qui y siège, sauf à Paris où le directeur de l'académie, ayant rang de recteur, en exerce les fonctions. En général, l'inspection d'académie gère les instituteurs et professeurs des écoles du département et intervient pour tous les problèmes concernant les établissements scolaires dudit département. Les diverses commissions départementales existantes y siègent également. C'est dire qu'on y trouve aussi bien le secrétariat de la Commission départementale de l'enseignement spécialisé que les services d'action sociale ou ceux qui assurent la gestion du plan départemental de formation pour les enseignants du premier degré.

Le service des écoles et celui des collèges sont les interlocuteurs des familles, des personnels et des élus locaux concernant les moyens attribués à ces établissements. Le comité technique paritaire départemental y siège régulièrement.

■ Un lieu très fréquenté à la rentrée

Lors de chaque rentrée, l'inspection académique est le lieu où se pressent parents d'élèves et élèves à la recherche d'un établissement, auxiliaires en attente de poste, délégations d'établissements réclamant des postes et des moyens supplémentaires, etc.

Certaines inspections académiques s'enrichissent de cellules pédagogiques départementales qui effectuent un gros travail dans le domaine de la prévention de la violence, des conduites à risque des élèves, et dans la mise en place de stages d'établissement.

Une délégation à l'inspection académique de Seine-Saint-Denis

La plupart des départements ont un groupe départemental ZEP qui est notamment chargé par l'inspecteur d'académie de la mise en œuvre de la politique ZEP, du repérage des zones sensibles, de l'étude du projet, du suivi des actions, etc.

Le CDEN

Le Conseil départemental de l'Éducation nationale (CDEN), présidé par le préfet ou le président du Conseil général selon les problèmes à l'ordre du jour, est composé de trente membres :
– dix représentants des élus locaux : conseillers généraux désignés par le Conseil général, maires désignés par l'Association départementale des maires ;
– dix représentants des personnels désignés par les organisations syndicales représentatives des personnels ;
– dix représentants des usagers : parents d'élèves, syndicats de salariés et d'employeurs, représentants des associations intervenant dans les écoles.
Le CDEN est notamment consulté sur le réseau des écoles, l'indemnité de logement des instituteurs, les transports scolaires, les éventuelles fermetures de collèges, le programme prévisionnel de reconstruction des collèges (dont la liste définitive est arrêtée par le préfet), les subventions de fonctionnement du département aux collèges.

Les corps d'inspection

La fonction d'inspection, à tous les niveaux du système éducatif, est importante. Pour l'exercer, le ministère dispose de plusieurs corps d'inspection qui se différencient par leur niveau (national ou régional) et par leur champ d'intervention (pédagogique ou administratif).

▬▬▬ Les inspections générales : les corps nationaux

☐ Il y a deux inspections générales, celle de l'Éducation nationale (IGEN) et celle de l'administration de l'Éducation nationale (IGAEN). Elles ont pour vocation d'évaluer le fonctionnement du système éducatif, la première essentiellement dans le domaine pédagogique, la seconde dans celui de la gestion.
☐ Pour chaque académie, un inspecteur général coordonnateur assure la liaison entre l'inspection générale et les corps régionaux de l'académie, et suit le programme académique de travail.

▬▬▬ Les inspections régionales : les corps régionaux

☐ Ces inspections regroupent les inspecteurs pédagogiques régionaux (IPR), les inspecteurs pédagogiques régionaux-inspecteurs d'académie (IPR-IA) et les inspecteurs de l'Éducation nationale (IEN).
☐ *Les IPR* sont bien connus des personnels de collège et de lycée puisque ce sont eux qui viennent les évaluer. Les IPR peuvent aussi être affectés dans les IUFM, notamment pour intervenir auprès des professeurs-stagiaires en deuxième année de formation. Les IPR, comme les IGEN, sont membres du jury des concours de recrutement des personnels des lycées et collèges.
☐ *Les IPR-IA*, en dehors de l'évaluation des personnels et des établissements, doivent : contrôler le respect des objectifs, instructions et programmes ainsi que les examens ; animer, impulser, suivre les projets et les actions innovantes des personnels et des établissements. Parmi les IPR-IA, on distingue :
– les IPR-IA disciplinaires, exerçant leur mission dans une discipline enseignée en collège ou en lycée ;
– les IPR-IA Établissements et Vie scolaire qui suivent notamment les questions concernant les CPE, les professeurs-documentalistes, les chefs d'établissement et la vie des établissements de second degré ;
– les IPR-IA chargés de fonctions administratives comme inspecteur d'académie, directeur des services départementaux de l'Éducation nationale, délégué académique d'information et d'orientation, directeur du Centre régional de documentation pédagogique.
☐ *Les IEN* ont les mêmes fonctions que les IPR-IA, mais dans d'autres secteurs. Parmi eux, on distingue :
– les IEN responsables des écoles maternelles ou élémentaires d'une circonscription ;
– les IEN chargés des questions relatives à l'orientation des élèves et au bon fonctionnement des centres d'information et d'orientation (CIO) ;
– les IEN chargés de l'évaluation et du contrôle de l'enseignement dans les lycées professionnels.
Les inspecteurs des corps régionaux sont placés sous l'autorité des recteurs.

L'IMPORTANCE D'UN IPR-IA

■ Qui est IPR-IA ?

Les inspecteurs pédagogiques régionaux-inspecteurs d'académie (IPR-IA) occupent une place privilégiée dans l'institution entre le ministre, les professeurs et les élèves.

Le *Bulletin officiel de l'Éducation nationale* du 17 octobre 1996 (n°37) décrit les actions quotidiennes des IPR-IA dans la mise en œuvre de la politique éducative et la régulation du fonctionnement de l'institution : «Peuvent se porter candidats pour être IPR-IA les enseignants d'université, les professeurs agrégés de l'enseignement secondaire, les chefs d'établissement, les inspecteurs de l'Éducation nationale ayant cinq ans d'ancienneté.»

L'admissibilité est prononcée à partir de l'étude du dossier de présentation de candidature, et l'admission s'effectue à partir d'un entretien entre le candidat et le jury du concours.

■ Le lien entre les textes et le terrain

Admis, l'IPR-IA stagiaire suit sa formation à l'École supérieure des personnels d'encadrement du ministère de l'Éducation nationale (Espemen). Son rôle est d'amener le plus grand nombre à comprendre et appliquer les réformes.

L'IPR, cadre du système éducatif, exerce un métier à la fois pédagogique et administratif ; il est à la fois acteur de la politique académique et relais des orientations nationales données par les directions du ministère et l'inspection générale.

Pour Marie-Françoise Chavanne, IPR-IA d'arts plastiques dans l'académie de Versailles, l'acte d'inspection est l'occasion d'échanger, d'expliquer, d'engager une réflexion. Les professeurs ont d'ailleurs pris conscience de l'aspect positif de cette démarche et sont de plus en plus demandeurs d'une inspection. C'est un moyen pour eux de faire le point sur leur pratique pédagogique.

L'inspecteur est là pour construire quelque chose avec le professeur, pour lui ouvrir des pistes de réflexion.

■ Toujours à l'avant-poste

Le travail de l'IPR-IA consiste également à préparer les sujets de concours et d'examens, à élaborer des jurys de brevet et de baccalauréat, à mettre en place des commissions d'harmonisation, à prendre en charge la coordination de la formation continue de sa discipline au sein de la Mission académique de la formation des personnels de l'Éducation nationale (Mafpen).

Chaque fois qu'un changement intervient dans le système éducatif, l'IPR-IA est à l'avant-poste, et quand on modifie des structures dans le système éducatif, il faut étudier très vite les effets induits.

Son rôle d'évaluation des personnels enseignants et des politiques menées dans la classe est très important, car il va permettre de faire le bilan des réformes, de repérer les innovations transférables et ainsi de mieux piloter les divers niveaux du système éducatif.

L'Espemen

Une École supérieure des personnels d'encadrement du ministère de l'Éducation nationale (Espemen) a été créée en mai 1995. Elle a pour mission :
– de former des IPR-IA, des IEN et des conseillers d'administration scolaire et universitaire (CASU) ;
– de mettre en place des actions de formation visant à perfectionner les responsables de l'Éducation nationale ;
– d'impulser et de coordonner la formation des personnels de direction.

LES GÉNÉRALITÉS

LE CURSUS SCOLAIRE

LES ACTEURS

LES ÉTABLISSEMENTS

LES ORGANISMES

LES PARTENAIRES

L'inspecteur de l'Éducation nationale

L'inspecteur de l'Éducation nationale (IEN) est à la fois directeur, inspecteur et responsable des écoles maternelles et élémentaires d'une circonscription. C'est un personnage clé.

Un peu d'histoire

À la fin des années 80, l'inspecteur départemental de l'Éducation nationale (Iden) est devenu l'IEN. Faute de personnels de direction dans les écoles maternelles et primaires, c'est l'inspecteur de l'Éducation nationale qui est le supérieur hiérarchique direct des enseignants des écoles. Tâche écrasante lorsque l'on sait qu'une circonscription peut compter plus de 70 établissements en primaire.

Sa mission sur le terrain

☐ Il a pour mission de conseiller, d'inspecter et de noter les personnels des écoles maternelles et élémentaires de sa circonscription, tout en veillant au respect des programmes nationaux. Il donne un avis sur le projet d'école adopté par le conseil d'école avant de le transmettre à l'inspection académique. Il a également un avis à donner sur tout projet de modification des rythmes scolaires dans une ou plusieurs écoles de sa circonscription.

☐ Assisté par un ou plusieurs conseillers pédagogiques auprès de l'inspecteur de l'Éducation nationale (CPAIEN) et par un conseiller pédagogique de circonscription chargé de l'éducation physique et sportive, il organise et anime la formation continue des enseignants placés sous sa responsabilité et apporte une aide aux enseignants nouvellement nommés.

Son rôle dans les diverses instances

☐ L'IEN assiste de droit, s'il le désire, aux réunions du conseil d'école. Le conseil des maîtres de l'école qui se réunit au moins une fois par trimestre, sous la présidence du directeur de l'école, doit établir un relevé de conclusions de ces réunions et l'adresser à l'IEN.

☐ Dans le cas où l'école envisage l'intervention de personnes extérieures apportant une contribution à l'éducation dans le cas des activités obligatoires d'enseignement, il faut l'autorisation du directeur d'école, l'avis du conseil des maîtres de l'école et « l'inspecteur de l'Éducation nationale doit être informé en temps utile de ces décisions » (circulaire du 6 juin 1991).

☐ Compte tenu des responsabilités qu'ils exercent, les IEN participent au jury des concours de recrutement de professeurs des écoles, particulièrement pour participer aux interrogations orales dans le cadre de l'épreuve professionnelle. Ils participent, tout comme les IPR, au jury de validation des professeurs des écoles stagiaires.

☐ L'IEN préside la Commission de circonscription pré-élémentaire et élémentaire (CCPE) qui s'occupe notamment des affectations dans les classes d'intégration scolaire (Clis). Les IEN spécialisés en adaptation et intégration scolaire ont des responsabilités dans le cadre des commissions départementales spécialisées.

LE CONSEILLER PÉDAGOGIQUE

Pour l'aider dans sa tâche, l'inspecteur de l'Éducation nationale est entouré d'une secrétaire, d'un conseiller pédagogique auprès de l'IEN (CPAIEN) et d'un conseiller pédagogique de circonscription (CPC) pour l'éducation physique et sportive.

■ Les responsabilités du CPAIEN

Le conseiller pédagogique assiste l'IEN dans l'organisation de la concertation pédagogique, l'élaboration des documents ou des instruments pédagogiques, le suivi et le contrôle des expériences. Il intervient au niveau de la pratique professionnelle des maîtres.

Il s'agit d'une fonction d'aide et de conseil exercée auprès des maîtres débutants, et d'une action ajustée à la demande et aux besoins auprès des maîtres plus expérimentés et des conseils des maîtres. Il existe des conseillers pédagogiques spécialisés :
– en activités artistiques : éducation musicale, arts plastiques ;
– en langues et cultures régionales ;
– en technologies et ressources actives ;
– en éducation physique et sportive.
Le conseiller pédagogique participe, dans son domaine, à la formation des maîtres, à l'animation des activités périscolaires et au soutien pédagogique des instituteurs et professeurs d'école.

■ Le recrutement

Les CPAIEN sont choisis parmi les instituteurs-maîtres formation (IMF) selon des modalités qui varient suivant les départements.

Les IMF sont titulaires du certificat d'aptitude aux fonctions d'instituteurs ou de professeur des écoles maître formateur (CAFIMF). Ce certificat peut être obtenu par les instituteurs ou professeurs d'école titulaires ayant cinq ans d'exercice.

Il comprend une épreuve d'admissibilité et deux épreuves d'admission. L'épreuve d'admissibilité se compose d'une partie pratique dans laquelle le candidat fait la classe à ses propres élèves devant une commission, et se poursuit par un entretien avec celle-ci.

Les épreuves d'admission comprennent :
– la rédaction et la soutenance d'un mémoire portant sur l'une des activités du programme de l'éducation primaire ;
– la critique d'une leçon faite par un professeur stagiaire ou l'animation d'une discussion pédagogique au sein d'un groupe en formation initiale ou continue.
Lors du passage de l'examen, le candidat peut, afin de postuler ultérieurement à des postes de conseillers pédagogiques, choisir une option et passer un certificat d'étude optionnel concernant l'éducation physique et sportive, l'éducation musicale, les arts plastiques, etc.

Le contrat éducatif local

Une circulaire commune Éducation nationale, Jeunesse et Sports, Culture, Ville a été publiée en juillet 1998 pour présenter « la mise en place du contrat éducatif local et des rythmes scolaires ».

Le *contrat éducatif local* aura un double objectif : assurer une cohérence de l'action publique. Dans les divers domaines qui la concernent ; contribuer à garantir l'égal accès des enfants et des jeunes aux savoirs, à la culture et au sport.

Il est placé sous la responsabilité conjointe du préfet et de l'inspecteur d'académie. Il associe les représentants des collectivités locales concernées, des associations sportives, culturelles et éducatives, les organismes à vocation sociale et les familles.

Le rôle des contrats est de fixer l'organisation des activités péri-scolaires avant et après l'école, le mercredi, le week-end et pendant les vacances. Le ministère de l'Éducation nationale offrira notamment le concours des aides-éducateurs pour assurer l'encadrement des activités.

LES GÉNÉRALITÉS

LE CURSUS SCOLAIRE

LES ACTEURS

LES ÉTABLISSEMENTS

LES ORGANISMES

LES PARTENAIRES

Le chef d'établissement

Le chef d'un établissement de second degré est le représentant de l'État chargé, par délégation du recteur, de veiller à l'application des textes, programmes et règlements nationaux ; il est également l'exécutif du conseil d'administration chargé de mettre en œuvre les décisions prises.

■■■■ Un personnel de direction

Le chef d'un établissement public local d'enseignement (proviseur en lycée, principal en collège) est un personnel de direction recruté par concours. En 1995, on comptait environ 13 000 personnels de direction en poste. La règle est qu'un chef d'établissement conserve son poste durant trois ans, de façon à stabiliser les équipes. À côté du chef d'établissement, dans chaque collège ou lycée, il y a un adjoint (principal-adjoint en collège, proviseur-adjoint au lycée) qui aide celui-ci à exercer ses missions. Souvent, c'est lui qui va s'occuper de l'emploi du temps des personnels et des classes de l'établissement, de la répartition des salles et qui va présider en lieu et place du chef d'établissement, une partie des conseils de classe.

■■■■ La mission du chef d'établissement

☐ Le chef d'établissement est président des diverses instances internes de l'établissement, ordonnateur des recettes et des dépenses, responsable de l'application des décisions du conseil d'administration, responsable du bon déroulement des enseignements et du respect du règlement. Il décide en dernier ressort de l'orientation des élèves.

☐ Comme représentant de l'État, il a autorité sur les personnels nommés dans l'établissement, il contrôle la bonne marche du service public et le respect des textes réglementaires.

☐ Il est responsable de l'ordre, ce qui peut l'amener à exclure un élève pour une période maximum de huit jours, à convoquer un conseil de discipline, à interdire l'accès des locaux à toute personne s'il le juge utile.

☐ C'est lui qui conclut, après accord du conseil d'administration, toute convention au nom de l'établissement, qui fixe le service de chacun des professeurs dans le respect du statut de ces derniers et qui suspend, en cas de difficultés graves, les enseignements.

■■■■ L'accroissement des responsabilités

☐ Avec les lois de décentralisation, l'accroissement de l'autonomie des établissements et la mise en place de projets d'établissements, les responsabilités du chef d'établissement se sont considérablement accrues. C'est à lui que revient la charge de mettre en synergie les différents personnels qui l'entourent. Il doit être attentif à tout ce qui peut arriver dans son établissement et se préoccuper de mettre les élèves en position de pouvoir prendre des responsabilités dans le cadre du foyer socio-éducatif du collège ou de la maison des lycées, etc.

☐ Responsable administratif et juridique, il a un rôle de «pilotage» pédagogique de l'établissement dans le respect du projet pédagogique arrêté par les équipes enseignantes et approuvé par le conseil d'administration.

LA RESPONSABILITÉ DU CHEF D'ÉTABLISSEMENT

■ Le représentant de l'État

Qui dit accroissement de l'autonomie d'un établissement, dit accroissement des responsabilités. Le fait que le chef d'établissement soit, dans les textes instituant les établissements publics locaux d'enseignement (EPLE), à la fois l'exécutif du conseil d'administration chargé de mettre en œuvre les décisions prises et le représentant de l'État dans l'établissement chargé, par délégation du recteur, de veiller à l'application des textes, programmes et réglements nationaux, a des conséquences juridiques.

L'administration de l'Éducation nationale ne peut plus en effet se réfugier derrière l'anonymat d'un service. Dans le cadre d'un collège et d'un lycée, le chef d'établissement est responsable de la sécurité et du bon fonctionnement de celui-ci.

Il doit s'entourer d'une équipe aux responsabilités précises qui doit régulièrement lui rendre des comptes.

■ Un entourage pleinement responsable

C'est ainsi que des parents d'élèves ont pu conduire, devant le tribunal, le proviseur et l'intendant d'un lycée de Saint-Denis après la mort de leur enfant tué par l'écroulement d'un panneau de basket-ball dans la cour de l'école.

En première instance, la justice a condamné le proviseur et l'intendant à une peine de prison avec sursis au nom de leur responsabilité à veiller à l'ordre et à la sécurité dans l'établissement.

En appel, seul l'intendant a vu sa condamnation maintenue au nom du fait que sa fonction lui donne pour mission de veiller au bon entretien matériel de l'établissement.

Au-delà du formalisme juridique qui a conduit à dissocier les peines et les responsabilités du proviseur et de l'intendant, la décision de justice reconnaît la responsabilité du chef d'établissement lorsque les conditions matérielles de fonctionnement d'un collège ou d'un lycée peuvent mettre en danger les jeunes qui la fréquentent. Or, les chefs d'établissements et les équipes de direction n'ont bien souvent pas les moyens matériels dans leur budget de réparer les dommages. Ils doivent réclamer les crédits, les équipements, les personnels pour les faire fonctionner aux collectivités territoriales concernées et au rectorat. Ils sont totalement soumis aux possibilités financières de ces structures et à leur bon vouloir.

À la suite de l'affaire du lycée de Saint-Denis et afin de mieux préciser les responsabilités de chacun, la loi du 13 mai 1996 a modifié l'article 121.3 du Code pénal et l'article 11 de la loi de juillet 1993 sur les droits et obligations des fonctionnaires en indiquant que le délit n'est pas constitué si la personne concernée « a accompli les diligences normales, compte tenu, le cas échéant, de la nature de ses missions ou de ses fonctions, de ses compétences, ainsi que du pouvoir ou des moyens dont il disposait ».

Cette nouvelle rédaction évite qu'à l'avenir un chef d'établissement ait à pâtir du fait que les travaux, incombant à des collectivités territoriales et dont il avait signalé l'impérieuse nécessité, n'aient pas été effectués. Mais cet article ne dispense pas le chef d'établissement d'agir si la sécurité des élèves est en jeu. C'est ainsi qu'il doit interdire l'accès des élèves à des machines dont il juge que les normes de sécurité sont insuffisantes.

LES GÉNÉRALITÉS

LE CURSUS SCOLAIRE

LES ACTEURS

LES ÉTABLISSEMENTS

LES ORGANISMES

LES PARTENAIRES

Les personnels enseignants

Un million cent quatre mille personnes sont rémunérées au titre du secteur public dans l'Éducation nationale et de l'enseignement supérieur. Les personnels enseignants titulaires sont fonctionnaires de la fonction publique qui laisse une assez grande liberté à ses personnels pour gérer leur carrière.

▬▬▬ Les obligations

La discrétion professionnelle (droit de réserve) est exigée de tout fonctionnaire, qui est responsable des tâches qui lui sont confiées. Toute faute commise l'expose à une sanction disciplinaire. Il ne peut exercer une autre activité sauf dérogation acceptée.

▬▬▬ Les droits

☐ Les fonctionnaires ont droit, après service fait, à une rémunération. Ils sont affiliés à des régimes spéciaux de retraite et de Sécurité sociale. Ils ont droit à des congés annuels, de maladie, de maternité, à des congés liés à leurs charges parentales ou pour une formation permanente ou une formation syndicale.

☐ Une fois par an, les personnels peuvent demander leur mutation. Elle s'effectue sur la base d'un barème et selon la catégorie concernée. Elle est gérée nationalement, ou au niveau académique ou départemental, avec des sorties et des entrées inter-académies ou interdépartements.

▬▬▬ Les garanties

La liberté d'opinion, le droit syndical, le droit de grève, la consultation des organismes paritaires, la garantie de l'emploi, l'égalité d'accès des femmes et des hommes aux emplois, la communication de leurs notes et appréciations et de leur dossier sont garantis par leur statut.

▬▬▬ Avancement et promotion interne

☐ La carrière de l'enseignant compte onze échelons, plus une hors-classe de six échelons.

☐ Les professeurs certifiés et agrégés reçoivent de leur chef d'établissement une note administrative (sur 40) et de l'IPR-IA une note pédagogique (sur 60). Ces notes déterminent la rapidité de passage d'un échelon à l'autre.

☐ On peut passer à l'échelon supérieur : au grand choix pour 30 % des personnels concernés, au petit choix pour 50 % des personnels, à l'ancienneté pour 20 %. Un enseignant peut bénéficier d'une promotion dans un autre corps par liste d'aptitude.

▬▬▬ Les situations administratives

☐ À part l'activité à temps complet, il existe plusieurs façons de mener sa carrière : en pratiquant une activité à temps partiel, en se mettant à la disposition d'autres associations, d'autres administrations ou d'autres ministères.

☐ L'enseignant, tout au long de sa carrière, peut bénéficier de stages de formation continue dans le cadre des plans académiques ou nationaux de formation mis en place par les rectorats ou le ministère.

QUELQUES CHIFFRES

■ Une majorité de femmes

Les enseignants du public sont au nombre de 806 000, dont près de 390 000 exercent dans un établissement du second degré. Les femmes sont majoritaires (63 %), en particulier pour les enseignants du premier degré (76 %). Il y a, depuis 1985 en France, plus d'enseignants du second degré (collège, lycée, lycée professionnel) que du premier degré (école maternelle et élémentaire, enseignement spécialisé).

■ Le premier degré

Les enseignants exerçant dans le premier degré public ont été jusqu'en 1990 des instituteurs recrutés au niveau bac, puis bac + 2. Depuis 1991, les professeurs d'école sont recrutés au niveau de la licence. Le nombre d'instituteurs est donc appelé à diminuer chaque année au profit des professeurs des écoles, par l'effet des nouveaux recrutements, des concours internes et de l'intégration d'instituteurs dans le corps des professeurs d'école.

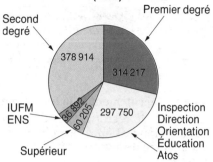

Répartition par niveaux d'enseignement (1996)

Premier degré — 314 217
Second degré — 378 914
IUFM ENS — 36 892
Supérieur — 60 205
Inspection Direction Orientation Éducation Atos — 297 750

■ Le second degré

Dans les corps du second degré, celui des certifiés en représente plus de 50 %. Ce corps est appelé à s'accroître grâce aux nouveaux recrutements, aux concours internes et à l'intégration progressive des adjoints d'enseignement et des professeurs d'enseignement général de collège, qui ne sont plus recrutés. De 35 000 AE en 1990, on est passé à 13 000 six ans après et de 70 000 PEGC à 51 000.

Les maîtres-auxiliaires (MA)

En 1998, le système éducatif compte encore près de 30 000 maîtres-auxiliaires qui ont été recrutés à la fin des années 1980 au moment de la crise de recrutement d'un certain nombre de disciplines.

Des dispositifs ont été mis en place pour permettre aux MA de passer un concours de recrutement (concours internes spécifiques et réservés) pour être titulaires, mais ils ne sont pas parvenus à résorber la situation.

À la rentrée 1997 et 1998, la garantie de réembauche a été accordée aux MA en poste l'année précédente, mais en même temps dans certaines académies déficitaires en postes, de nouveaux MA et des personnels enseignants contractuels ont dû être embauchés pour faire face aux besoins.

Les emplois-jeunes d'aides-éducateurs

En 1997-1998, 40 000 aides-éducateurs ont été recrutés. 20 000 emplois-jeunes supplémentaires devaient l'être en 1998-1999.

Ces jeunes, titulaires le plus souvent d'un niveau Bac + 2, ont signé un contrat de droit privé pour une durée de cinq ans maximum. Ils sont payés au SMIC pour une durée de service théorique de 39 heures (réduite en 1999 à 35 heures).

Les aides-éducateurs permettent dans les établissements scolaires de mieux utiliser le matériel informatique, d'aider les bibliothèques et de multiplier les activités culturelles et éducatives.

Ils bénéficient d'une formation d'une durée moyenne de 200 heures par an qui sera imputée sur les horaires de travail.

LES GÉNÉRALITÉS

LE CURSUS SCOLAIRE

LES ACTEURS

LES ÉTABLISSEMENTS

LES ORGANISMES

LES PARTENAIRES

Le conseiller principal d'éducation

Le conseiller principal d'éducation (CPE) a pris la succession du surveillant général à la fin des années 60. C'est un spécialiste de la relation d'aide et de suivi de l'adolescent.

▬▬▬ Le recrutement et la formation

Le concours de recrutement des conseillers principaux d'éducation (CRCPE) se situe au niveau du Capes, se prépare en IUFM pour des étudiants ayant une licence ou un diplôme de niveau bac + 3.

▬▬▬ Son rôle

☐ Le CPE exerce en lycée, lycée professionnel ou collège, il travaille 39 heures par semaine. Il est chargé du suivi des élèves dans tous les domaines de la vie scolaire, coordonne le travail des surveillants d'externat (et, s'il y a un internat, des maîtres d'internat) concernant la surveillance des entrées et des sorties des élèves.

☐ Il s'occupe aussi des questions de discipline et de respect du règlement intérieur dans l'établissement, notamment dans les couloirs, lors des interclasses et des récréations. Ce rôle, le CPE l'assume en totale concertation avec les enseignants.

☐ Il a également un rôle essentiel dans la formation des délégués des élèves, dans les débats concernant la rédaction du règlement intérieur, dans l'animation du conseil des délégués-élèves, le texte du décret du 2 février 1993 l'instituant ayant prévu que « les conseillers principaux d'éducation et les conseillers d'éducation assistent aux séances ».

☐ Le CPE participe obligatoirement aux commissions concernant la répartition des aides du fonds social lycéen ou collégien.

▬▬▬ Sa mission

☐ Le CPE est à l'écoute des élèves et ce d'autant plus qu'il joue un rôle important dans l'organisation de la vie collective des jeunes, ce qui peut l'amener à s'investir dans les missions de type éducatif et pédagogique. Il coordonne souvent les activités qui peuvent se dérouler à l'intérieur du foyer socio-éducatif ou de la maison des lycéens.

☐ Le CPE est souvent confronté aux conduites agressives des élèves ou à l'intrusion d'éléments extérieurs dans les établissements scolaires. Dans le cadre des mesures de prévention de la violence à l'école, des postes de CPE supplémentaires ont été affectés dans les établissements difficiles pour renforcer l'encadrement.

☐ Membre à part entière de l'équipe éducative de l'établissement, le CPE apporte dans toutes les instances où il siège, et notamment au conseil de classe, des éléments importants pour la connaissance de l'élève. Le regard du CPE est avant tout celui d'un spécialiste de la relation d'aide et de suivi de l'adolescent ou du jeune adulte, en liaison directe avec sa réussite scolaire et sa formation de citoyen.

☐ Il bénéficie souvent d'un logement de fonction qui est une compensation des contraintes du métier (service et permanence de vacances, travail éventuel en internat, etc.).

LES SURVEILLANTS

■ Le pion d'antan

S'il est un métier aussi ancien que celui d'enseignant dans les lycées et collèges français, c'est celui de «pion». Cette fonction, dont le statut remonte à 1937, a été exercée le plus souvent par des étudiants très proches des lycéens qu'ils «surveillaient». Ils voyaient là le moyen de financer leurs longues études.

Dans les années 50, c'est le pion qui assurait les heures de «permanence» où les élèves étaient censés faire leurs devoirs, durant les heures non assurées par les professeurs, et qui, en liaison avec le surveillant général, le «surgé», comptabilisait les absences ou les retards. C'est lui qui, dans les internats, était chargé de veiller au calme des dortoirs et d'organiser des activités socioculturelles.

■ Le maître d'internat

Aujourd'hui, le travail du pion, même s'il y a des constantes (permanence, gestion des absences et des retards des élèves), a changé au point que l'on rencontre deux types de surveillants :
– les maîtres d'internat-surveillants d'externat (MI-SE), dépendant du rectorat qui les recrute et les affecte dans les collèges et lycées de l'académie ;
– les maîtres de demi-pension, choisis par les chefs d'établissement grâce aux crédits octroyés aux écoles et qui ont pour première mission de surveiller les élèves à la cantine.

Un certain nombre d'appelés du contingent sont également affectés dans les établissements pour exercer des fonctions assez similaires à celles des surveillants.

■ Les nouveaux rôles

Dans le cadre de la vie scolaire pilotée par le conseiller principal d'éducation, le surveillant agit pour la socialisation des jeunes et l'apprentissage des règles de vie collective. Il surveille l'entrée et la sortie de l'établissement, les interclasses et les récréations. Il intervient dans le cadre des études dirigées et peut animer des clubs dans les foyers socio-éducatifs et les maisons des lycées.

Son travail, dans un certain nombre d'établissements accueillant des publics difficiles, peut se révéler fort délicat à accomplir, puisqu'il est au premier rang pour l'accueil, la prévention des risques et la sécurité des jeunes, autant de responsabilités qui le placent bien loin du pittoresque pion d'avant-guerre.

Une image classique du pion des années 30, Louis Salou dans *La Vie en rose*.

91

LES GÉNÉRALITÉS

LE CURSUS SCOLAIRE

LES ACTEURS

LES ÉTABLISSEMENTS

LES ORGANISMES

LES PARTENAIRES

Le professeur principal

Pour chaque classe de lycée général, technique, professionnel ou de collège, le chef d'établissement désigne un professeur qui a, tout au long de l'année, la mission de coordonner et d'animer l'équipe pédagogique de la classe et d'être l'interlocuteur des familles. Il perçoit une indemnité pour cette fonction.

▬▬▬ Les tâches du professeur principal

☐ À chaque niveau du cursus scolaire, un professeur principal est désigné en début d'année par le chef d'établissement, indépendamment de la discipline qu'il enseigne. Son rôle est de coordonner le travail de l'équipe pédagogique, d'animer le conseil de classe et les réunions parents-professeurs, d'aider le jeune à construire son projet d'orientation tout en étant l'interlocuteur privilégié des familles.

☐ Selon la classe, il a des tâches spécifiques :
– en 6e, il s'aide des résultats de l'évaluation nationale pour élaborer avec les autres enseignants les soutiens et les aides scolaires des élèves. Il a également une responsabilité dans la coordination de l'enseignement de l'éducation civique par toute l'équipe éducative ;
– en 5e, il aide au choix des options à partir d'un premier bilan de scolarité ;
– en 4e, il aide à la mise au point de regroupements des élèves en difficulté ;
– en 3e, il contribue à l'information sur les professions et les voies de formations, facilite le choix des options et spécialités du lycée ;
– en seconde, il doit coordonner la composition des modules et l'exploitation de l'évaluation et aider au choix des séries et des options ;
– en première et en terminale, il coordonne également les modules de première et il guide le choix des poursuites d'études, des spécialités, et informe sur les voies postbaccalauréat.

▬▬▬ Animer la classe et l'équipe pédagogique

☐ Dans de nombreux établissements, notamment en collège, le professeur principal a aussi pour fonction d'animer des heures de « vie de classe » ou de « méthodologie », pour aider l'élève à organiser son travail.

☐ Pour le professeur principal, l'observation continue et l'évaluation des connaissances et des compétences de l'élève sont prioritaires et doivent faire l'objet d'explications et de bilans réguliers.

▬▬▬ L'interlocuteur privilégié des familles

☐ Le professeur principal réalise cette fonction lors des rencontres parents-professeurs et lors des entretiens individuels. Dans les établissements classés « sensibles », il y a deux professeurs principaux par classe.

☐ Pour les tâches de suivi individuel, d'information et d'orientation, le professeur principal établit les synthèses avec le conseiller d'orientation-psychologue (COP), le CPE, l'élève et sa famille. Il peut également faire appel au médecin scolaire, à l'infirmière, à l'assistante sociale. Il prépare les conseils de classe, qu'il peut présider si le chef d'établissement n'est pas là ; c'est lui qui établit la synthèse des résultats de l'élève qui figure sur le bulletin.

DE LA NÉCESSITÉ DE TRAVAILLER EN ÉQUIPE

■ Passer d'un exercice solitaire du métier à un exercice solidaire

Pour se trouver dans les meilleures conditions pour accomplir son activité pédagogique dans la classe, l'enseignant doit, plus que jamais aujourd'hui, concevoir que son enseignement nécessite un exercice moins solitaire du métier. Celui-ci doit de plus en plus être exercé comme un travail d'équipe rassemblant tous ceux qui participent à la mise en œuvre du projet de l'établissement.

Un enseignant doit faire sentir à son groupe d'élèves qu'il est un élément d'un ensemble cohérent (l'établissement), qu'il est en liaison avec tous les autres acteurs de la formation, les autres enseignants comme les personnels d'éducation ou l'équipe de direction.

De la même manière, il doit montrer aux élèves que tous les adultes de l'établissement peuvent être des personnes de référence. Ce comportement doit se traduire dans son activité quotidienne (propreté des salles, des couloirs, etc.), preuve qu'il reconnaît le rôle important des personnels Atos, par exemple. Une attitude de mépris ou d'ignorance vis-à-vis des personnels qui font fonctionner matériellement l'établissement ne pourrait que faire « sonner creux » tout discours sur la revalorisation du travail manuel...

■ La solidarité en Seine-Saint-Denis

Dans un collège de Seine-Saint-Denis, à la suite d'un grave incident, le principal a réuni, durant toute une journée, l'ensemble des adultes y intervenant (de la concierge à l'intendant, des pions aux enseignants, au personnel de service) pour réfléchir sur l'attitude à tenir. Cette journée de réflexion a permis de mettre sur pied un discours commun qu'ils ont pu tenir aux élèves et aux familles, lors de leurs rencontres dans le quartier. Résultat : l'incident a été circonscrit, l'équipe de l'établissement s'est trouvée soudée et les liens entre le collège et son environnement ont été renforcés.

Cet incident a permis de montrer aux élèves (et peut-être aux membres de l'équipe) que personne ne peut immédiatement avoir réponse à tout, que le professeur ne peut pas être en même temps enseignant, éducateur, infirmière, assistante sociale, surveillant, etc. et qu'il a besoin des autres pour exercer au mieux l'éducation dont il a la charge. Par ailleurs, face à un problème spécifique, les élèves ont compris que l'enseignant ne se désintéressait pas d'eux, mais qu'il pouvait les aiguiller vers le personnel professionnellement compétent. De son côté ce personnel a pu faire sentir aux jeunes qu'ils ne sont pas isolés de l'équipe enseignante, mais qu'ils travaillent avec elle.

L'importance de l'équipe

L'indemnité de suivi et d'orientation

La fonction de professeur principal est rémunérée par une indemnité modulable selon les classes où elle est exercée. Elle s'étage de 4 800 F à 7 800 F selon les niveaux d'enseignement, elle est plus conséquente pour ceux qui sont à un palier d'orientation comme la 3e ou la seconde.

LES GÉNÉRALITÉS

LE CURSUS SCOLAIRE

LES ACTEURS

LES ÉTABLISSEMENTS

LES ORGANISMES

LES PARTENAIRES

Le conseiller d'orientation-psychologue

Le conseiller d'orientation-psychologue (COP) aide les élèves à construire d'autres rapports avec la scolarité, à avancer dans la voie de la réussite et à envisager le futur positivement.

Une formation de psychologue

☐ Le conseiller d'orientation, devenu conseiller d'orientation-psychologue au début des années 90, est rattaché à un centre d'information et d'orientation (CIO) après avoir été recruté sur concours au niveau de la licence et avoir effectué un passage dans un des trois centres de formation des conseillers d'orientation.

☐ À la suite de cette formation, l'étudiant acquiert un diplôme d'État de COP qui lui permet d'exercer et de bénéficier du titre de psychologue.

Une seule personne pour plusieurs postes

Le COP n'assure pas une présence permanente dans un établissement, mais une présence hebdomadaire. Il partage son activité entre plusieurs établissements et le CIO auquel il est rattaché. Ce qui n'est pas sans poser quelques problèmes, car le COP, souvent écartelé entre trois ou quatre établissements, a bien du mal à répondre à l'investissement qui lui est demandé. Cela est regrettable car, dans la détermination des choix et des projets, la construction de l'identité et la place que prend la scolarité dans cette élaboration occupent une place centrale.

Une mission d'aide, d'observation et d'entretien

☐ Le COP est là pour aider l'élève à s'orienter, c'est-à-dire à faire lui-même ses choix. Pour cela, il propose des questionnaires d'orientation et peut être amené à faire des bilans psychologiques.

☐ Il peut intervenir, dans une classe, à son initiative ou sur proposition du professeur principal, recevoir en entretien, à leur demande ou à celle d'un enseignant ou du professeur principal, un ou plusieurs élèves. L'action des COP s'exerce lors de la commission d'appel, puisqu'un directeur d'un centre d'information et d'orientation (CIO) siège dans cette dernière instance.

☐ L'action d'observation, d'entretien que mène le COP, l'aide qu'il apporte à l'élaboration du projet personnel de l'élève lui permettent d'apporter un éclairage spécifique aux conseils de classe où il peut être invité, à sa demande ou à celle du professeur principal ou du chef d'établissement.

☐ Le jeune doit pouvoir, avec l'aide de ces professeurs, de ses parents, des conseillers d'orientation, mûrir son projet lui-même.

Un travail de collaboration

La mise en expérimentation au collège de séquences d'éducation aux choix entre les COP et les enseignants pose la question de la collaboration de ces personnels pour permettre l'élaboration du projet d'orientation scolaire et professionnelle de l'élève. Ce projet doit également tenir compte des aspirations et des capacités de l'élève, ainsi que de la disponibilité des COP dans les établissements scolaires.

CIO ET ONISEP

■ Le centre d'information et d'orientation

Il existe un centre d'information et d'orientation (CIO) par district. Un district concerne le plus souvent une dizaine de collèges et de cinq à six lycées.

Le CIO, géré par un directeur recruté sur une liste d'aptitude parmi les conseillers d'orientation-psychologues, est le service d'attache de ces derniers.

C'est un centre de ressources pour le public, particulièrement pour les jeunes qui cherchent des informations ou des conseils sur toutes les questions se rapportant aux études, formations et métiers. On peut y acheter et y consulter les brochures de l'Onisep.

Le CIO collabore avec tous les établissements scolaires du second degré du district et organise des interventions dans les classes, notamment en fin de cycle, pour guider le jeune dans ses choix.

Ce service public de l'Éducation nationale est en relation avec les autres services et organismes concernés par l'insertion professionnelle des jeunes : missions locales pour l'emploi, Agence nationale pour l'emploi (ANPE), services sociaux, permanences d'accueil, d'information et d'orientation (PAIO).

■ L'Office national d'information sur les enseignements et les professions

L'Office national d'information sur les enseignements et les professions (Onisep) édite et diffuse des brochures sur les filières d'études, remises à tous les élèves aux différents paliers d'orientation. Il publie trois collections qu'on peut acheter à sa librairie centrale (168, boulevard du Montparnasse, 75014 Paris), dans ses délégations régionales et dans les centres d'information et d'orientation :
– *les cahiers* sont consacrés à l'ensei-

gnement technologique et professionnel : diplômes, débouchés ;
– *les dossiers* informent sur les voies du lycée, les baccalauréats et l'enseignement supérieur ;
– *Avenirs est* consacré aux métiers et à l'emploi, secteur par secteur.

Trois publications de l'Onisep

En 1997, l'Onisep a publié des cassettes audiovisuelles intitulées « L'école au cœur de la vie », à destination des familles d'origine étrangère. Elles expliquent en français, arabe, turc, tamoul, etc., les structures, le fonctionnement et les programmes de l'école française.

LES GÉNÉRALITÉS

LE CURSUS SCOLAIRE

LES ACTEURS

LES ÉTABLISSEMENTS

LES ORGANISMES

LES PARTENAIRES

Les documentalistes

Les documentalistes font partie des personnages clés des établissements. Leur action pédagogique permet aux enfants de s'entraîner à travailler de façon autonome dans les centres de documentation et d'information (CDI) qui, avec l'arrivée des nouvelles technologies, se transforment progressivement en médiathèques.

▬▬ Devenir documentaliste

☐ Il suffisait entre 1970 et 1990 d'avoir une licence d'enseignement pour devenir documentaliste. Trois types de recrutement étaient alors possibles :
– le recrutement des maîtres-auxiliaires, titulaires dans les années 80 comme adjoints d'enseignement ;
– le recrutement des professeurs titulaires d'une discipline devenant documentaliste par le biais d'une liste d'aptitude ;
– le recrutement parmi les professeurs se sentant en difficulté dans leurs classes.

☐ Depuis 1989, les documentalistes sont recrutés par un Capes documentation. Ils n'ont pas de programme à enseigner ; ils ont pour leurs trente heures de service hebdomadaire un certain nombre de missions à accomplir ; ils doivent par exemple :
– initier et former des élèves à la recherche documentaire ;
– gérer le centre de ressources documentaires multimédia ;
– participer à l'ouverture de l'établissement sur l'extérieur ;
– lier leurs activités à l'action de l'établissement, notamment dans le cadre du projet d'établissement.

▬▬ Le centre de documentation et d'information (CDI)

☐ Les CDI sont nés, en 1973, de la nécessité ressentie dans les établissements d'avoir une bibliothèque et un lieu où trouver de la documentation, des outils pédagogiques pour les enseignants et les élèves. Ils sont les héritiers des bibliothèques de lycées, des services de documentation et d'information (SDI) des lycées destinés aux enseignants, etc. L'arrivée massive des nouvelles technologies transforment progressivement le CDI en médiathèque. Outre les supports traditionnels, on y trouve maintenant vidéodisques, CD-Rom, documents audiovisuels divers, etc.

☐ Les collectivités territoriales ont favorisé l'aménagement ou le réaménagement de CDI fonctionnels dans nombre d'établissements. Cet aménagement doit contribuer à faire du CDI un lieu accueillant, libre d'accès, où les élèves puissent lire ou travailler sur documents en groupe ou individuellement, emprunter des ouvrages, etc.

▬▬ L'aide au travail personnel de l'élève

☐ Le ou la documentaliste fait acte pédagogique au sens le plus large du terme, par les techniques de recherches et de travail qu'il ou elle apporte aux élèves, par le climat d'autonomie qu'il ou elle a su créer et par la qualité nouvelle de la relation établie.

☐ Le travail autonome n'est pas une technique particulière aux seuls élèves qui réussissent ; par la confiance qu'il donne à l'élève, par les possibilités d'affirmation de soi-même qu'il offre et la variété des aptitudes qu'il met en œuvre, il peut contribuer à résorber certaines difficultés scolaires. Pour ce type d'activités, le ou la documentaliste est pleinement associé(e) à l'action de l'équipe pédagogique.

LE CDI

■ Pour une maîtrise des savoirs fondamentaux

L'école, ne pouvant plus ignorer la place que les images et les outils audiovisuels occupent dans le monde contemporain, s'est ouverte à l'audiovisuel et à l'informatique en incluant dans ses programmes une initiation à la lecture de l'image, et ce dès la maternelle.

Le renforcement de l'équipement des établissements scolaires s'est poursuivi grâce à leur mise en réseau informatique, à la généralisation de leurs équipements audiovisuels et à la transformation des CDI en véritables médiathèques.

Le centre de documentation et d'information est le lieu où tout élève peut venir consulter des ouvrages, découvrir les ressources des multimédias et apprendre, avec l'aide des documentalistes, à maîtriser la multiplicité des sources d'information.

Savoir où et comment trouver une information est aujourd'hui décisif pour permettre aux jeunes « d'apprendre à apprendre ». Le CDI est, en liaison avec les diverses disciplines enseignées dans l'établissement, le lieu où le jeune pourra s'initier à décrypter l'image et les divers médias.

■ Logiciels, télévision et Internet

La production de logiciels selon la procédure de la licence mixte, dont l'usage permet la disposition, à des prix attractifs, des produits présentant un intérêt pédagogique sélectionnés par des commissions d'experts, s'est développée. Cent mille logiciels sont achetés chaque année par les établissements scolaires. En 1997, la même procédure sert pour la création de produits pédagogiques intégrant l'image sur de nouveaux supports optiques ou numériques.

Les ressources offertes aux établissements et aux enseignants par la « chaîne du savoir et de la connaissance » (la 5e chaîne) font l'objet d'informations régulières.

Un certain nombre d'établissements de tous niveaux d'enseignement se sont connectés à Internet, notamment pour développer des échanges avec l'étranger, entre élèves, entre enseignants, entre établissements.

L'image tente à devenir un support pédagogique de plus en plus courant dans les lycées. Ici le lycée Charles-de-Gaulle à Muret (31).

Les visioconférences

Les nouvelles technologies sont également utilisées en liaison avec l'enseignement à distance pour la mise en place d'un certain nombre d'options. C'est ainsi que sept académies proposent aux élèves des options comme le chinois, le japonais, l'histoire des arts, la technologie des systèmes automatisés, en s'appuyant sur la visioconférence. Ainsi, les élèves d'un lycée peuvent suivre un cours de langue devant un écran de télévision surmonté d'une caméra, un ordinateur relié au réseau Numeris. Ils sont en liaison interactive image et son avec un autre établissement où se trouve le professeur. Professeurs et élèves se voient et s'entendent en permanence, comme s'ils étaient dans la même classe.

LES GÉNÉRALITÉS

LE CURSUS SCOLAIRE

LES ACTEURS

LES ÉTABLISSEMENTS

LES ORGANISMES

LES PARTENAIRES

Les personnels Atos

Près de 220 000 personnes appartiennent aux personnels administratifs, techniques, ouvriers, de services sociaux et de santé (Atos) dans les rectorats, les inspections académiques, les universités et les établissements scolaires du second degré. Ils sont indispensables pour faire fonctionner lycées et collèges.

▰▰▰▰ Des personnels de référence

☐ Personnels de cantine, secrétaires de direction et secrétaires administratifs, gestionnaires, agents de service et de laboratoire, ouvriers professionnels, assistantes sociales, infirmières, médecins scolaires, etc., tous sont des adultes de référence pour les élèves. Ils doivent être pleinement reconnus en tant que partie prenante de la communauté éducative.

☐ Un répertoire de soixante et un métiers types a été établi. Il décrit les principaux métiers assurés par les Atos et énonce les compétences nécessaires pour les exercer.

☐ Si un problème se produit entre des élèves et des personnels Atos, les personnels enseignants doivent se sentir pleinement concernés et faire sentir aux élèves une solidarité pleine et entière de toutes les personnes adultes de l'établissement. Tous les acteurs d'un établissement doivent savoir que ces personnels jouent un rôle fondamental pour le bon fonctionnement et la qualité de l'accueil.

▰▰▰▰ Les personnels du service social et de santé

☐ Ces personnels ont un rôle actif à jouer dans le cadre de la politique de prévention autour des problèmes de santé publique, comme la toxicomanie, les maladies sexuellement transmissibles ou le Sida.

☐ L'infirmière, l'assistante sociale ou le médecin scolaire jouent un rôle dans le comité d'environnement social, quand il existe auprès de l'établissement, ou dans des clubs santé, dans le cadre du foyer socio-éducatif ou de la maison des lycéens.

☐ Cependant, compte tenu des problèmes existants dans de nombreux établissements, ces personnels sont en nombre très insuffisant. On dénombre un médecin scolaire pour 10 000 élèves, tous les établissements de second degré n'ont pas d'infirmière ; une assistante sociale a en moyenne quatre ou cinq établissements en charge.

▰▰▰▰ Les responsables de la gestion et de la comptabilité des établissements

☐ On les appelle généralement les gestionnaires ou les intendants. Ils sont responsables du fonctionnement matériel et de l'entretien de l'établissement ainsi que de l'organisation de la demi-pension.

☐ À l'intérieur de la filière administrative, on distingue :
– les secrétaires d'administration scolaire et universitaire (Sasu), affectés dans les lycées, les collèges, les universités, les inspections académiques, les rectorats ;
– les attachés principaux d'administration scolaire et universitaire (Apasu), souvent responsables de la gestion matérielle et financière des établissements ;
– les conseillers d'administration scolaire et universitaire (Casu), qui gèrent l'administration des établissements supports d'un bureau de liaison des traitements (BLT), celle des établissements publics nationaux ou encore des universités.

DES CATÉGORIES MULTIPLES

■ **L'importance de la manutention**

Il existe plus d'une vingtaine de catégories des personnels administratifs, techniques, ouvriers, de service, de santé et des services sociaux (Atos). Les plus nombreux (près de 92 000) sont les ouvriers et les contremaîtres, qui représentent plus de 40 % de ces personnels. Les commis, agents et adjoints administratifs sont près de 38 000, soit 17 % des Atos. Les trois catégories de personnels qui viennent ensuite sont : les secrétaires, qui, avec plus de 17 000, représentent 7 % des personnels ; les agents, adjoints et aides techniques, qui sont à peu près 10 000 (un peu moins de 5 %) ; les attachés, qui sont près de 9 000 (un peu plus de 4 %).

À elles seules, ces cinq catégories représentent près des trois quarts des personnels Atos. Il faut signaler que plus de 10 % de ces personnels sont des personnels auxiliaires ou contractuels.

Le tableau ci-contre n'inclut pas les contrats emploi-solidarité (CES) qui aident pourtant de manière décisive au fonctionnement de bon nombre d'établissements.

Les personnels administratifs et de service des collèges et des lycées sont des fonctionnaires d'État dépendant du ministère de l'Éducation nationale. Ceux des écoles maternelles et primaires sont des fonctionnaires territoriaux sous la responsabilité du maire de la commune.

Ouvriers et contremaîtres	92 000
Commis, agents, adjoints administratifs	38 000
Secrétaires	17 500
Agents, adjoints, aides techniques	10 000
Attachés administratifs	9 000
Ingénieurs et techniciens de recherche	9 000
Services sociaux et de santé	8 000
Personnels de laboratoire	4 500
Divers	7 000
Non-titulaires	24 000

La modernisation de l'administration : une attente des personnels Atos

La nécessité de moderniser l'administration de l'Éducation nationale passe par une maîtrise rigoureuse des moyens et la mise en œuvre des technologies nouvelles.

La maîtrise des moyens demande de réorganiser les achats, de veiller aux dépenses d'organisation des examens et concours, de réduire les frais de déplacement, les crédits de vacations et de suppléances, de rénover les outils de gestion et d'information.

Parmi les technologies nouvelles, l'installation d'un courrier électronique entre les services est à l'étude. Il permettrait une communication en temps réel pour les sujets nécessitant une décision immédiate, ce qui entraînerait une économie de temps appréciable pour les personnels concernés.

LES GÉNÉRALITÉS

LE CURSUS SCOLAIRE

LES ACTEURS

LES ÉTABLISSEMENTS

LES ORGANISMES

LES PARTENAIRES

Les élèves

L'école a toujours eu pour vocation de permettre aux jeunes d'acquérir des connaissances et de construire leur autonomie. Mieux les responsabiliser, telle était une des missions dévolues à l'école, il y a un siècle. Cette mission n'a pas changé, elle est même de plus en plus d'actualité.

Une construction progressive tout au long de la scolarité

☐ Faire des élèves des acteurs à part entière des écoles, collèges et lycées est une action qui s'effectue tout au long de la scolarité.

☐ Des classes coopératives des écoles primaires aux responsabilités prises dans les clubs existant dans les établissements scolaires, divers dispositifs permettent aux élèves d'exercer un certain nombre de responsabilités.

Les délégués-élèves

☐ La fonction de délégué-élève participe à la construction de la responsabilisation du jeune. De plus en plus, son rôle est redéfini comme celui d'un porte-parole des élèves de la classe.

☐ Dans chaque classe il y a deux élèves élus comme délégués. Ils siègent au conseil de classe, peuvent bénéficier d'une formation pour exercer leur rôle, élisent les délégués qui siègeront au conseil d'administration, à la commission permanente, donc au conseil de discipline (en collège, seuls les élèves de 4e et 3e peuvent être élus), participent en lycée au conseil des délégués des élèves.

Les obligations des élèves

☐ La loi d'orientation de 1989 a prévu que soient clairement explicités les obligations et les droits des jeunes.

☐ Les obligations définies sont, notamment, le respect des principes de laïcité et d'assiduité, l'acceptation du règlement intérieur. Les droits individuels et collectifs reconnus ne sauraient autoriser des actes de prosélytisme et de propagande, ni porter atteinte à la dignité, à la liberté et aux droits des autres membres de la communauté éducative, ou compromettre leur santé ou leur sécurité.

☐ L'obligation d'assiduité consiste, pour les élèves, à se soumettre aux horaires d'enseignement définis par l'emploi du temps de l'établissement.

Les droits reconnus

☐ Les droits reconnus pour les élèves dans les textes réglementaires sont la liberté d'association, de réunion et de la presse. Le fonctionnement, à l'intérieur des lycées, d'associations déclarées est reconnu.

☐ Le droit de réunion s'exerce en dehors des heures de cours prévues à l'emploi du temps des participants. Le règlement intérieur fixe les conditions d'exercice de ce droit après consultation, dans les lycées, du conseil des délégués des élèves.

☐ La liberté de la presse s'exerce sans autorisation ni contrôle préalable et dans le respect du pluralisme. Les publications rédigées par des lycéens peuvent être librement distribuées dans l'établissement. Le chef d'établissement conserve un pouvoir essentiel, celui de conseil, d'encouragement et de mise en garde.

LES LIEUX D'EXPRESSION DES JEUNES

■ Le conseil des délégués des élèves

Existant en lycée, le conseil des délégués des élèves est présidé par le chef d'établissement et le ou les adjoints ; les CPE et les CE assistent aux séances. Le conseil donne son avis et formule des propositions sur les questions relatives à la vie et au travail scolaire. Il examine, notamment à l'occasion de l'élaboration ou de la révision du projet d'établissement ou du règlement intérieur, l'organisation du temps scolaire, les modalités générales de l'organisation du travail personnel et du soutien. Il aborde les problèmes qui peuvent se poser concernant l'hygiène, la santé, la sécurité.

■ Les conseils de la vie lycéenne

Au niveau académique comme au niveau national, des conseils de la vie lycéenne ont été mis en place. Ils sont consultés sur les questions relatives à la vie matérielle, sociale, culturelle et sportive dans les lycées.

Le Conseil académique de la vie lycéenne (CAVL), présidé par le recteur, comprend 40 membres dont la moitié sont des lycéens élus.

Le Conseil national de vie lycéenne (CNVL) est présidé par le ministre ou son représentant. Il est tenu informé des grandes orientations de la politique éducative dans les lycées. Il se compose de 31 membres.

■ Le foyer socio-éducatif ou la maison des lycéens

Le foyer socio-éducatif (FSE) est une association loi 1901 gérée par un bureau de 9 à 12 élèves qui, s'ils ne sont pas majeurs, doivent s'adjoindre au moins 3 adultes : le chef d'établissement, un membre du personnel et un parent d'élève.

La nature des activités du FSE varie beaucoup selon les établissements. On peut y trouver un club théâtre, un club Unesco ou Droits de l'homme, un club d'échecs, d'informatique, etc.

Les ressources d'un foyer socio-éducatif ou d'une maison des lycéens sont les cotisations de ses membres et des subventions essentielles.

■ L'association sportive

L'association sportive (AS) est gérée par les élèves concernés avec les professeurs d'éducation physique et sportive de l'établissement, elle est affiliée à l'Union nationale du sport scolaire (UNSS).

L'AS permet aux élèves de s'initier à la gestion et aux problèmes d'organisation et d'encadrement d'un club sportif. Elle peut leur donner le goût d'une pratique sportive, les aider à mieux élaborer leur projet personnel et les intégrer à la vie associative.

Groupe de lycéens en répétition

Les parents d'élèves

Les parents d'élèves sont des acteurs à part entière de la communauté scolaire. Ils siègent dans les différentes instances fonctionnant dans les établissements scolaires. Ils sont organisés en fédération nationale, présente dans les divers organismes nationaux concernant l'Éducation nationale.

Une situation paradoxale

☐ Le fonctionnement d'une véritable communauté scolaire regroupant dans chaque école, collège ou lycée, les personnels, les parents d'élèves et les élèves n'est pas toujours réalisé. Malgré les textes publiés dans ce domaine et donnant la marche à suivre, il existe, en effet, des établissements qui ne permettent pas aux parents d'élèves d'assumer toutes leurs responsabilités au sein de l'établissement et dans le suivi de la scolarité de leurs enfants.

☐ Là où les élèves réussissent, où le climat de l'établissement est bon, où le public scolaire vient de milieux favorisés, les enseignants souhaitent rarement la présence et l'intervention des parents d'élèves, alors qu'un certain nombre de familles en est justement très demandeur. En revanche, là où la situation est dégradée, l'échec scolaire important, l'entrée des parents dans l'école est fortement ressentie par tous les partenaires comme une nécessité absolue, alors que les familles sont peu nombreuses à intervenir dans l'école.

L'accueil des parents dans les établissements

☐ Il est important que l'organisation de l'école, ses objectifs et ses procédures soient compris de tous les parents.

☐ Dans certains collèges est organisée une « pré-rentrée » des parents des élèves de 6e, qui leur permet de rencontrer les professeurs principaux, les conseillers principaux d'éducation et de mieux connaître l'établissement. Dans d'autres, un « guide » de l'établissement est publié.

Permettre aux parents de suivre la scolarité de leurs enfants

☐ Des réunions parents-professeurs sont organisées dans l'année. En outre, la possibilité est donnée aux familles d'obtenir des réunions individuelles avec les enseignants, le professeur principal ou l'équipe de direction.

☐ Pour autant, celles-ci ne sont pas toujours le lieu idéal pour un dialogue fructueux. Des initiatives ont été organisées dans divers établissements : bulletins trimestriels remis en mains propres aux familles, réunions d'analyse des évaluations de 6e ou de seconde, etc.

Aller au-devant des parents qui n'osent pas

Toutes les études le montrent, les parents, quelles que soient leurs origines, s'intéressent à la réussite scolaire de leurs enfants, mais, pour des raisons diverses, ils restent souvent loin de l'école. Les fédérations de parents d'élèves et les associations locales doivent jouer un rôle de médiation entre ces familles et l'école, afin de leur permettre de s'investir dans la scolarité de leurs enfants. Pour faciliter le dialogue entre les enseignants et les familles de langue et culture étrangères, le recours à des interprètes ou à des médiateurs a été mis en place.

LES ASSOCIATIONS DE PARENTS D'ÉLÈVES

■ L'habilitation

L'enseignement public reconnaît comme association de parents d'élèves les associations ayant pour but la défense et la promotion des intérêts moraux et matériels communs à tous les parents d'élèves (loi du 1er juillet 1901).

Toute association de parents d'élèves doit être habilitée soit en étant affiliée à l'une des fédérations ou union nationale ayant reçu une habilitation nationale, soit en demandant une habilitation auprès de l'inspecteur d'académie du département. L'association ne doit admettre, dans ses organes directeurs, que des membres de l'association élus par l'assemblée générale des adhérents à l'exclusion de tout membre de droit.

■ Les modalités de réunion

Les associations de parents d'élèves doivent avoir la possibilité d'organiser, dans l'établissement concerné, des réunions statutaires de travail ou d'information, et de disposer de boîtes aux lettres et de tableaux d'affichage . Elles peuvent faire diffuser leur documentation par l'intermédiaire des chefs d'établissement d'enseignement secondaire et de directeur d'école. Une parfaite égalité de traitement doit être respectée entre les diverses associations.

Les documents diffusés aux familles ne peuvent contenir que des informations ayant trait aux activités de l'association. Le principal, le proviseur et le directeur d'école doivent pouvoir vérifier si ces documents ne mettent pas en cause des membres de la communauté éducative ou le fonctionnement de l'établissement.

■ Les différents représentants

Les représentants des parents d'élèves siègent dans la plupart des instances existantes aux différents niveaux de l'Éducation nationale. On distingue quatre sortes de représentants.

Les représentants, élus par toutes les familles au scrutin proportionnel cinq à sept semaines après la rentrée, siègent :
– au conseil d'école (en nombre égal au nombre de classes de l'école maternelle ou élémentaire concernée) ;
– au conseil d'administration des lycées et collèges, à la commission permanente et au conseil de discipline (ils sont 7 en collège, 5 en lycée).

Les représentants désignés par les associations locales de parents d'élèves siègent au conseil de classe et au foyer socio-éducatif.

Les représentants désignés par les associations départementales ou régionales siègent en commission d'appel, au conseil départemental et au conseil académique de l'Éducation nationale.

Les représentants désignés par les instances nationales siègent au conseil supérieur de l'éducation, au conseil national de l'enseignement supérieur et de la recherche et au haut comité éducation-économie.

Les trois grandes fédérations de parents d'élèves

La Fédération des conseils de parents d'élèves (FCPE) obtient un peu moins de la moitié des voix dans les élections aux conseils d'administration des lycées et collèges publics.

La Fédération des parents d'élèves de l'enseignement public (Peep) obtient environ un tiers des voix aux élections des lycées et collèges publics.

L'Union nationale des parents de l'enseignement libre (Unapel) est en situation de quasi-monopole pour représenter les parents scolarisant leurs enfants dans l'enseignement privé.

LES GÉNÉRALITÉS
LE CURSUS SCOLAIRE
LES ACTEURS
LES ÉTABLISSEMENTS
LES ORGANISMES
LES PARTENAIRES

L'école maternelle et élémentaire

L'école maternelle et l'école élémentaire sont sous l'autorité de l'inspecteur de l'Éducation nationale de la circonscription. Elles reçoivent les enfants à partir de 2 ans jusqu'à 11 ans.

Les personnels

☐ Les personnels intervenant dans les écoles sont :
– des personnels de la fonction publique d'État (des professeurs d'écoles ou des instituteurs) ;
– des personnels de la fonction publique territoriale : les agents spécialisés des écoles maternelles (Asem). Toute classe maternelle bénéficie des services d'un agent communal nommé par le maire après avis du directeur. Son traitement est exclusivement à la charge de la commune. Pendant son service dans les locaux scolaires, il est placé sous l'autorité du directeur ;
– des personnels ouvriers, de service ou de cantine.
☐ Le directeur est un professeur d'école ou un instituteur entièrement ou partiellement déchargé d'enseignement suivant le nombre de classes.
☐ Éventuellement, peuvent intervenir des personnels spécialisés chargés de l'enseignement précoce des langues vivantes, des maîtres étrangers assurant des cours de « langues et cultures d'origine » en vertu d'accords passés entre la France et certains pays et qui sont rémunérés par le pays concerné, et des intervenants pour les activités sportives, culturelles ou artistiques payés par la collectivité territoriale ou par d'autres organismes.

Le conseil des maîtres de l'école

Ce conseil comprend, sous la présidence du directeur de l'école, l'ensemble des maîtres affectés à l'école et des maîtres remplaçants exerçant au moment des réunions du conseil, ainsi que les membres du réseau d'aide spécialisée (RAS) intervenant dans l'école. Il se réunit au moins une fois par trimestre pour donner son avis sur tous les problèmes concernant la vie de l'école, notamment sur l'organisation du service.

Le conseil des maîtres de cycle

☐ Ce conseil regroupe, pour le cycle des apprentissages premiers et le cycle des approfondissements, le directeur, le maître de chaque cycle (les éventuels maîtres remplaçants) et les membres du RAS. Le cycle des apprentissages fondamentaux est constitué par le directeur de l'école élémentaire, le ou les directeur(s) des écoles maternelles, les maîtres de l'école élémentaire et de ou des école(s) maternelle(s) intervenant dans le cycle, les membres du réseau d'aides spécialisées.
☐ Ce conseil élabore le projet pédagogique de cycle, veille à sa mise en œuvre, assure son évaluation en cohérence avec le projet d'école, fait le point sur la progression des élèves et formule des propositions concernant le passage de cycle à cycle et la durée passée par les élèves dans le cycle.

LE CONSEIL D'ÉCOLE

■ Sa composition

Le conseil d'école institué dans chaque école élémentaire et maternelle est composé du directeur d'école, du président, du maire ou de son représentant, d'un conseiller municipal désigné par le conseil municipal, des maîtres de l'école et des maîtres remplaçants exerçant dans l'école au moment des réunions du conseil, d'un des maîtres du RAS intervenant dans l'école. Sont obligatoirement présents des représentants des parents d'élèves en nombre égal à celui des classes de l'école élus chaque année au scrutin de liste, le délégué départemental de l'Éducation nationale (DDEN) chargé de visiter l'école et l'IEN, qui assiste de droit aux réunions.

Peuvent également assister aux réunions du conseil d'école avec voix consultative pour les affaires les intéressant :
– les personnels du réseau d'aides spécialisées ;
– le (les) médecins (s) scolaire (s) ;
– le (les) infirmière (s) scolaire (s) ;
– le (les) assistante (s) sociale (s) ;
– les Asem ;
– les intervenants des diverses activités organisées dans l'école.

■ Son rôle

Ce conseil se réunit au moins une fois par trimestre. Il peut aussi être réuni à la demande du directeur de l'école, du maire ou de la moitié de ses membres.
Il vote le règlement intérieur de l'école, le projet d'école, établit le projet d'organisation de la semaine scolaire, donne son avis et présente toutes ses suggestions sur le fonctionnement de l'école et sur toutes les questions intéressant la vie de l'école, notamment sur les actions pédagogiques entreprises pour réaliser les objectifs et programmes nationaux, l'uti-

lisation des moyens alloués à l'école, les conditions de bonne intégration d'enfants handicapés, les activités périscolaires, la restauration, l'hygiène scolaire, la protection et la sécurité des enfants. Il donne son accord pour l'organisation d'activités complémentaires éducatives et culturelles ; le maire le consulte à propos de l'utilisation des locaux scolaires en dehors des heures d'ouverture de l'école. Il est informé sur les principes de choix de manuels scolaires ou de matériels, l'organisation des aides spécialisées, le bilan des réalisations du projet d'école, les conditions dans lesquelles les maîtres organisent les rencontres avec les parents.

Des enfants à la maternelle

Le projet d'école

Le projet d'école vise à prendre en compte la diversité des situations dans lesquelles évolue l'enfant pour installer les orientations, les instructions et les programmes nationaux. Préparé par l'équipe pédagogique de l'école, devant associer tous les membres de la communauté éducative de l'école, le projet d'école est soumis au conseil d'école puis est transmis à l'IEN pour avis. Le projet revient ensuite à l'école pour que le directeur le présente devant le conseil d'école, qui l'adopte définitivement.

LES GÉNÉRALITÉS

LE CURSUS SCOLAIRE

LES ACTEURS

LES ÉTABLISSEMENTS

LES ORGANISMES

LES PARTENAIRES

L'établissement public local d'enseignement

Un collège ou un lycée est, depuis le 22 juillet 1983, un établissement public local d'enseignement (EPLE), administré par un conseil d'administration sous la responsabilité d'un chef d'établissement.

▬▬▬ L'autonomie de l'établissement

☐ Les collèges et les lycées disposent, en matière pédagogique et éducative, d'une autonomie qui porte sur l'organisation de l'établissement en classes et en groupes d'élèves, sur l'emploi des dotations en heures d'enseignement, sur l'organisation du temps scolaire et des modalités de la vie scolaire.

☐ La préparation de l'orientation, le choix des sujets d'études spécifiques à l'établissement, les activités facultatives et l'ouverture de l'établissement sur son environnement social, culturel et économique relèvent également de la responsabilité de l'établissement.

▬▬▬ La dotation horaire globale

☐ Chaque établissement reçoit une dotation horaire globale (DHG) établie par les autorités académiques. Cette dotation est calculée en fonction d'un indicateur H/E (heures par élève) à partir d'éléments liés à la situation des établissements (nombre d'élèves en retard scolaire, établissements ZEP ou sensibles, etc.). La DHG se compose de postes budgétaires sur lesquels sont affectés les enseignants et des heures supplémentaires-années viennent s'y ajouter. À partir de cette DHG, le conseil d'administration détermine les structures de l'établissement.

▬▬▬ Le contrôle des autorités de tutelle

☐ Les décisions de l'établissement concernant le contenu et l'organisation de l'action éducative doivent être transmises à l'autorité académique (rectorat pour les lycées, inspection académique pour les collèges) et sont exécutoires quinze jours après réception s'il n'y a pas eu de réaction de l'autorité informée.

☐ Tous les autres actes concernant le fonctionnement de l'établissement doivent être transmis au préfet, au conseil régional et au rectorat pour les lycées, au Conseil général et à l'inspection académique pour les collèges. Ils sont exécutoires quinze jours après leur transmission s'ils n'ont suscité aucune remarque.

▬▬▬ La mise en réseau des établissements

☐ Des établissements peuvent s'associer pour l'élaboration et la mise en œuvre de projets communs, notamment dans le cadre d'un bassin de formation.

☐ Le *bassin de formation* peut être un cadre permettant à des établissements de degré différents de coopérer sur des questions d'orientation, de cartes des options, de partenariat avec les entreprises.

☐ D'autres coordinations de mise en réseau d'établissement peuvent exister pour les questions de gestion et de tenue de la comptabilité générale, où peut se constituer un *groupement comptable*, ou pour la mise en œuvre d'action de formation continue des adultes dans le cadre de groupement d'établissements, les Greta.

LE BUDGET D'UN ÉTABLISSEMENT

■ Une balance équilibrée

Le budget, préparé par le chef d'établissement avec le gestionnaire, est soumis au vote du conseil d'administration. Il comporte une section de fonctionnement et une section d'investissement, avec présentation des recettes et des dépenses de l'établissement du 1er janvier au 31 décembre.

Le budget doit être présenté au CA en équilibre réel dans les 30 jours suivant la notification de la subvention de la collectivité territoriale concernée, ce qui entraîne, en général, un vote du budget vers la fin novembre.

Le budget de l'établissement adopté doit être transmis dans les 5 jours suivant le vote au préfet à la collectivité de rattachement, à l'autorité académique. S'il n'y a pas de contestation, le budget est exécutoire dans un délai de 30 jours. Des décisions budgétaires modificatives peuvent être prises en cours d'année.

■ Les ressources

Les ressources sont apportées par :
– les subventions de la collectivité de rattachement (département pour les collèges, région pour les lycées) ;
– les dotations d'État obligatoirement affectées aux dépenses pour lesquelles elles ont été attribuées (fonds social lycéen ou collégien, manuels scolaires, etc.) ;
– des contributions d'autres collectivités locales (commune, par exemple) ;
– des ressources « propres » (recettes de pension et demi-pension, produit de la vente des objets confectionnés dans les ateliers, conventions d'occupation des logements et locaux) ;
– la taxe d'apprentissage ;
– les fonds provenant d'excédents d'exercices antérieurs.

■ Les crédits pédagogiques

Ils revêtent l'aspect d'une somme globale. Une présentation complémentaire permet généralement d'indiquer la répartition des sommes affectées à chaque discipline et au CDI.

■ Le fonds de réserve

Si, en fin d'année, il reste des crédits, ils sont versés dans le fonds de réserve. Un prélèvement peut être effectué sur ce fonds à l'occasion du vote du budget, notamment pour l'achat de matériels pour l'ensemble de l'établissement.

 COLLÈGE PABLO NERUDA

La dénomination d'un établissement

Le conseil municipal décide du nom des écoles maternelles et élémentaires situées sur le territoire de la commune. Pour un collège ou un lycée, c'est à la collectivité territoriale de rattachement (département pour les collèges, région pour les lycées) après avis du CA de l'établissement concerné et de la commune où siège l'établissement, de faire son choix. Ce choix est varié, traditionnel ou original, ainsi dans l'académie de Créteil, on trouve des noms d'écrivains : Victor Hugo, Pablo Neruda, Jacques Prévert, de peintres, de musiciens mais aussi les noms de Galilée, Blaise Pascal, Gustave Eiffel pour rappeler le monde des sciences et Jean Jaurès, Jean Zay, Jules Ferry, Charles de Gaulle celui de la politique.
De nos jours, on rencontre des collèges ou lycées Georges Brassens, Jacques Brel, Simone Signoret ou Gérard Philipe. Une femme politique est souvent à l'honneur : Louise Michel, aux côtés de grandes féministes comme Olympe de Gouges, Flora Tristan.

LES GÉNÉRALITÉS

LE CURSUS SCOLAIRE

LES ACTEURS

LES ÉTABLISSEMENTS

LES ORGANISMES

LES PARTENAIRES

ZEP et établissements « sensibles »

Les zones d'éducation prioritaire (ZEP) ont été créées en 1982 pour « donner plus à ceux qui ont le moins ». Cette politique a été complétée en 1992 par le classement d'établissements « sensibles ».

▬▬▬ 1982 : création des zones d'éducation prioritaire (ZEP)

☐ Les ZEP regroupent des écoles, des collèges, des lycées dont le secteur de recrutement pose des problèmes sociaux particulièrement aigus et qui connaissent un échec scolaire important.

☐ Les établissements scolaires des quartiers (écoles, collèges et lycées) qui, ces dernières années, ont fait l'objet d'opérations dites de développement social des quartiers (DSQ) dans le cadre de la politique de la ville sont obligatoirement classés ZEP. Un certain nombre de structures ont été mises en place :

– *un groupe de pilotage* départemental ou académique est chargé, sous la responsabilité des autorités académiques, de suivre la mise en place de ces établissements ;

– *un responsable de zone*, désigné par l'inspecteur d'académie, représente l'équipe éducative engagée auprès de l'ensemble des interlocuteurs et des partenaires dans le projet des ZEP ;

– *un coordinateur*, chargé de l'animation de la ZEP, travaille avec le responsable de zone ;

– *un conseil de zone* comprend notamment les responsables des établissements scolaires de la zone, les IEN, le directeur du CIO concerné, les représentants des parents et des personnels choisis parmi ceux qui siègent aux conseils d'école ou d'administration, les animateurs de quartier, les élus locaux.

☐ Le conseil de zone articule son action avec d'autres structures poursuivant des objectifs voisins : conseils communaux de prévention de la délinquance, groupes d'action locale pour la sécurité, comités d'environnement social, etc.

▬▬▬ 1992 : création des établissements « sensibles »

☐ Dans les années 90, la dégradation de la situation sociale dans certains quartiers a des retombées sur les établissements scolaires, notamment sur les collèges et les lycées, où s'accroissent des phénomènes de violence.

☐ En liaison avec le ministère de l'Intérieur, le ministère de l'Éducation nationale a classé 80 puis 174 établissements sensibles. Ce classement concerne deux types d'établissement :

– des établissements du second degré (collèges-lycées) qui n'étaient pas, pour 60 % d'entre eux, classés ZEP auparavant ;

– des établissements concentrés dans certaines académies dont la situation est jugée préoccupante.

▬▬▬ 1995 : création des établissements « difficiles pour les débutants »

Le ministre de l'Éducation nationale s'étant engagé à ne plus affecter aucun enseignant débutant sur un poste « difficile », une liste d'établissements « difficiles pour les débutants » a donc été établie par académie. Elle comprend environ 20 à 25 % des établissements classés ZEP.

LES CRITÈRES DES DIVERS CLASSEMENTS

■ Des critères pertinents

Quelques critères sont jugés pertinents pour indiquer les degrés de difficultés qui peuvent se rencontrer dans les établissements, compte tenu des publics accueillis. Ces critères sont utilisés pour doter les établissements concernés en personnels, heures, crédits. Ils reposent sur les taux des catégories socioprofessionnelles défavorisées, des élèves boursiers, des élèves d'origine étrangère et de ceux en retard scolaire de plus de deux ans à l'entrée en 6e.

À ces critères, il serait judicieux d'en ajouter d'autres, tout aussi significatifs du climat et des difficultés ressenties par certains établissements : l'évitement de l'établissement ; l'hétérogénéité ou l'homogénéité des classes ; le pourcentage de demi-pensionnaires ; l'enclavement ou non de l'établissement ; la stabilité des équipes pédagogiques.

■ L'exemple de l'académie de Créteil

Les classements se chevauchent quelque peu, complexifiant à loisir le visage de certaines académies. Créteil en est un bon exemple. Après la grève menée en 1998 en Seine-Saint-Denis pour l'adoption d'un plan d'urgence, elle comprend :
– 92 établissements « classés » : 62 collèges, 17 lycées professionnels, 13 lycées polyvalents ;
– 67 établissements classés ZEP : 58 collèges, 9 lycées professionnels ;
– 39 établissements classés « sensibles » : 13 lycées polyvalents, 10 lycées professionnels, 16 collèges (12 collèges et 2 lycées professionnels étant déjà classés ZEP) ;
– 13 établissements (collèges) classés « difficiles pour les débutants » (déjà classés en ZEP).

■ Les personnels

Les personnels exerçant en ZEP ou en établissement « sensible » perçoivent des indemnités et des bonifications spécifiques. Les établissements reçoivent des dotations horaires supplémentaires, des postes de surveillants et obtiennent la mise à disposition d'aide-éducateurs pour des tâches d'encadrement, de surveillance et d'animation.

■ La relance des ZEP

Après l'organisation de forums académiques conclus par des assises nationales à Rouen en 1997-1998, la relance des ZEP doit passer par la révision de la carte des ZEP et la constitution de réseaux d'aide prioritaire.

Les réseaux d'éducation prioritaire doivent progressivement se mettre en place à la rentrée 1998 et la redéfinition de la carte des ZEP interviendra à la rentrée 1999.

Un réseau d'éducation prioritaire permet d'associer aux établissements classés ZEP d'autres écoles, collèges, lycées appartenant au même secteur scolaire et ne remplissant pas l'ensemble des conditions justifiant le classement ou le maintien en ZEP.

Chaque réseau d'éducation prioritaire a vocation de mettre en place un contrat de réussite dans lequel il définit ses priorités.

Les ZEP

En 1996-1997, on compte 1 300 000 élèves concernés par le dispositif ZEP. Ces ZEP concernent :
– 5 534 écoles : 12,4 % des élèves ;
– 716 collèges : 14,9 % des élèves ;
– 92 lycées professionnels : 7,4 % des élèves ;
– 34 lycées : 2,4 % des élèves.

LES GÉNÉRALITÉS

LE CURSUS SCOLAIRE

LES ACTEURS

LES ÉTABLISSEMENTS

LES ORGANISMES

LES PARTENAIRES

Le projet d'établissement

La notion de projet d'établissement est apparue au début des années 80. La loi d'orientation de 1989 généralise l'obligation d'un projet à l'ensemble des établissements. Ce projet doit définir les choix faits par l'établissement pour appliquer à un public spécifique les objectifs nationaux.

▬▬ Bref historique

La rénovation des collèges des années 1982-1984 repose sur l'idée de projet d'établissement. Elle est la résultante des influences suivantes :
– la réflexion autour du « management » visant, dans le cadre de projet d'entreprise, à rechercher une meilleure rationalisation des coûts et une plus grande mobilisation des personnels ;
– le développement des innovations pédagogiques qui amèneraient une diversification des pratiques en fonction des particularismes locaux ;
– l'idée que chaque établissement scolaire avait, de fait, son projet « implicite » sur lequel il fonctionnait, et qu'il fallait mettre en lumière et élaborer avec tous les acteurs un projet explicite.

▬▬ Concilier la dimension locale et les exigences nationales

☐ Le projet d'établissement est mis en œuvre dans les collèges et lycées ; le projet d'école dans les écoles. Il doit exprimer la volonté collective de la communauté scolaire et favoriser l'initiative individuelle et la responsabilité personnelle de chacun des membres. À ce titre, il assure la convergence des pratiques éducatives des équipes pédagogiques.
☐ Il est également l'ensemble cohérent des méthodes et des moyens spécifiques que l'établissement se donne pour atteindre les objectifs nationaux de réussite des élèves, en intégrant les données de son environnement, les contraintes auxquelles il est assujetti et les atouts dont il dispose.

▬▬ La réalisation

☐ *Un diagnostic* doit être fait aussi bien sur l'environnement économico-culturel que sur l'origine des élèves, leurs centres d'intérêts, leurs attentes, leurs difficultés. Il doit recenser les données concernant les résultats dans toutes les dimensions de l'établissement.
☐ *Les axes du projet* concernent aussi bien les pratiques pédagogiques, l'aide et le conseil aux élèves dans la construction de leur projet personnel, que l'ouverture de l'établissement et la liaison avec les divers partenaires de son environnement.
☐ *L'élaboration et la présentation* passent d'abord par l'idée qu'un projet doit prévoir des étapes dans sa mise en œuvre. Il peut également prévoir une formation des personnels concernés et un programme d'équipement de l'établissement.
☐ Une fois voté par le conseil d'administration, le projet doit subir une *évaluation interne*, outil de pilotage, facteur de cohérence et de régulation de l'action, associant tous les partenaires du projet. Il existe également des dispositifs d'évaluation externe des établissements à partir des inspections académiques et des rectorats.

LES CONTRATS D'INNOVATION

■ Des initiatives pédagogiques différenciées

De multiples innovations sont mises en œuvre dans les lycées et collèges, qui, souvent, restent inconnues de l'ensemble des acteurs du système éducatif. Il est fondamental, pour une école, de valoriser ses réussites, de montrer que dans tel établissement avec des élèves réputés difficiles l'équipe éducative arrive à qualifier des jeunes.

■ Partager son expérience

Il est important de faire connaître à tous les établissements ce qui se fait de plus innovant, non pour imposer des modèles, mais pour donner à réfléchir. À cette fin, dans le cadre des contrats d'innovation, le ministère de l'Éducation nationale a lancé un programme de recensement et d'agrément des innovations permettant des initiatives de pédagogie différenciée. Ces initiatives se développent autour de quatre objectifs :
– accompagner la mise en œuvre des nouveaux programmes, de nouveaux enseignements et de nouveaux diplômes ;
– apprendre à apprendre ;
– participer à l'insertion professionnelle des jeunes ;
– éduquer à la citoyenneté.

Pour faire agréer leurs projets innovants, les chefs d'établissement et les équipes concernées doivent le présenter sous la forme d'un document recensant les membres de l'équipe, le contexte du projet, les caractéristiques de l'établissement, les objectifs pédagogiques et éducatifs, l'expérience des acteurs, les modalités de régulation, de suivi et d'évaluation envisagées, les partenariats.

■ Un engagement de tous

Le chef d'établissement et les équipes retenues s'engagent à suivre et évaluer les projets, à analyser les acquis du travail mené et à en dégager les éléments transférables dans d'autres situations, sous la forme d'un dossier avec des documents et des outils, à accepter un suivi du travail au sein de l'établissement par une équipe académique.
Les projets retenus concernent deux domaines principaux :
– l'organisation des classes afin de faire face à l'hétérogénéité des élèves ;
– l'articulation entre activités scolaires et extrascolaires.
Les professeurs affectés dans ces établissements le sont sur la base du volontariat.

Vrai ou faux projet

Un faux projet, serait celui qui est imposé ou dirigé par l'échelon central, celui qui est rédigé pour une opération de promotion, qu'elle soit institutionnelle ou personnelle.
Un vrai projet est nécessairement engendré par les besoins de l'établissement, par la réflexion commune ; il est appliqué au quotidien par l'ensemble des acteurs de la communauté éducative.
Un rapport de l'Inspection générale de l'administration de l'Éducation nationale critique le fait que, dans la plupart des cas, les projets d'établissement ne constituent plus que des exercices obligés, souvent rédigés par le seul chef d'établissement dans l'indifférence polie de la communauté éducative. Cette évolution est due, en grande partie, à la normalisation imposée par l'administration qui souhaite contrôler l'action pédagogique des établissements. Ainsi voit-on dans chaque établissement un projet scrupuleusement épousseté chaque année afin d'être présenté dans un état décent au conseil d'administration, visant, ô surprise, à favoriser la réussite scolaire des élèves, ce qui, faute d'originalité, est le moins qu'on puisse demander à un établissement scolaire.

LES GÉNÉRALITÉS

LE CURSUS SCOLAIRE

LES ACTEURS

LES ÉTABLISSEMENTS

LES ORGANISMES

LES PARTENAIRES

Le conseil d'administration

En qualité d'organe de décision de l'établissement, le conseil d'administration est le lieu où tous les membres de la communauté éducative peuvent dialoguer, délibérer, décider et peser sur les choix déterminants pour la vie de l'établissement. Il a une composition tripartite.

Un organe de décision

Le conseil d'administration (CA) se réunit au moins trois fois par an et ne peut siéger que si la majorité de ses membres est présente en début de séance. Ces membres sont les représentants de l'administration, des personnels, des élèves et des parents.

Des compétences décisionnelles

☐ Il fixe les principes de mise en œuvre de l'autonomie pédagogique et éducative dont dispose l'établissement.

☐ Il adopte le projet d'établissement, le budget, le compte financier et le règlement intérieur ; il établit, chaque année, un rapport sur le fonctionnement pédagogique de l'établissement et donne son accord sur les orientations relatives à la conduite du dialogue avec les parents d'élèves, le programme de l'association sportive, la passation des conventions dont l'établissement est signataire, les modalités de participation aux activités du Greta auquel l'établissement adhère, l'utilisation des locaux scolaires pendant les heures de classe pour des activités éducatives, sportives et culturelles complémentaires, le fonctionnement et les programmes des associations d'élèves.

Des compétences délibératives

☐ Le CA délibère sur toute question qu'il a à connaître ainsi que sur celles ayant trait à l'information des membres de la communauté éducative et à la création de groupes de travail au sein de l'établissement ; sur les questions relatives à l'accueil et à l'information des parents d'élèves, les modalités générales de leur participation à la vie scolaire ; sur les questions relatives à l'hygiène, à la santé, à la sécurité.

☐ Il peut définir toute action particulière propre à assurer une meilleure utilisation des moyens alloués à l'établissement et une bonne adaptation à son environnement. Il autorise l'acceptation des dons et legs ainsi que les actions à intenter ou à défendre en justice.

Des compétences consultatives

☐ Il donne son avis sur :

– les mesures annuelles de création et de suppression de sections, d'options et de formations complémentaires d'initiative locale dans l'établissement ;

– les principes de choix des manuels scolaires et des outils pédagogiques ;

– l'utilisation des locaux de l'établissement en dehors des heures scolaires ;

– la modification par le maire des heures d'entrée et de sortie de l'établissement.

☐ Le conseil d'administration peut adopter tous vœux sur les questions intéressant la vie de l'établissement.

LES INSTANCES

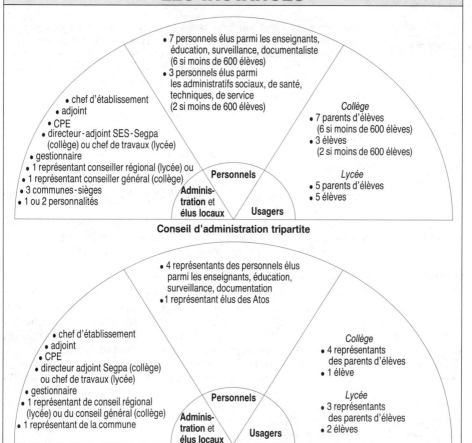

Conseil d'administration tripartite

- 7 personnels élus parmi les enseignants, éducation, surveillance, documentaliste (6 si moins de 600 élèves)
- 3 personnels élus parmi les administratifs sociaux, de santé, techniques, de service (2 si moins de 600 élèves)

- chef d'établissement
- adjoint
- CPE
- directeur-adjoint SES-Segpa (collège) ou chef de travaux (lycée)
- gestionnaire
- 1 représentant conseiller régional (lycée) ou 1 représentant conseiller général (collège)
- 3 communes-sièges
- 1 ou 2 personnalités

Personnels

Administration et élus locaux

Usagers

Collège
- 7 parents d'élèves (6 si moins de 600 élèves)
- 3 élèves (2 si moins de 600 élèves)

Lycée
- 5 parents d'élèves
- 5 élèves

Commission permanente

- 4 représentants des personnels élus parmi les enseignants, éducation, surveillance, documentation
- 1 représentant élus des Atos

- chef d'établissement
- adjoint
- CPE
- directeur adjoint Segpa (collège) ou chef de travaux (lycée)
- gestionnaire
- 1 représentant de conseil régional (lycée) ou du conseil général (collège)
- 1 représentant de la commune

Personnels

Administration et élus locaux

Usagers

Collège
- 4 représentants des parents d'élèves
- 1 élève

Lycée
- 3 représentants des parents d'élèves
- 2 élèves

Les représentants des personnels et des parents sont élus à la proportionnelle du scrutin de liste.
Les représentants des élèves sont élus au scrutin majoritaire par les deux délégués-élèves de chaque classe (en collège, seuls les élèves de 4e et 3e sont éligibles).

La commission permanente

Les délibérations du conseil d'administration sont préparées par sa commission permanente. Elle est *obligatoirement* saisie des questions qui relèvent de *l'autonomie pédagogique et éducative de l'établissement.*
Elle a pour charge d'instruire les questions soumises à l'examen du conseil d'administration. Elle veille à ce qu'il soit procédé à toute consultation utile (notamment celle des équipes pédagogiques). Il est donc important, pour chaque partie représentée au conseil et à la commission permanente (personnels, élèves, parents), que les projets à examiner et les décisions à prendre aient fait l'objet de la consultation la plus large possible.

LES GÉNÉRALITÉS

LE CURSUS SCOLAIRE

LES ACTEURS

LES ÉTABLISSEMENTS

LES ORGANISMES

LES PARTENAIRES

Le règlement intérieur

Le règlement intérieur fixe, dans le respect des principes généraux du droit, ce qui est permis ou interdit dans l'établissement. Tout manquement justifie la mise en œuvre d'une procédure disciplinaire. Le règlement doit être débattu par l'ensemble des acteurs d'un établissement afin que tous se l'approprient.

■■■■■ **Un rôle civique...**

☐ Le règlement intérieur joue un rôle très important dans les établissements scolaires puisqu'il édicte les règles régissant la vie de l'établissement, qui indiquent au jeune les limites à ne pas dépasser. Dès son entrée dans l'établissement scolaire, le jeune doit donc savoir quelles sont les règles et ce à quoi il s'expose s'il les transgresse.

☐ L'idéal est que la rédaction du règlement fasse l'objet d'un large débat dans l'établissement afin que chacun se l'approprie. Chaque année, le texte doit être commenté à tous les élèves et figurer dans le carnet de correspondance de chacun.

■■■■■ **... dans le respect des droits et des obligations**

☐ Le règlement intérieur est voté par le conseil d'administration de l'établissement et porté à la connaissance de tous les membres de la communauté scolaire. Il doit, selon la circulaire du 6 mars 1991, être affiché en permanence dans un endroit accessible à tous les élèves. Cette démarche participe d'un souci de formation civique des élèves dont l'apprentissage des règles et du droit fait partie.

☐ Concernant les droits et obligations des élèves, le règlement intérieur précise la façon dont ces droits peuvent s'exercer concrètement au sein des établissements d'enseignement. Il détermine notamment comment sont mis en application :

– la liberté d'information et la liberté d'expression dont disposent les élèves dans le respect du pluralisme et du principe de neutralité ;

– le respect des principes de laïcité et de pluralisme ;

– le devoir de tolérance et de respect d'autrui dans sa personnalité et dans ses convictions ;

– les garanties de protection contre toute agression physique ou morale et le devoir qui en découle pour chacun de n'user d'aucune violence ;

– la prise en charge progressive par les élèves eux-mêmes de la responsabilité de certaines activités.

■■■■■ **Deux exemples**

☐ Dans un lycée de la région parisienne, le règlement intérieur est révisé chaque année par l'équipe pédagogique et les délégués de classe. Le jour de la rentrée, une lecture en est faite en classe par le professeur principal. Il est signé par les 330 élèves et leurs parents.

☐ Dans un collège, le contrat de vie scolaire est signé par le chef d'établissement, l'élève et son responsable. Ce contrat précise les droits, les devoirs des élèves, leurs obligations en termes de ponctualité, d'assiduité, de discipline, etc. Il vise à faire prendre aux élèves des habitudes conduisant au respect de soi et des autres et à développer le sens de la responsabilité.

LA PRÉVENTION DE LA VIOLENCE À L'ÉCOLE

■ Dans les établissements

La formation initiale des enseignants comporte des modules de formation aux conditions d'enseignement à des publics réputés difficiles. Le tutorat d'enseignants expérimentés est mis en place auprès des débutants dans les établissements difficiles.

Les procédures concernant les garanties et la protection des fonctionnaires, prévues par leur statut, sont accélérées.

Chaque académie est dotée d'une cellule d'audit et de soutien pour les établissements où se manifestent des problèmes de violence.

Dans 6 académies, 9 sites d'interventions comprenant au total 394 établissements secondaires et leur réseau d'écoles maternelles et élémentaires ont été choisis pour bénéficier, en priorité, de postes d'infirmières, d'assistantes sociales, de médecins scolaires, de conseillers principaux d'éducation ainsi que des emplois-jeunes concernant l'assistance éducative et le suivi pédagogique.

■ Pour les élèves et les parents

Chaque classe étudie en début d'année le règlement intérieur, acte tangible de la règle de droit de la vie quotidienne à l'école.

Une journée par an est consacrée, dans chaque établissement, au dialogue entre les équipes éducatives et les élèves. De même, une pré-rentrée est organisée pour les parents des élèves de 6e afin de rencontrer les équipes éducatives.

Des médiateurs et des interprètes offrent leurs services aux familles de langue et culture étrangères.

L'absentéisme est combattu avec l'aide des familles, des services sociaux, voire du parquet des mineurs. En cas de faute commise par un jeune, il est fait appel à son engagement personnel, sous forme de contrat, quant à sa conduite future à l'égard de l'établissement et de son équipe pédagogique.

■ L'environnement

La contravention pour intrusion abusive dans les établissements scolaires est créée.

Les autorités académiques recherchent, avec les collectivités locales, des solutions pour limiter la taille des établissements scolaires et assurer leur protection contre les agressions extérieures.

La construction d'internats en zone urbaine est entreprise de manière expérimentale.

La coopération en matière de prévention de la violence à l'école entre le ministère de l'Éducation nationale, les services de police, de justice, la gendarmerie est appelée à se développer. On rencontre non seulement de plus en plus d'îlotiers aux alentours des établissements scolaires, mais des structures de réflexion commune au niveau d'un quartier ou d'une ville sont mises en place. Des contrats locaux de sécurité sont signés à l'échelon de la commune ou de l'agglomération pour développer les actions visant à améliorer le droit à la sécurité autour des établissements scolaires.

LES GÉNÉRALITÉS
LE CURSUS SCOLAIRE
LES ACTEURS
LES ÉTABLISSEMENTS
LES ORGANISMES
LES PARTENAIRES

Le conseil de discipline

La commission permanente du conseil d'administration a compétence pour se réunir en formation disciplinaire : le conseil de discipline. Celui-ci se réunit pour sanctionner un élève qui a enfreint le règlement intérieur de l'établissement ou qui a commis un acte de violence.

Le fonctionnement

☐ Une fois la date fixée, la convocation des membres du conseil et des parties prenantes (l'élève en cause, le représentant légal de l'élève mineur, les parents de l'élève majeur, le défenseur éventuel de l'élève, la personne ayant demandé la comparution de l'élève, les éventuels témoins) doit être faite au moins huit jours avant la séance par lettre recommandée avec accusé de réception.

☐ Le conseil doit consulter deux professeurs de la classe de l'élève, les deux délégués-élèves de la classe et toute personne susceptible de fournir des éléments d'information sur l'élève ou sur les faits reprochés.

Les raisons et les sanctions

☐ Peuvent donner lieu à la mise en œuvre d'une procédure disciplinaire : tout manquement au règlement intérieur ; toute atteinte aux personnes et aux biens ; tous les cas de violation des principes d'organisation et de fonctionnement du service public de l'éducation.

☐ Les sanctions prononcées doivent être proportionnelles aux fautes. Une échelle de sanctions adoptées doit figurer dans le règlement intérieur. En cas d'exclusion définitive d'un élève de moins de 16 ans, l'inspecteur d'académie doit être saisi en vue d'une nouvelle affectation.

Le rôle du chef d'établissement

☐ C'est le chef d'établissement qui saisit le conseil de discipline et fixe la date de sa tenue. Il prononce l'avertissement-sanction disciplinaire qui est à distinguer de l'avertissement-travail prononcé par le conseil de classe. Il peut également procéder à l'exclusion temporaire (huit jours maximum) de l'établissement.

☐ Sur sa proposition, le conseil de discipline a compétence pour prononcer une exclusion supérieure aux huit jours, voire l'exclusion définitive ou le renvoi devant le chef d'établissement pour l'application des sanctions que celui-ci peut prononcer.

☐ À titre conservatoire, en attendant la comparution de l'élève devant le conseil de discipline, le chef d'établissement peut lui interdire l'accès à l'établissement.

Les droits de l'élève

☐ L'élève en cause doit obligatoirement être informé de la date de réunion, des faits reprochés, du droit à la consultation du dossier auprès du chef d'établissement et du droit de présenter lui-même sa défense oralement ou de se faire assister.

☐ Après délibération, la famille de l'élève a huit jours pour faire appel devant le recteur de la décision du conseil de discipline. En cas d'appel, la décision du conseil de discipline, immédiatement exécutoire, s'applique, tant qu'une décision contraire n'a pas été prise.

LE DÉROULEMENT D'UN CONSEIL DE DISCIPLINE

■ L'ouverture du conseil

On vérifie d'abord le quorum : la moitié des membres du conseil plus un. Si le quorum n'est pas atteint, une nouvelle convocation doit être prévue dans un délai de 8 jours minimum et 15 jours maximum. Les délégués de classe mineurs, si la nature des accusations le justifie et à la demande des deux tiers des membres du conseil, ne participent pas au conseil de discipline.

Le premier travail est de désigner un secrétaire de séance ; ensuite, le conseil introduit l'élève, son représentant légal, son défenseur. Après lecture du rapport motivant les poursuites disciplinaires, on procède à l'audition des personnes convoquées avant d'ouvrir le débat.

■ Le respect des règles du droit

Le chef d'établissement doit être au courant des règles qui empêcheront la sanction disciplinaire d'être annulée pour vice de forme, comme c'est encore souvent le cas par méconnaissance des procédures juridiques.

C'est ainsi que le manquement au règlement intérieur et la sanction proposée doivent être explicitement prévus par celui-ci. Si cela n'y figure pas, le risque d'annulation de la décision est patent.

Une personne ayant demandé que l'élève soit déféré devant le conseil de discipline ne peut pas siéger pour cette affaire, et ce au nom d'un autre principe du droit : on ne peut être juge et partie. Il faut donc faire particulièrement attention à la participation du CPE au conseil. S'il a rédigé un rapport sur l'élève jugé, il vaut mieux qu'il ne soit que témoin.

Dans le cadre des principes généraux des droits de la défense, l'élève déféré devant un conseil de discipline a droit à un avocat.

Enfin, l'établissement scolaire et les plaignants doivent s'efforcer de mettre en avant des faits précis et non des impressions subjectives.

■ Le vote et le recours

Après que toute la procédure de débat contradictoire s'est déroulée, l'élève, son représentant légal et son défenseur doivent sortir de la salle.

Les membres du conseil de discipline votent alors à bulletin secret. La décision est prise à la majorité des suffrages exprimés. Si le vote d'une sanction est négatif, le conseil prononce, selon la même procédure, une sanction inférieure.

Dès que la sanction est votée, elle est communiquée à la famille et transmise au rectorat. Si le rectorat confirme la décision du conseil de discipline, la famille peut faire appel devant le tribunal administratif dont dépend l'établissement. Cet appel n'est pas suspensif et la sanction prise est donc exécutée.

L'arrêt du tribunal administratif est également susceptible d'appel auprès du conseil d'État qui statue en dernière instance.

À ne jamais faire

Les responsables de certains établissements ont cru, en votant à la va-vite une modification du règlement intérieur incluant le fait jugé délictueux juste avant de déférer l'élève devant le conseil de discipline, éviter l'annulation. Or une telle démarche se heurte à un principe essentiel du droit, la non-rétroactivité de la loi.

Pour qu'une modification d'un règlement intérieur soit exécutoire, il faut que les délais légaux de contestation d'un vote par les autorités de tutelle se soient écoulés et que le texte ait été porté à la connaissance de tous les élèves, ce qui représente au moins un mois de délai.

LES GÉNÉRALITÉS

LE CURSUS SCOLAIRE

LES ACTEURS

LES ÉTABLISSEMENTS

LES ORGANISMES

LES PARTENAIRES

Le conseil de classe

Le conseil de classe est le moment où tous les enseignants formalisent leurs observations, établissent les moyennes de l'élève et les consignent dans un bulletin transmis à la famille. C'est là que se font l'évaluation et l'orientation de l'élève. Les délégués des parents et des élèves y siègent de plein droit.

▄▄▄▄ La composition d'un conseil de classe

☐ Il est institué dans les collèges, les lycées pour chaque classe ou groupe d'élèves, sous la présidence du chef d'établissement ou de son représentant.

☐ Sont membres du conseil de classe les personnels enseignants de la classe, les deux délégués-élèves de la classe, les deux délégués-parents d'élèves de la classe, le conseiller principal ou le conseiller d'éducation, le conseiller d'orientation.

☐ Sont également membres du conseil de classe, lorsqu'ils ont eu à connaître le cas personnel d'un ou de plusieurs élèves de la classe, le médecin de santé scolaire ou le médecin d'orientation scolaire et professionnelle ou, à défaut, le médecin de l'établissement, l'assistant social, l'infirmier.

☐ Le conseil de classe a lieu au moins trois fois par an et chaque fois que le chef d'établissement le juge utile.

▄▄▄▄ L'examen de la scolarité

☐ Ce sont les équipes pédagogiques constituées par classe qui préparent le conseil avec le professeur principal, puisqu'elles sont chargées d'assurer le suivi et l'évaluation des élèves, de les conseiller pour le bon déroulement de leur scolarité et le choix de leur orientation. Elles travaillent en liaison avec le CPE et le COP.

☐ Lors du conseil de classe, le professeur principal expose les résultats obtenus par les élèves et présente les observations sur les conseils en orientation formulés par l'équipe. Sur ces bases, et en prenant en compte l'ensemble des éléments d'ordre éducatif, familial et social apportés par ses membres, le conseil examine la scolarité de chaque élève afin de mieux le guider. Il émet des propositions d'orientation, généralement lors de sa réunion de fin du deuxième trimestre.

☐ Ces propositions peuvent être en accord ou en désaccord avec les choix de la famille. Dans ce dernier cas, une procédure se met en place jusqu'à la décision finale d'orientation et l'éventuel appel des familles. Pour diminuer le nombre des désaccords, il est important qu'il y ait de fréquentes réunions de bilan.

▄▄▄▄ L'information des familles

☐ À cet effet, notamment pour les classes d'orientation, des réunions d'information réunissent parents et professeurs de classe, où le professeur principal fait la synthèse du travail et du comportement de la classe. Cette synthèse est éventuellement complétée par chaque professeur, puis les familles peuvent rencontrer individuellement le professeur principal et les différents enseignants.

☐ Les délégués-parents et les délégués-élèves peuvent, pendant le conseil de classe, attirer l'attention sur la situation particulière d'un élève. Il est clair, cependant, que leurs possibilités d'expression diffèrent considérablement selon les établissements.

UN CONSEIL DE CLASSE DIFFÉRENT

■ Le conseil de tous

Dans un collège de l'Essonne, le conseil de classe se déroule, chaque trimestre, en présence de tous les élèves de la classe, car la direction veut faire de ce conseil un élément de l'éducation à l'orientation en permettant à tous les élèves de connaître les remarques et les réflexions des enseignants sur leur travail et leur comportement. Ce type de réunion permet une préparation scolaire fructueuse pour les enseignants, les élèves et les parents.

Le conseil de classe se déroule pendant les dernières heures de cours, ce qui ne permet pas toujours aux parents d'y participer, mais laisse à tous les enseignants la possibilité d'y assister.

■ Une aide pour l'élève et l'enseignant

Une telle démarche vise à amener l'élève à prendre mieux conscience de ce qu'on attend de lui.

En permettant à tous les enseignants de parler de leur discipline, elle montre aux jeunes l'importance de chacune et tente de combattre l'idée de matières principales et matières secondaires.

Le fait que tous les élèves puissent réagir à la présentation de leur cas par le professeur principal, aux interventions des enseignants, du CPE, du documentaliste, de l'infirmière, etc. permet de mettre en avant une évaluation formatrice et une orientation mieux acceptée. Il y a d'ailleurs, dans cet établissement, beaucoup moins d'appel des familles qu'ailleurs, concernant les décisions d'orientation.

Grâce à ce conseil de classe, les enseignants ont la possibilité d'aller à la découverte des goûts et des centres d'intérêt de leurs élèves, de repérer leurs savoirs, savoir-faire, qualités ou aptitudes particulières. C'est également le moment idéal pour faire le point des domaines où l'élève peut s'améliorer et pour déterminer, avec lui, les meilleures façons d'y parvenir.

Au final, le climat de la classe s'en ressent, et il y a moins d'anxiété à l'approche du conseil de classe, qui s'inscrit normalement dans le cadre d'une progression annuelle de l'éducation.

Le chef d'établissement s'est bien entendu engagé, dans ce processus, à toujours respecter les propositions du conseil de classe et à ne jamais les modifier.

Les vœux des familles

Les stratégies des familles sont très différentes selon leur milieu social et leur environnement géographique, comme il peut y avoir des différences importantes entre le vœux des familles et les décisions d'orientation conseillées. Dans l'académie de Caen, à population ouvrière et rurale, les différences entre les vœux des familles et les choix retenus sont assez faibles. L'ambition des familles est limitée aux résultats de leurs enfants. Le taux d'appel est très faible : 1,9 %.

Dans l'académie de Paris, à l'inverse, les familles sont très ambitieuses, quels que soient les résultats de leurs enfants. Plus de 80 % veulent que leur enfant suive une classe de seconde. Elles ne l'obtiennent pas toutes, mais elles préfèrent massivement le redoublement au passage en lycée professionnel. Le taux d'appel dans cette académie est, avec 6, 9 %, près de trois fois supérieur à la moyenne nationale.

Cependant, il faut savoir qu'avec des taux d'appel très différents (1,9 % à Caen, 6,9 % à Paris), le taux d'acceptation des vœux des familles est le même : un peu plus d'un tiers.

Le taux de satisfaction des appels est globalement de 35 % de satisfaits, sans qu'un rapport puisse être établie entre le pourcentage de demandes d'appel et le taux de satisfaction.

LES GÉNÉRALITÉS
LE CURSUS SCOLAIRE
LES ACTEURS
LES ÉTABLISSEMENTS
LES ORGANISMES
LES PARTENAIRES

La sectorisation des élèves

La mise en place de la sectorisation date de 1963. Elle traduisait dans les faits l'extension de la scolarité obligatoire à 16 ans. Elle coïncidait avec la création des collèges d'enseignement secondaire (CES). Elle n'a pas satisfait tous les parents. Nombreux sont ceux qui continuent de contourner la carte scolaire.

▰▰▰ L'affectation des élèves

☐ *À l'école primaire,* les élèves sont affectés selon des secteurs scolaires définis par les mairies, en liaison avec les inspecteurs de l'Éducation nationale. Les mairies peuvent cependant décider de ne pas sectoriser les écoles de leur commune. Dans le cas de demandes de dérogations à l'intérieur de la commune, l'accord est de la responsabilité du maire, généralement après avis des directeurs des écoles concernées. Dans le cas de demandes de dérogation entre écoles de communes différentes, l'accord des maires concernés est nécessaire.

☐ *En collège,* après avis du Conseil départemental de l'Éducation nationale (CDEN), l'inspecteur d'académie arrête les secteurs scolaires, conformément au décret de 1980.

☐ *En lycée,* la sectorisation existe compte tenu des voies de formation préparées, des langues et des options proposées par chaque établissement.

▰▰▰ L'assouplissement de la carte scolaire

☐ Depuis 1980, la carte scolaire a été assouplie. Désormais, une famille peut demander la scolarisation de son enfant dans un collège se trouvant hors de son secteur. Entre 1983 et 1992, des expériences de désectorisation sont menées dans de nombreux départements. Conséquence de cet assouplissement : plus de 12 % de demandes de dérogation !

☐ Pour les communes de banlieue reliées à Paris par le métro, la « désectorisation » devient presque un phénomène de masse qui touche les décideurs à tous les niveaux de la cité. Ce qui peut remettre en question la mise en place d'un partenariat local. Plus préoccupant : dans nombre de communes, à la périphérie des grandes métropoles, les écoles, collèges, lycées ne scolarisent que les élèves des populations les plus paupérisées de la ville.

☐ Une étude de l'Insee de mai 1996 montre que le contournement de la carte scolaire devient, pour certains milieux, un « sport parental ». Côté public, les plus grands adeptes de la stratégie de placement sont les parents enseignants (1 enseignant sur 5 contre 1 parent sur 10 dans les autres catégories moyennes et supérieures et 1 sur 20 dans le monde ouvrier et agricole).

☐ Cette désectorisation aboutit à renforcer considérablement les écarts entre les établissements et à « ghettoïser » un certain nombre de collèges. Le ministère s'est inquiété d'une telle dérive, qui a creusé un fossé entre les établissements, et a entrepris, notamment à Paris, de « resectoriser » les collèges pour la rentrée 1997.

▰▰▰ Le contournement de la carte scolaire

Pour contourner la carte scolaire dans le cas d'établissements sectorisés, les parents utilisent le plus souvent les options (celles de langues rares ou anciennes, par exemple).

120

LE CONSUMÉRISME SCOLAIRE

■ Le consommateur d'écoles

Après plus d'un siècle, pendant lequel l'école est apparue avant tout comme une institution d'État, imposant ses contenus et ses méthodes à un public captif, on peut se demander s'il faut s'abandonner sans réticence à la logique inverse, selon laquelle l'institution scolaire ne serait qu'un prestataire de services et le public un client pouvant choisir ce qui correspond le mieux à ses besoins, à ses attentes, le transformant en « consommateurs d'écoles ».

Dans les débats sur la liberté de l'enseignement, une question cruciale, rarement explicitée, sous-tendait les positions en présence : l'école relève-t-elle d'abord de l'espace public (l'accent est mis sur le droit de la société à définir ses objectifs, ses programmes et ses moyens) ou de l'espace privé (l'accent est mis sur le droit de la famille à confier son enfant à tel ou tel établissement en fonction des produits qu'il propose et des satisfactions qu'il procure, selon une logique de marché) ?

■ Le refus de la sectorisation

La désectorisation a rompu l'égalité entre les établissements et a conduit à ce que coexistent de « bons » établissements avec beaucoup d'options, l'enseignement de langues rares, des élèves triés sur le volet sur la base de leur dossier scolaire, et les « autres » établissements, n'accueillant que des élèves de milieux défavorisés en difficulté où les familles ne « poussent » pas à l'existence de nombreuses options.

■ Traquer la « bonne » école

Pour obtenir à tout prix ce qu'elles pensent être un « bon » établissement, des familles compulsent fébrilement les divers palmarès, sélectionnent les options qu'elles jugent être les plus rentables pour l'avenir. Certaines n'hésitent pas à investir dans un appartement pour, dans le cadre d'une sectorisation qui serait rétablie, être sûr d'habiter la bonne rue qui devrait conduire leur progéniture au lycée mythique souhaité.

La stratégie consiste souvent à tenter de choisir, à tous les niveaux, l'école jugée la meilleure possible pour son enfant, quel que soit le statut de ces écoles, le public et le privé n'étant pas, pour les consommateurs d'école, opposés mais complémentaires.

De tels comportements impliquent une sérieuse réflexion des responsables de l'Éducation nationale sur les moyens à octroyer aux établissements pour donner aux familles l'assurance que, quel que soit le lieu où il est scolarisé, chaque jeune a des chances identiques.

Le décret de 1980 sur la sectorisation des établissements

Le territoire de chaque académie est divisé en secteurs et en districts.

Les secteurs scolaires correspondent aux zones de desserte des collèges ; un secteur comporte un seul collège public, sauf exception due aux conditions géographiques. Les districts scolaires correspondent aux zones de desserte des lycées.

Les collèges et les lycées accueillent les élèves résidant dans leur zone de desserte. L'inspecteur d'académie, directeur des services départementaux de l'Éducation nationale, détermine pour chaque rentrée scolaire l'effectif maximum d'élèves pouvant être accueillis dans chaque établissement, en fonction des installations et des moyens dont il dispose.

Dans la limite des places restant disponibles après l'inscription des élèves résidant dans la zone de desserte d'un établissement, des élèves ne résidant pas dans cette zone peuvent y être inscrits sur autorisation de l'inspecteur d'académie dont relève cet établissement.

LES GÉNÉRALITÉS
LE CURSUS SCOLAIRE
LES ACTEURS
LES ÉTABLISSEMENTS
LES ORGANISMES
LES PARTENAIRES

La sécurité des établissements scolaires

Depuis l'incendie du collège Pailleron en 1973, la fermeture totale ou partielle d'un établissement peut être décidée si la sécurité des occupants est menacée.

■■■■ Le spectre « Pailleron »

L'incendie du collège Pailleron en 1973, qui a causé vingt morts dont seize élèves, a rappelé à toutes les familles que la sécurité des établissements scolaires ne pouvait pas être négligée. Le collège avait été construit dans les années 60, comme 813 autres établissements, selon un procédé de construction industrielle avec ossature métallique. L'incendie révéla la fragilité d'une telle structure et il semblait évident qu'il fallait détruire tout établissement construit ainsi, mais la résorption de ces construction fut assez lente puisque, en 1993, il restait encore plus d'une centaine de lycées et collèges construits selon ce procédé, et ce malgré les efforts menés par les collectivités locales. Depuis 1986, en effet, les régions (pour les lycées), les départements (pour les collèges) ont la charge des dépenses de fonctionnement, de maintenance, d'équipement et de reconstruction des établissements.

■■■■ La fermeture totale ou partielle d'un établissement

☐ La fermeture d'un établissement ne peut intervenir qu'à deux titres : les risques d'incendie et l'existence d'un danger grave et imminent.

☐ La décision de fermeture au titre des *risques d'incendie* est prise par l'autorité responsable, sur avis de la commission de sécurité qui vérifie la conformité aux normes des locaux, installations et équipements. Le chef d'établissement adresse à l'autorité académique les propositions qu'il a transmises à la collectivité territoriale de rattachement concernant la transformation, l'aménagement ou la fermeture de locaux ou d'installations situés dans son établissement.

☐ Lorsqu'un *danger grave et imminent* se déclare dans l'enceinte de l'établissement, il appartient au chef d'établissement de prendre toutes mesures d'urgence propres à préserver la sécurité. Il transmet en même temps à la collectivité territoriale et à l'autorité académique une demande de travaux de mise en sécurité des locaux ou installations déficientes, soulignant l'urgence de leur réalisation.

☐ L'interdiction pour tout ou partie du fonctionnement d'ateliers affectés aux enseignements technologiques, techniques et professionnels peut être prononcée également en raison de manquements aux prescriptions du Code du travail.

■■■■ La commission d'hygiène et de sécurité

La loi de janvier 1991 a prévu la mise en place, dans tous les établissements publics dispensant un enseignement technique et professionnel et possédant un atelier, d'une commission d'hygiène et de sécurité. Cette commission, composée de représentants des personnels de l'établissement, des élèves et des parents d'élèves, de l'équipe de direction et d'un représentant de la collectivité de rattachement, présidée par le chef d'établissement, est chargée de suivre les questions d'hygiène et de sécurité, notamment les conditions de travail dans les ateliers.

L'OBSERVATOIRE NATIONAL DE LA SÉCURITÉ DES ÉTABLISSEMENTS SCOLAIRES

■ Un organisme d'État

L'observatoire national de la sécurité des établissements scolaires a été créé en 1995 pour faire le point sur les questions de sécurité dans les établissements. Il se compose de 48 membres représentants les élus locaux et nationaux, les personnels et les parents d'élèves et de l'État.

Travaux de désamiantage
d'une l'école maternelle de Nantes

Ce qu'il est resté de la carcasse métallique
du collège de la rue Pailleron

Cet organisme a pour mission d'étudier, au regard des règles de sécurité, l'état des immeubles et des équipements affectés aux établissements scolaires et aux CIO. Il informe les collectivités territoriales ou les propriétaires privés ainsi que les ministères concernés des conclusions de ses travaux. Il remet au ministre chargé de l'Éducation nationale, chaque 31 décembre, un rapport qui est rendu public.

Dans son rapport 1996, l'Observatoire a publié ses remarques concernant l'amiante, les machinesoutils des lycées professionnels et techniques et la sécurité des écoles primaires.

■ L'amiante

Il apparaît à la suite d'un questionnaire que 13,2 % des lycées et 5,3 % des collèges contiennent de l'amiante. On en trouve des traces essentiellement dans les ateliers et les salles de restauration, mais aussi dans les locaux d'enseignement et les couloirs. Une aide d'un demimilliard de francs sur trois ans pour les travaux de désamiantage des établissements scolaires (hors coût du désamiantage de la faculté de Jussieu) a été décidé par l'État en direction des collectivités locales chargées d'engager les opérations de mise en sécurité.

■ Les machines-outils

Concernant le parc de machinesoutils de l'enseignement technique et professionnel, l'Observatoire a calculé que près de 60 % des 33 100 machines recensées dans 1 933 établissements ne sont pas conformes. Trente pour cent sont jugées obsolètes et présentent de graves dangers pour les élèves et les personnels.

■ Les écoles primaires

Concernant les écoles primaires, un bâtiment sur dix présente des risques pour la sécurité des élèves en cas d'incendie. Le diagnostic a été fondé sur l'isolement des locaux à risque, l'éclairage de sécurité, les dispositifs d'alarme, la conception et l'entretien des escaliers, l'encombrement des couloirs. Les installations électriques sont à revoir dans une école sur quatre.

LES GÉNÉRALITÉS
LE CURSUS SCOLAIRE
LES ACTEURS
LES ÉTABLISSEMENTS
LES ORGANISMES
LES PARTENAIRES

Les classes transplantées

Les classes transplantées sont des classes de découverte. En transplantant l'ensemble de l'effectif d'une classe d'une école maternelle ou élémentaire dans un autre lieu, on élargit l'horizon des enfants en leur faisant découvrir un environnement différent de leur quotidien.

Une véritable communauté

☐ Ces classes, qui s'effectuent avec tous les élèves et les maîtres, sont très importantes pour construire une véritable communauté en faisant vivre ensemble en permanence élèves et adultes pendant plusieurs jours, voire plusieurs semaines.

☐ Elles permettent de faire découvrir aux jeunes de nouveaux horizons, d'autres environnements et de les aider à construire leur autonomie en les séparant temporairement de leur famille. Souvent, ces classes sont l'occasion pour l'élève de remplir un cahier spécifique d'observations. Elles se divisent en deux groupes.

Les classes d'environnement

Ce sont les *classes de nature* : classes de neige, classes de mer, classes « vertes ». Ces classes permettent aux enfants de connaître et respecter la nature. L'essentiel est de leur donner le goût d'observer et d'interroger, de développer chez eux le sentiment que les paysages, les animaux et les plantes ne constituent pas un acquis immuable et peuvent se trouver menacés par les activités humaines.

Les classes culturelles

☐ Les *classes d'initiation artistique* consistent à faire participer les élèves d'une classe, accompagnés de leur maître, à l'activité de création d'un groupe d'artistes ou d'un organisme culturel.

☐ Les *classes de patrimoine* séjournent dans un site présentant un intérêt historique, architectural, archéologique, ethnologique, littéraire ou artistique.

☐ Les *classes scientifiques* initient les élèves à la réalisation d'activités scientifiques et technologiques sur divers sites comme la Cité des sciences et de l'industrie de la Villette, à Paris, ou le Futuroscope de Poitiers.

☐ Les *séjours à l'étranger* se multiplient de plus en plus avec le développement de l'enseignement des langues vivantes étrangères à l'école primaire. Durant ces séjours, les jeunes peuvent être logés ensemble, notamment dans des auberges de jeunesse, ou par groupe de deux ou trois, dans des familles d'accueil.

L'organisation des classes transplantées

☐ Ces séjours doivent durer au moins cinq jours pour que les classes soient considérées comme transplantées. L'organisation est le plus souvent le fait des municipalités, même si l'enseignant reste le responsable du séjour. Suivant leur taille et le nombre des écoles, les communes mettent souvent en place un roulement sur plusieurs années.

☐ Les classes de neige durent en moyenne quatre jours de plus que les classes « vertes », deux jours de plus que les classes de mer. La durée d'un séjour varie en fonction du niveau d'enseignement. Les classes de CM2 partent en moyenne plus longtemps (onze jours) que les classes pré-élémentaires (sept jours).

LES DÉPARTS EN CLASSES TRANSPLANTÉES

■ La chance des CM2

En 1995, 587 700 enfants, soit 12 % des élèves du premier degré de plus de quatre ans, sont partis avec leur classe et leur maître pour un séjour en dehors de l'école pendant cinq jours ou plus.

Dix-sept pour cent des enfants des départements d'Île-de-France, 16,2 % de ceux de l'académie de Rennes sont partis alors que la proportion est beaucoup plus faible dans d'autres régions. Sur l'ensemble de la France la proportion d'élèves partis varie de 0,8 % dans la Loire à 26, 8 % dans les Pyrénées-Orientales.

Les classes de CM2 (28 % des séjours) sont celles qui partent le plus souvent.

Au total, un élève sur deux bénéficie, au cours de sa scolarité en primaire, d'un tel séjour.

Les départs se font essentiellement en mai (22 % des séjours), en mars (18 %), en janvier (17 %) et en juin (15 %).

Les classes de neige constituent toujours une part importante des séjours (33 %) malgré une légère baisse depuis quelques années.

Un certain nombre de séjours comme ceux à l'étranger, dans un site scientifique ou historique ont tendance à prendre la place de la classique classe « verte » à la campagne (29 % des séjours).

■ Les classes de ville

Cependant, un certain nombre d'enseignants se sont aperçus que nombre d'élèves citadins ne connaissaient pas dans toutes ses dimensions et ses richesses la ville où ils résidaient. Ceux-ci ignoraient les autres quartiers, les monuments, les constructions et les projets en cours.

Le souhait de les voir se réapproprier leur ville dans toutes ses facettes, tous ses quartiers, a conduit certaines écoles à organiser des classes de ville où les élèves quittent leur famille pour être logés dans un équipement collectif d'un autre quartier. C'est aussi l'occasion de rencontrer les divers services de la ville et de découvrir l'ensemble des équipements collectifs. En 1995, 528 classes ont participé à cette démarche.

■ Les départements concernés

Les départements accueillant le plus de classes transplantées sont la Haute-Savoie, la Savoie, l'Isère, les Hautes-Alpes et l'Ain, où se déroulent la très grande majorité des classes de neige.

Parmi les trente départements qui enregistrent les plus fortes proportions d'élèves partis, les écoles des Alpes-de-Haute-Provence, de l'Aude, de la Haute-Corse, de la Loire-Atlantique et des Pyrénées-Orientales effectuent plus de 50 % de leurs séjours dans leur propre département.

Cinquante-cinq pour cent des classes transplantées des Côtes-d'Armor et 36 % de celles d'Ille-et-Vilaine ne quittent pas leur académie.

La classe de mer de Cassis dans les Bouches-du-Rhône

125

LES GÉNÉRALITÉS
LE CURSUS SCOLAIRE
LES ACTEURS
LES ÉTABLISSEMENTS
LES ORGANISMES
LES PARTENAIRES

Les réseaux d'aide spécialisée

Les réseaux d'aide spécialisée aux élèves en difficulté (Rased) ont été constitués autour des écoles élémentaires et maternelles pour regrouper les structures chargées de venir en aide à ces élèves.

Les classes d'adaptation

☐ Les Rased regroupent des psychologues scolaires, des rééducateurs, des instructeurs spécialisés des classes d'adaptation et sont placés sous la responsabilité de l'IEN. Ils ont pris la suite des structures d'aides spécialisées qui existaient auparavant pour les enfants en difficulté scolaire :
– les groupes d'aide psychopédagogique (GAPP),
– les centres médico-psychopédagogique (CMPP).
☐ Les classes d'adaptation regroupent de manière temporaire (quelques heures par semaine, quelques semaines) ou permanente les élèves ayant des difficultés scolaires. Y interviennent des instituteurs spécialisés, titulaire le plus souvent du certificat d'aptitude aux actions pédagogiques spécialisées d'adaptation et d'intégration scolaire (Capsais).
☐ La présence des Rased vise à introduire plus de souplesse dans la politique de prévention des difficultés des enfants. Ils font partie de l'équipe pédagogique de l'école et, à ce titre, siègent au conseil des maîtres de l'école et au conseil de chaque cycle.
☐ Un membre du Rased, qu'il soit le psychologue scolaire, le rééducateur ou un des instituteurs titulaires du Capsais, participe obligatoirement aux réunions concernant les difficultés affectant le comportement d'un élève.

L'équipe éducative

Elle est composée des personnes auxquelles incombe la responsabilité d'un élève ou d'un groupe d'élèves. Elle comprend le directeur d'école, le ou les maîtres et les parents concernés, les personnels du Rased intervenant à l'école.

Le travail des Rased

☐ L'organisation du travail se fait en trois phases :
– repérage, tri, analyse des difficultés des élèves d'une école à partir des observations effectuées par les maîtres concernés et des réunions de l'équipe pédagogique de l'école ;
– concertation entre le directeur de l'école concernée, les maîtres, les membres du Rased pour déterminer les modalités de prise en charge de l'élève ;
– élaboration, en concertation avec les parents, d'un projet personnel pour l'enfant et mise en œuvre de l'aide, du suivi et de l'évaluation.
☐ Deux types d'aides spécialisées peuvent être prévues :
– à dominante pédagogique, dans des classes d'adaptation recevant en permanence un groupe de quinze élèves, ou dans des regroupements d'adaptation rassemblant temporairement les élèves en difficulté ;
– à dominante rééducative, visant à recréer chez l'élève le désir d'apprendre.

126

LUTTER CONTRE L'ÉCHEC SCOLAIRE PRÉCOCE

■ Dès la maternelle

L'école maternelle constitue une étape fondamentale dans la scolarisation d'un enfant. Elle joue un rôle clé en faveur des enfants les moins favorisés pour l'accès au savoir.

Il faut repérer le plus tôt possible les difficultés des élèves à s'exprimer, à suivre tel récit oral, car cela peut permettre de prévenir rapidement la venue d'autres difficultés lors de l'apprentissage de la lecture ou de l'écriture. La détection et le suivi des enfants en difficulté, dès la maternelle, supposent une collaboration étroite des différents intervenants au sein de l'Éducation nationale.

L'école maternelle doit donc permettre, en liaison avec les psychologues et les orthophonistes des Rased, de détecter les problèmes. Pour ce faire, la maternelle doit éviter deux attitudes extrêmes : une entrée trop précoce de l'enfant sans que les moyens d'accueil et de prévention existent ; une grande section qui soit un lieu d'angoisses car insistant trop sur les risques d'échec au CP.

La maternelle développe remarquablement des enfants pour qui connaître, découvrir est une fin en soi.

■ Repérer le « silencieux »

Alain Bentolila, professeur de linguistique qui travaille sur les causes de l'illettrisme, s'est interrogé sur ce que certains comportements pouvaient donner à penser concernant les modalités d'acquisition du langage écrit et oral. Il a constaté que, lorsque des enfants de 4 ou 5 ans étaient groupés dans un « atelier d'expression », trois cercles avaient tendance à se former, qui ne se mêleraient pas tout au long de la séance. Il y a d'abord le cercle des *maîtres de la parole*, ce sont ceux qui conduisent la conversation, en décident les thèmes successifs, en organisent les relais. Vient ensuite, le cercle des *intervenants ponctuels*, c'est-à-dire ceux qui parlent, interviennent sur le discours des premiers, pour renchérir ou pour s'opposer de façon brève et soudaine. Enfin, il y a le cercle des *silencieux*, parfois ils observent et semblent écouter, le plus souvent, ils paraissent totalement étrangers à une activité qu'ils refusent, qu'ils redoutent et dont, en aucune façon, ils ne perçoivent les enjeux. Il est clair que les illettrés de demain se recruteront parmi ces élèves silencieux, privés de modèles et d'exemples.

Les maîtres de la parole

Les silencieux

Les intervenants

Les universités

Lieu de transmission des connaissances et centre de recherches fondamentales, les 80 universités françaises tentent, à travers leur autonomie et leur politique d'orientation, de construire des parcours de réussite pour les 2 millions d'étudiants qu'elles accueillent.

■■■■ Des établissements autonomes

☐ Depuis la loi Savary du 26 janvier 1984, les universités, établissements publics à caractère scientifique, culturel et professionnel (EPSCP), jouissent d'une autonomie pédagogique, scientifique, administrative et financière, autonomie diversement appliquée car faisant toujours débat.

☐ De 16 sites (hors la Sorbonne) en 1960, la carte des universités s'est étendue à 80 établissements en 1996 et près de 50 antennes décentralisées, où 2 millions d'étudiants des trois cycles d'études supérieures sont accueillis.

☐ À l'heure actuelle, 80 % environ des ressources des EPSCP sont gérées par l'administration centrale du ministère, ce qui limite la réelle autonomie des universités.

■■■■ La répartition des crédits

☐ Le système de répartition des crédits et des emplois entre les universités se fait sur la base des normes San Remo, un dispositif qui vise à maintenir une certaine égalité entre tous les établissements pour l'obtention des moyens supplémentaires décidés par l'État.

☐ Sur les 12 universités créées depuis 1984, 11 fonctionnent sous statut dérogatoire, c'est-à-dire qu'ils disposent d'un conseil d'orientation ouvert à des représentants du monde économique et social. C'est le cas des universités nouvelles de la région parisienne, telles Cergy ou Marne-la-Vallée.

■■■■ La Conférence des présidents d'université

Indépendamment des syndicats représentant les personnels et les étudiants, l'interlocuteur principal du ministre et de la Direction des enseignements supérieurs est la Conférence des présidents d'université (CPU), organisme présidé par le ministre et dont le premier vice-président est un président d'université élu par ses pairs. La CPU a un rôle de réflexion sur les questions qui se posent aux universités, comme la gestion de leur autonomie, le statut de l'étudiant et la mise en place d'une politique d'orientation et de tutorat permettant d'assurer une meilleure réussite des jeunes engagés dans des études universitaires.

■■■■ La place des étudiants

La participation des étudiants à la gestion des universités est inscrite depuis 1969 dans les textes réglementaires. Chaque année, les étudiants élisent leurs représentants au conseil de l'université et chaque université a un vice-président étudiant. Ces élections ne mobilisent que rarement les étudiants, puisque l'abstention dépasse souvent 90 %. Elles traduisent également la faiblesse des organisations syndicales étudiantes depuis l'éclatement, en 1972, de l'Union nationale des étudiants de France (Unef) en plusieurs organisations rivales.

LE STATUT DE L'ÉTUDIANT

■ **L'engagement des étudiants dans la vie universitaire**

Définir un statut précis pour les 2 200 000 étudiants de 1997 (ce qui représente un doublement par rapport au nombre d'étudiants en 1980) est un enjeu important. Ce statut passe par la reconnaissance de la place des étudiants dans l'université et la mise en place de mesures d'aide sociale.

Une vice-présidence étudiante et la mise en place dans toutes les universités d'un Conseil des études et de la vie universitaire (Cevu) sont la preuve de l'intérêt des étudiants pour le fonctionnement de leur université. C'est notamment le Cevu qui examine les projets déposés par les étudiants pour obtenir des crédits dans le cadre du Fonds d'amélioration de la vie étudiante (Fave).

Les étudiants sont aussi investis dans la gestion des centres régionaux des œuvres universitaires et sociales (Crous) qui s'occupent, entre autres activités, des logements étudiants, des restaurants universitaires et des offres d'emplois temporaires lors des congés d'été. Cités et restaurants sont dirigés par un conseil d'administration dans lequel figurent des représentants élus des syndicats étudiants. Ils assurent aussi la promotion d'activités culturelles et de loisirs pour les étudiants. L'investissement des étudiants se manifeste également dans les tutorats d'étudiants de premier cycle sous la responsabilité d'un enseignant ou dans des interventions dans des domaines aussi variés que la culture, la santé, la prévention, l'animation sportive, le soutien scolaire ou la lutte contre l'illettrisme.

■ **Le plan social étudiant**

En juillet 1998, *un plan social étudiant* a été présenté. Il consiste à augmenter le nombre et le montant des aides accordées par l'État et les collectivités locales, sur critères sociaux et universitaires (bourses et allocations d'études). Le nombre d'étudiants concernés devrait passer de 400 000 à 600 000. Le plan prévoit également la construction de plusieurs milliers de logements sociaux ; la création d'une carte annuelle de transport en région parisienne avec une réduction du prix de 40 %. Le coût de ces mesures est d'environ 1,5 à 1,8 milliards de francs par an sur cinq ans.

■ **Un accès simplifié aux services**

Par rapport aux difficultés d'information que rencontre tout jeune dans le cours de ses études supérieures, l'existence d'un guichet unique sur les sites universitaires permet à un étudiant, lors d'une seule démarche, d'accéder à l'ensemble des services et des informations dont il a besoin.

---

80 universités

Les 80 universités françaises peuvent se regrouper en trois grandes catégories, en fonction de
• leur caractéristique disciplinaire :
– 15 universités à dominante scientifique et médicale ;
– 21 universités à dominante littéraire, juridique ou économique ;
– 44 universités dites pluridisciplinaires ;
• et en quatre catégories selon le nombre d'étudiants :
– 18 universités ont moins de 10 000 étudiants. Il s'agit des 7 universités nouvelles, d'universités spécialisées dans les lettres et le droit ou d'universités à aire de recrutement géographique relativement délimitée ;
– 31 universités accueillent entre 10 000 et 20 000 étudiants ;
– 26 universités rassemblent entre 20 000 et 30 000 étudiants ;
– 5 universités dépassent les 30 000 étudiants, dont 4 en région parisienne.

LES GÉNÉRALITÉS

LE CURSUS SCOLAIRE

LES ACTEURS

LES ÉTABLISSEMENTS

LES ORGANISMES

LES PARTENAIRES

Les IUFM

La loi d'orientation de 1989 a créé un institut universitaire de formation des maîtres (IUFM) dans chaque académie. Ils sont chargés de préparer, en deux ans, les étudiants à réussir l'un des sept concours de recrutement au métier d'enseignant et d'organiser leur formation théorique et pratique.

Une formation professionnelle de deux ans

☐ Établissements publics d'enseignement supérieur à caractère administratif, les IUFM se substituent aux structures antérieures de formation des maîtres du premier et du second degré général, technique et professionnel (écoles normales d'instituteurs, centres pédagogiques régionaux, écoles normales d'apprentissage, centres de formation des professeurs de l'enseignement technique).

☐ Les IUFM dispensent, depuis la rentrée 1991, une formation professionnelle initiale de deux ans pour les futurs enseignants du premier et du second degré.

☐ Les titulaires d'une licence ou d'un niveau de diplôme équivalent peuvent entrer dans un IUFM afin d'y suivre une première année de formation professionnelle préparant au concours. En cas de succès, une deuxième année de formation professionnelle conduit à la certification et à la titularisation de l'enseignant. Chaque IUFM définit ses conditions d'entrée.

Première année : la préparation des concours de recrutement

☐ La première année de formation est essentiellement consacrée à la préparation des concours de recrutement que les étudiants choisissent lors de leur inscription. Pour les professeurs des lycées et collèges, il s'agit d'acquérir à la fois une très bonne maîtrise de la discipline dans laquelle ils préparent le concours et une certaine formation au métier de professeur. Quant aux professeurs des écoles, ils reçoivent une formation qui vise à assurer d'une part leur polyvalence, d'autre part une certaine professionnalisation.

☐ Les préparations sont assurées conjointement par les IUFM et les universités, celles-ci ayant en charge, dans la plupart des cas, la partie scientifique des enseignements.

Seconde année : l'approfondissement de la formation professionnelle

☐ La seconde année de formation – où sont affectés en tant que professeurs-stagiaires rémunérés tous les lauréats des concours de recrutement d'enseignants, y compris l'agrégation, qu'ils aient fait ou non une première année d'IUFM – permet d'approfondir la formation professionnelle ; celle-ci comporte des stages en responsabilité, des modules d'enseignement disciplinaire ou professionnel, des stages de pratique accompagnée, la rédaction d'un mémoire professionnel. Cette formation vise à leur permettre d'exercer leur métier en tant que professeur titulaire, l'année d'après.

☐ La formation est individualisée pour tenir compte des acquis disciplinaires et professionnels de chacun, des besoins mis à jour par la formation et des attentes des futurs professeurs.

☐ À l'issue de la seconde année, la certification sanctionne la formation dispensée, ce qui permet la titularisation dans la fonction publique.

LES CONCOURS DES PERSONNELS ENSEIGNANTS

■ Les concours de recrutement

Tout possesseur d'un bac + 3 peut postuler au poste d'enseignant en passant le concours de recrutement des professeurs des écoles : le *Cape* (certificat d'aptitude au professorat des écoles). Il comprend deux épreuves écrites d'admissibilité en français et en mathématiques et, pour ceux qui sont admissibles, quatre épreuves supplémentaires.

Il y a six concours de recrutement pour le second degré, avec des épreuves d'admissibilité (écrites) et d'admission (orales).

Le *Capes* (certificat d'aptitude au professorat de l'enseignement du second degré) permet d'enseigner dans les disciplines littéraires et scientifiques des lycées et collèges ou d'exercer la fonction de professeur-documentaliste en CDI.

Le *Capet* (certificat d'aptitude au professorat de l'enseignement technique) permet d'enseigner les disciplines technologiques des lycées et la technologie en collège.

Le Capes et le Capet donnent le titre de professeur certifié.

Le *Capeps* (certificat d'aptitude au professorat de l'éducation physique et sportive) permet d'enseigner comme professeur d'EPS dans les collèges et les lycées.

Le *Caplp$_2$* (certificat d'aptitude au professorat des lycées professionnels 2e groupe) permet d'enseigner en lycée professionnel deux disciplines générales ou une discipline technique.

Le *Crcpe* permet de recruter les futurs conseillers principaux d'éducation.

Hors IUFM, l'*agrégation* permet d'enseigner en collège ou en lycée et est ouverte à toute personne possédant une maîtrise ou son équivalent. Le professeur agrégé effectue 15 heures d'enseignement par semaine contre 18 pour les professeurs doté d'un Capes ou d'un Capet.

Pour l'enseignement privé, le concours est le Cafep (certificat d'aptitude aux fonctions d'enseignants du privé).

■ Les concours internes

Il existe des concours internes permettant à des personnels en poste, titulaires ou non, de parvenir aux divers corps de l'enseignement du premier et du second degré. Les programmes de ces concours permettent de valider les savoirs des enseignants et leurs capacités à les enseigner à des publics diversifiés, en collège et en lycée.

Pour l'accès à un même corps, par exemple les certifiés, il y a plusieurs types de concours internes du Capes, chacun présentant des conditions différentes d'ancienneté et de titres :

– *Capes interne* comportant des épreuves écrites et orales ;

– *Capes spécifique* ne comportant que des épreuves orales ;

– *Capes « réservé »* pour permettre la titularisation des maîtres-auxiliaires.

La formation continue des personnels

Tout personnel de l'Éducation nationale, enseignant ou non, a le droit de suivre une formation continue.

Les missions académiques à la formation des personnels de l'éducation (MAFPEN) ont depuis la rentrée 1998 fusionné avec les IUFM.

Les recteurs sont responsables de la mise en place de plans académiques de formation (PAF) qui proposent des stages à durée limitée dont l'IUFM assure la mise en œuvre.

Les formations académiques sont complétées par un plan national de formation publié au BOEN comprenant des stages interacadémiques et des universités d'été.

LES GÉNÉRALITÉS

LE CURSUS SCOLAIRE

LES ACTEURS

LES ÉTABLISSEMENTS

LES ORGANISMES

LES PARTENAIRES

Les organismes paritaires

L'administration de l'Éducation nationale n'a pas tout pouvoir pour prendre ses décisions. Les comités techniques paritaires (CTP) et les commissions administratives paritaires (CAP) sont obligatoirement consultés pour toutes les questions relatives à la fonction publique et celles touchant les personnels.

▬▬▬ Les comités techniques paritaires

☐ Les comités techniques paritaires (CTP) sont organisés sur une base géographique et regroupent de façon paritaire (en nombre égal) les représentants de l'administration au niveau concerné et les représentants des diverses catégories de personnels. Les CTP sont consultés pour toutes les décisions concernant la répartition des emplois, les fermetures de postes et les ouvertures de sections.

☐ Il existe un CTP général relatif à l'ensemble de la fonction publique où siègent les représentants des fédérations de fonctionnaires, le ministre de la Fonction publique ou son représentant et les représentants des ministères concernés.

☐ On distingue trois catégories de CTP au niveau du ministère de l'Éducation nationale :

– *le Comité technique paritaire ministériel (CTPM)*, consulté à propos de l'ensemble des lois, décrets, circulaires, notes de service ;

– *le Comité technique paritaire académique (CTPA)* siège au niveau du rectorat. Il est consulté à propos des décisions relevant du recteur, notamment la répartition des moyens des lycées et en heures des personnels ;

– *le Comité technique paritaire départemental (CTPD)* siège au niveau de l'inspection académique. Il est consulté pour les créations et les suppressions de postes dans les collèges et les écoles.

▬▬▬ Les commissions administratives paritaires

☐ Ce sont des organismes où siègent à parité des représentants de l'administration et des représentants élus des personnels. Ils examinent toutes les décisions individuelles (notation, mutation, avancement, promotion, etc.). Il existe autant de CAP que de catégories de personnels enseignants, de direction, Atos, etc.

☐ Les CAP existent pour toutes les catégories de fonctionnaires, quel que soit le ministre dont elles dépendent ; elles peuvent également siéger en tant que conseil de discipline.

☐ Pour l'Éducation nationale, on distingue trois catégories de CAP :

– *les commissions administratives paritaires nationales (CAPN)* sont compétentes pour les catégories gérées nationalement pour les mutations, l'avancement, les titularisations, les temps partiels, etc. ;

– *les commissions administratives paritaires académiques (Capa)*, qui siègent dans les rectorats, sont compétentes concernant leur carence pour toutes les catégories gérées rectoralement. Les Capa sont également consultées pour les mouvements rectoraux des personnels ;

– *les commissions administratives paritaires départementales (CAPD)*, qui siègent dans les inspections académiques, sont compétentes pour les décisions concernant les instituteurs et les professeurs des écoles.

LA PRÉPARATION DE LA RENTRÉE

■ Au niveau du rectorat et des IA

Le budget de l'Éducation nationale concernant la rentrée à venir est généralement voté en novembre et est exécutoire avec l'ensemble du budget de la nation à partir du 1er janvier.

Début février, le ministre informe les rectorats et les inspections académiques des crédits dont ils pourront disposer. L'attribution s'effectue sur la base du nombre d'élèves attendus dans chaque académie.

Souvent, les autorités académiques doivent faire des choix :

– augmenter le nombre d'élèves par classe pour ne pas avoir à créer de postes pour lesquels ils n'ont pas de crédits ;

– supprimer des classes, des écoles, pour pouvoir en ouvrir là où il y en a a fortement besoin ;

– supprimer des options de langues rares, d'enseignement artistique, là où les parents ne font pas trop pression pour le maintien de tels enseignements.

UNE ECOLE FERME
UN DESERT S'OUVRE

■ Au niveau du CTP

De telles décisions sont lourdes de conséquences et elles entraînent généralement des protestations quasi unanimes des représentants des personnels. Il n'est pas rare qu'elles se déroulent sous la pression de manifestations réunissant les parents d'élèves, les élus locaux et les personnels des établissements concernés. La réunion du CTP est aussi l'occasion d'en appeler à l'instance supérieure ou au ministère pour obtenir une dotation supplémentaire permettant d'éviter la fermeture d'une école qui consacrerait la mort d'un village.

■ Dans les établissements

Les conseils d'école, d'administration des collèges et lycées prennent à leur tour connaissance des dotations affectées à leur établissement, des suppressions de classes, d'options, de postes, etc. Dans le cadre de son autonomie, le CA essaie d'adapter la dotation horaire globale qui lui a été attribuée aux caractéristiques des élèves de l'établissement.

En mai-juin, les CAP examinent les mutations et les affectations des personnels. Nommés, ceux-ci peuvent prendre contact avec leur établissement courant juin.

Fin août, le chef d'établissement fait le compte des supports budgétaires et des personnels effectivement nommés.

Des ajustements ont toujours lieu pendant les premières semaines de la rentrée.

Le comité local d'éducation (CLE)

Une circulaire d'octobre 1997 a annoncé la mise en place des comités locaux d'éducation. Chaque comité est composé d'une vingtaine d'élus locaux, de parents d'élèves et de directeurs d'école et se réunit trois fois par an sous la responsabilité de l'Inspecteur de l'éducation nationale.

Les CLE travaillent en amont des CTP pour préparer les décisions concernant la carte scolaire. Ils sont consultés lorsque sont prises au printemps les premières décisions d'ouverture et de fermeture de classe, avant les réajustements de fin d'année scolaire et après la rentrée pour établir un bilan.

LES GÉNÉRALITÉS
LE CURSUS SCOLAIRE
LES ACTEURS
LES ÉTABLISSEMENTS
LES ORGANISMES
LES PARTENAIRES

Les organismes consultatifs

Les organismes consultatifs auprès du ministre de l'Éducation nationale donnent des avis et font des propositions sur tous les enseignements.

▰▰▰▰ Le Conseil national des programmes (CNP)

☐ Le Conseil national des programmes donne des avis et fait des propositions au ministre sur la conception générale des enseignements, les grands objectifs à atteindre, l'adéquation des programmes et des champs disciplinaires à ces objectifs et leur adaptation au développement des connaissances.

☐ Ce conseil, dont les avis sont rendus publics, est composé de 22 membres nommés par le ministre de l'Éducation nationale. En son sein siègent des universitaires, des enseignants du primaire et du secondaire, des personnalités du monde de l'éducation, de la recherche, de l'entreprise, de la vie associative. Le Conseil national a un rôle consultatif.

▰▰▰▰ Le Conseil national de l'enseignement supérieur et de la recherche (Cneser)

☐ Le Cneser est consulté sur tous les textes en rapport avec l'enseignement supérieur. Il est présidé par le ministre ayant en charge l'enseignement supérieur ou par son représentant. Il peut siéger en formation contentieuse et disciplinaire en appel et en premier ressort sur les décisions disciplinaires (notamment pour les fraudes aux examens, baccalauréat surtout) prises par les conseils de disciplines universitaires compétentes à l'égard des enseignants-chercheurs, enseignants et usagers. C'est devant lui que le ministère présente, chaque année, la répartition des crédits entre les différentes universités, les créations de postes, etc.

☐ Il est composé de représentants des enseignants-chercheurs, des autres personnels, des parents d'élèves, des collectivités territoriales.

▰▰▰▰ Des organismes de dialogue

On compte aussi quelques autres organismes consultatifs parmi lesquels :
– le Haut Comité Éducation-Économie et les commissions professionnelles consultatives (CPC) qui permettent la concertation entre le monde de l'entreprise et celui de l'Éducation nationale ;
– le Conseil national de la vie lycéenne (CNVL) qui vise à permettre le dialogue entre le ministre et les représentants des lycéens pour faire le point sur les problèmes de vie scolaire dans les lycées ;
– le Conseil national des associations éducatives complémentaires de l'enseignement public (CNAECEP), structure de concertation entre les représentants du ministère de l'Éducation nationale, des parents d'élèves, des personnels et ceux des associations complémentaires agréées ;
– des commissions professionnelles consultatives (CPC) composées de représentants des personnels et des professions (employeurs et salariés).

LE PARLEMENT DE L'ÉDUCATION NATIONALE

■ Le Conseil supérieur de l'Éducation nationale

Tous les textes, lois, décrets, arrêtés, circulaires, programmes et instructions officielles concernant l'Éducation nationale, sont soumis pour avis au vote du Conseil supérieur de l'Éducation (CSE) qui est en quelque sorte le parlement de l'Éducation nationale.

Présidé par le ministre de l'Éducation nationale ou par son représentant, le Conseil supérieur de l'Éducation nationale est composé de représentants des enseignants du public et du privé, des enseignants-chercheurs, des autres personnels, des parents d'élèves du public et du privé, des étudiants, des collectivités territoriales, des associations périscolaires et familiales, des représentants des grands intérêts éducatifs, économiques, sociaux et culturels.

Les représentants des enseignants-chercheurs sont élus par les représentants des mêmes catégories élus du Conseil national de l'enseignement supérieur et de la recherche.

Les représentants des enseignants, des autres personnels et des parents d'élèves sont désignés par le ministre de l'Éducation nationale. Les représentants des étudiants sont désignés sur proposition d'étudiants proportionnellement aux résultats des élections au Cneser.

■ Un avis écouté

Le CSE comprend une section permanente qui est compétente pour se prononcer sur tous les textes. Les membres de cette section sont élus à la proportionnelle par les membres du CSE, catégorie par catégorie.

Le CSE peut, sur les problèmes qui sont de sa compétence, se réunir en section contentieuse et disciplinaire. Dans cette section, sont notamment examinées les affaires relatives aux conditions d'ouverture des établissements privés ou les affaires disciplinaires concernant les maîtres d'internat-surveillants d'externat pour lesquels des mesures d'exclusion sont envisagées.

Le ministre peut juridiquement ne pas tenir compte de l'avis du CSE, puisque celui-ci n'est que consultatif. C'est rarement le cas, notamment lorsque le vote sur le texte a été très majoritairement négatif. Il est donc assez fréquent qu'un texte repoussé par le CSE revienne en seconde lecture, quelques mois après, avec des modifications prenant en compte certaines des remarques du conseil.

Le parlement de l'Éducation nationale peut aussi mobiliser les enseignants.

LES GÉNÉRALITÉS
LE CURSUS SCOLAIRE
LES ACTEURS
LES ÉTABLISSEMENTS
LES ORGANISMES
LES PARTENAIRES

Les établissements publics nationaux

L'INRP et le CNDP sont les deux principaux établissements publics nationaux. Le premier a une mission de recherche et de formation ; le second veille à la bonne diffusion des informations. Ils ont fusionné en 1997.

L'Institut national de la recherche pédagogique (INRP)

☐ L'INRP a été créé en 1976, dans le prolongement de l'Institut national de recherche et de documentation pédagogique (INRDP). Il est chargé d'une mission de recherche en éducation concernant tous les niveaux des enseignements scolaire et supérieur. Il poursuit également une mission de formation initiale et continue, notamment des formateurs.

☐ En tant que centre de ressources, il concourt à la diffusion des acquis de la recherche en éducation, en liaison avec le CNDP, au profit de la communauté éducative. Il assure la conservation et le développement des collections muséographiques et bibliographiques en matière de recherche en éducation et les met à disposition du public, notamment par l'intermédiaire de sa bibliothèque et du Musée national de l'éducation. Des enseignants, des enseignants-chercheurs sont affectés à l'INRP. Des enseignants de terrain qui bénéficient d'heures de décharges sont associés aux recherches.

☐ L'INRP publie sept revues spécialisées dont la » Revue française de pédagogie » et dispose d'un catalogue de publications mis à jour chaque année. Depuis l'été 1998, sa direction est assurée par Philippe Meirieu, professeur en sciences de l'éducation ; il a notamment piloté la consultation sur les lycées.

Le Centre national de documentation pédagogique (CNDP)

☐ Le CNDP est chargé des transmissions, documentation, édition, ingénierie éducative, auprès des établissements scolaires et universitaires. Il coordonne l'activité des Centres régionaux de documentation pédagogique (CRDP) qui sont au nombre de 28 (un par académie).

☐ Chaque CRDP dispose de la personnalité juridique et de l'autonomie financière. Il est doté d'un conseil d'administration présidé par le recteur. On peut y trouver :
– une médiathèque où les enseignants peuvent consulter ou emprunter des documents pédagogiques multimédia ;
– une librairie où se vendent les documents édités sur tout le réseau CNDP-CRDP ;
– un service d'ingénierie éducative qui donne des conseils techniques pour l'utilisation des nouvelles technologies de l'information et de la communication.

☐ Dans chaque département, l'action des CRDP se prolonge par un centre départemental de documentation pédagogique (CDDP), qui propose à la vente ou à la consultation des documents sur tous les types de supports utilisables ; papier, vidéo, cassette-audio, CD-Rom et disques compacts, diapositives… Les CDDP mettent à disposition les programmes des différents niveaux d'enseignement et des diverses disciplines avec les documents d'accompagnement, les rapports des jurys des concours de recrutement, etc…

LES PUBLICATIONS DE L'ÉDUCATION NATIONALE

■ **Le** *B.O.E.N.*

Chaque semaine, est publié le *Bulletin officiel de l'Éducation nationale*, le *B.O.E.N.*. Celui-ci est composé de deux parties :
– l'actualité de l'Éducation nationale avec les rubriques concernant la vie des établissements, les publications concernant l'Éducation nationale, les décisions du ministère et l'agenda des colloques et réunions sur l'éducation ;
– les textes réglementaires : lois, décrets, circulaires, notes de services classés par rubrique.
Le *B.O.E.N.* publie également le programme des émissions télévisées du Centre national de documentation pédagogique prévues sur « la Cinquième ».

■ **Les publications de la DPD**

La Direction de la programmation et du développement (DPD) – anciennement DEP – a entrepris depuis quelques années une politique de publication d'enquêtes, d'études, de données statistiques sur l'ensemble des questions concernant le système éducatif. Elle publie notamment :
– l'*État de l'école* : panorama du système éducatif à travers trente indicateurs synthétiques remis à jour chaque année ;
– la *Géographie de l'école* : étude par région, académie et département des résultats de l'école ;
– *Repères et Références statistiques* : édition annuelle de données statistiques ;
– le répertoire des établissements publics d'enseignement et de service : édition annuelle adressée à chaque établissement à consulter, notamment, lors des opérations de mutations des personnels ;
– les *Notes d'information* de la DEP (cinquante numéros par an) ;
– la revue *Éducation et Formation* (quatre numéros par an) ;

– les dossiers d'*Éducation et Formation* (douze numéros par an).

L'INRP édite et diffuse des revues et des brochures sur les résultats de ses travaux.

Autres établissements publics

Le *Centre national des œuvres universitaires et scolaires (Cnous)* qui coordonne l'action des centres régionaux des œuvres universitaires et scolaires (Crous).
Le *Centre international d'études pédagogiques (Ciep)*, situé à Sèvres, développe une politique de formation à destination de stagiaires d'autres pays et de coopération avec des organismes similaires étrangers.
Le *Centre national d'études et de formation pour l'enfance inadaptée (Cnefei)*, situé à Suresnes, est un centre de recherche et de formation sur les questions de l'éducation spécialisée. Il organise les stages nationaux sur ces sujets ; c'est un lieu-ressource pour tous les personnels intervenant dans ce secteur.
Il faut citer également le *Centre national d'enseignement à distance (Cned)* (cf. p. 13) et l'*Office national d'information sur les enseignements et les professions (Onisep)* (cf. p. 95).
L'INRP produit également des banques de données sur la recherche en éducation (36 16 INRP).

LES GÉNÉRALITÉS

LE CURSUS SCOLAIRE

LES ACTEURS

LES ÉTABLISSEMENTS

LES ORGANISMES

LES PARTENAIRES

Le mouvement syndical

L'Éducation nationale est un secteur où se maintient un taux de syndicalisation relativement plus élevé que dans les autres secteurs d'activités. Deux grandes fédérations : la Fédération de l'Éducation nationale (FEN) et la Fédération syndicale unitaire (FSU) regroupent l'essentiel des syndicats de la fonction publique.

▄▄▄▄▄ L'importance des syndicats

☐ La représentativité des organisations syndicales est constatée lors des élections professionnelles qui se tiennent tous les trois ans (décembre 1993, décembre 1996) et qui ont pour fonction d'élire les représentants des personnels dans les différentes structures paritaires. Ces élections ont généralement un taux de participation assez élevé (plus de 70 %).

☐ Avant 1992, le syndicalisme dans l'Éducation nationale se caractérisait par la puissance de la Fédération de l'Éducation nationale (FEN) et de son principal syndicat, le Syndicat national des instituteurs (SNI). La FEN était organisée par syndicats nationaux (48), sections départementales et par tendances.

☐ Aujourd'hui le mouvement syndical dans l'Éducation nationale est beaucoup plus émietté, même si deux grosses fédérations, la Fédération syndicale unitaire (FSU) et la FEN, représentent à elles deux plus de 70 % des syndiqués.

▄▄▄▄▄ La Fédération syndicale unitaire (FSU)

Cette fédération est née en 1992 de l'explosion de la FEN. Aux élections de décembre 1993, elle est devenue la première organisation des personnels de l'Éducation nationale et a conforté cette position dominante à celles de décembre 1996. Elle compte plusieurs syndicats nationaux parmi lesquels le SNUIPP (premier degré), le SNES (second degré), le Snesup (enseignement supérieur), premières organisations de leur secteur, et des syndicats de personnels administratifs (Unatos), d'infirmières, d'assistantes sociales, d'intendants, etc.

▄▄▄▄▄ La Fédération de l'Éducation nationale (FEN)

La FEN est partie prenante de l'Union nationale des Syndicats autonomes (UNSA) qui regroupe divers syndicats de la fonction publique. Elle comprend :
– le Syndicat des enseignants (SE), qui a pris la suite du Syndicat national des instituteurs (SNI) ; il est devenu minoritaire dans le premier degré aux élections de décembre 1996 ;
– des syndicats de personnels administratifs, ouvriers et de service, d'intendants, majoritaires dans leurs secteurs respectifs, comme Agir-FEN (administration générale et intendance rassemblées).

▄▄▄▄▄ Les autres organisations syndicales

L'Éducation nationale compte d'autres organisations parmi lesquelles le Syndicat général de l'Éducation nationale (SGEN-CFDT), qui représente 12 % des diverses catégories de personnels ; Force ouvrière (FNEC-FO) qui a obtenu autour de 2 % des voix ; la Confédération syndicale de l'Éducation nationale (CSEN), qui représente de 10 à 11 % des professeurs certifiés ou agrégés.

LES SYNDICATS NATIONAUX

■ **Le Syndicat des enseignants (SE)**

Affilié à la Fédération de l'Éducation nationale, il est l'héritier du puissant Syndicat national des instituteurs (SNI) dont les militants devaient entre 1930 et 1950 créer un important secteur mutualiste. Ce syndicat devient, dans les années 60, le SNI-PEGC en décidant la syndicalisation des professeurs d'enseignement général de collège (PEGC). Il contrôle la Fédération de l'Éducation nationale (FEN).

Tant que les instituteurs ont représenté 90% des enseignants, le SNI-PEGC a été tout puissant. Quand le nombre d'enseignants du second degré a dépassé celui du premier degré, le centre de gravité du système éducatif s'est trouvé déplacé. Cette situation a entraîné la crise de la FEN et l'exclusion par la direction dominée par les militants du SNI-PEGC des syndicats du second degré de cette fédération qui ont contribué à fermer la Fédération syndicale unitaire (FSU).

Dans cette logique d'éclatement de la FEN, le SNI-PEGC s'est alors transformé en un Syndicat des enseignants (SE), marquant ainsi sa volonté de syndiquer tous les personnels enseignants.

■ **Le Syndicat national unifié des instituteurs, professeurs d'écoles et des collèges (SNUIPP)**

Ce syndicat de la FSU est né en 1993. Il regroupe les personnels du premier degré et du PEGC qui ont refusé l'éclatement de la FEN. Il est devenu, en quatre ans, le premier syndicat de ce secteur fortement implanté auprès des jeunes enseignants.

■ **Le Syndicat national des enseignants du second degré (SNES)**

La montée en puissance de ce syndicat concernant les professeurs de lycée et de collège est lié au développement de ce secteur dans les trente dernières années. Reconnu pour son efficacité à tenir les enseignants au courant des nouveaux textes en vigueur et des modifications de leur situation de carrière, le SNES est très majoritaire aux élections des représentants des personnels enseignants exerçant dans le second degré. Il représente une des principales composantes de la Fédération syndicale unitaire (FSU).

■ **Le Syndicat national de l'enseignement technique et des centres d'apprentissage autonome (SNETAA)**

Ce syndicat, né à la fin des années 40 dans un secteur dominé par la CGT, a rejoint la FSU, après l'éclatement de la FEN. Il syndique les personnels des lycées professionnels dont il est le syndicat le plus représentatif devant le syndicat de l'Éducation nationale CGT (SDEN-CGT).

Le syndicalisme dans l'enseignement privé

Trois syndicats se partagent les suffrages des personnels de l'enseignement privé sous contrat. Leur représentativité est mesurée à l'occasion des élections des représentants des personnels aux commissions consultatives mixtes académiques ou départementales (CCMA ou CCMD) qui sont compétentes pour la gestion des personnels du privé.

Le *Syndicat national de l'enseignement chrétien (SNEC)*, rattaché à la Confédération française des travailleurs chrétiens (CFTC) a obtenu autour de 38 % à ces élections.

Le *Syndicat professionnel de l'enseignement libre catholique (SPELC)*, syndicat autonome obtient environ un tiers des voix.

La *Fédération de l'enseignement privé (FEP)*, rattachée à la Confédération française démocratique du travail (CFDT) obtient un peu moins d'un tiers des voix.

LES GÉNÉRALITÉS

LE CURSUS SCOLAIRE

LES ACTEURS

LES ÉTABLISSEMENTS

LES ORGANISMES

LES PARTENAIRES

Les relations école-entreprise

Depuis une dizaine d'années, la coopération s'est accrue avec le monde de l'entreprise. Les formations technologiques et professionnelles ont inclus un stage en entreprise dans leur cursus.

Les actions mises en œuvre

☐ Les entreprises, en liaison avec l'école, ont développé un certain nombre d'actions :
– la mise en place de *structures d'information* : l'Union des industries minières et métallurgiques (UIMM) a notamment mis en place des « classes industrie » et un car « Planète métal » qui va à la rencontre des jeunes des lycées et collèges ;
– le développement *des séquences éducatives et des stages en entreprises* ; certaines branches professionnelles ont prévu des formations de tuteurs dans l'entreprise pour accueillir les jeunes en stage et les initier à la vie de l'entreprise ;
– la réflexion sur *les évolutions des contenus du travail*. On parle aujourd'hui davantage de compétence que de métier. Les compétences représentent la capacité à utiliser un savoir, des savoir-faire, des comportements pour maîtriser une situation professionnelle donnée. Les nouvelles technologies font en effet disparaître certaines tâches, en créent de nouvelles, obligeant chacun à s'adapter rapidement ;
– le développement de *jumelages*, de partenariat lycées-collèges-entreprises. La plupart des accords de partenariat débouchent à présent sur des actions visant à mettre sur pied de véritables formations par l'alternance, des contributions des entreprises à la modernisation d'équipements pédagogiques, des interventions de professionnels dans la formation des élèves et des adultes.

L'évolution des métiers

☐ Le niveau du diplôme est aujourd'hui la protection la plus efficace contre le chômage, mais il n'est pas un passeport totalement garanti. Les employeurs sont de plus en plus exigeants, ils ont besoin de collaborateurs immédiatement opérationnels. Ils allongent leurs délais de réflexion avant l'embauche afin de vérifier la motivation du candidat.
☐ La préparation du projet personnel de l'élève dans le cadre de son orientation doit intégrer de plus en plus une dimension « insertion professionnelle et connaissance des besoins des entreprises », d'où l'intérêt pour les établissements, les conseillers d'orientation-psychologues, les professeurs principaux de développer le partenariat avec le milieu des entreprises, et pour les jeunes d'avoir effectué quelques stages professionnalisants.

Les commissions

Les commissions professionnelles consultatives (CPC) travaillent par branche de métier à élaborer les contenus d'enseignement et le référentiel des diplômes. On en recense plus d'une vingtaine.
Elles sont composées de représentants des organisations d'employeurs, de salariés, des représentants de l'administration et des corps d'inspection de l'Éducation nationale, et des organisations syndicales enseignantes.

FAVORISER L'INSERTION PROFESSIONNELLE

■ D'abord, trouver un stage

L'efficacité de l'enseignement professionnel passe par une définition claire du rôle de l'entreprise, principalement pendant le stage intégré obligatoirement dans le cursus professionnel.

Les contenus, les objectifs, la durée, l'organisation du stage sont fixés par une convention signée par le chef d'entreprise et le chef d'établissement.

Trouver un stage pour un lycéen ou un étudiant n'est pas chose aisée. C'est pourquoi, en octobre 1994, le rectorat de Montpellier a créé une banque de stages qui sert d'intermédiaire entre les entreprises et les établissements. Près de 1 000 lycéens ou étudiants ont fait appel au cours de l'année scolaire 1995-1996 à cette banque de stages qui a proposé plus de 700 offres dans plus de 20 secteurs d'activités.

La banque de stages a été créée en partenariat avec la Caisse d'épargne Languedoc-Roussillon, le groupe de presse Midi-Libre-*L'Indépendant* et la MNEF.

Aider le jeune à s'insérer professionnellement est une démarche indispensable, mais il est important de faire comprendre au monde de l'entreprise que le développement des stages, aux niveaux les plus élevés du cursus, ne doit pas se faire au détriment des stages de niveaux moins élevés. Ces derniers sont souvent plus indispensables aux jeunes pour s'insérer.

■ Faciliter l'insertion

Dans certaines académies, le passage entre dispositifs de formation professionnelle sous statut scolaire et dispositifs sous contrat de travail a été facilité.

Sept établissements des académies de Lyon et Grenoble assurent ainsi, en partenariat avec les professionnels, la formation de 149 jeunes dans les métiers du bâtiment. L'objectif de cette formule est de permettre aux jeunes d'acquérir les connaissances nécessaires à l'obtention d'une qualification professionnelle sanctionnée par un diplôme, d'assimiler le savoir-faire des entreprises et de favoriser leur insertion.

■ Les conventions de partenariat

Dans la même démarche de travail en commun école-entreprise, des conventions de partenariat ont été conclues entre certaines branches professionnelles nationales et l'Éducation nationale : la Confédération de la boucherie, la Fédération nationale de la coiffure, la Fédération de la plasturgie, l'Association nationale des industries agro-alimentaires, etc. Des conventions ont également été signées avec des entreprises de dimension nationale : La Poste, IBM, EDF-GDF, SNCF, Citroën, Peugeot.

Le Haut Comité Éducation-Économie

Le Haut Comité Éducation-Économie (HCEE) a été créé en 1986. Il est composé de 24 membres :
– 12 représentants des organisations socioprofessionnelles représentatives au plan national (organisations d'employeurs, de salariés et d'enseignants), les chambres de commerce et d'industrie, les chambres des métiers ;
– 12 personnalités qualifiées nommées par le ministre en raison de leur compétence en matière de rapport éducation-entreprise.
Le HCEE a des correspondants dans toutes les académies. Son rôle est de favoriser les relations entre le système éducatif et les entreprises, de réfléchir sur la culture économique et technique à donner à tous les jeunes et de mettre en valeur les expériences et les réflexions sur ces questions à partir d'une revue trimestrielle *Éducation-Économie.*

L'apprentissage

L'apprentissage est un contrat de travail d'une durée usuelle de deux ans, visant l'obtention d'un diplôme national ou d'un titre homologué. Les apprentis partagent leur temps entre un centre de formation (CFA) et l'entreprise qui les accueille, sous la responsabilité d'un maître d'apprentissage.

La progression des effectifs

☐ La durée de la formation théorique doit être d'au moins 400 heures par an. La rémunération de l'apprenti tient compte de son âge, de son ancienneté en apprentissage et du niveau du Smic.

☐ Au 1er janvier 1995, on comptait environ 265 000 apprentis dans l'ensemble des centres de formation d'apprentis (CFA), soit 50 000 de plus que deux ans auparavant. Plus de 190 000 jeunes ont signé un contrat au 31 décembre 1996, ce qui, compte tenu des abandons et de la durée du contrat, devrait aboutir, début 1998, à environ 300 000 apprentis.

☐ Les effectifs progressent fortement à tous les niveaux, y compris dans les préparations au CAP. Les jeunes embauchés en apprentissage ont un bagage de plus en plus élevé. Plus des deux tiers des nouveaux apprentis ont atteint au moins le niveau de la 3e, contre un peu plus de la moitié en 1992. Les effectifs des formations par apprentissage au niveau IV augmentent de 30,9 % (de 23 698 à 31 026) et, au niveau III, de 56,6 % (de 5 897 à 9 234).

Les établissements d'accueil

☐ Les établissements publics d'enseignement qui gèrent, en vertu de la loi quinquennale sur l'emploi de 1993, des CFA ou ont ouvert des sections d'apprentissage ou des unités de formation en apprentissage accueillent 18 039 apprentis, soit 6, 5 % du total.

☐ Le Centre national de ressources pour l'alternance en apprentissage (CNRAA) installé à Nancy, est l'organe fédérateur susceptible de valoriser les expériences les plus intéressantes et d'impulser des démarches innovantes qui prennent en compte les deux pôles de formation que constituent l'entreprise et le centre de formation d'apprentis ou la section d'apprentissage. Le CNRAA est en mesure de permettre à l'ensemble des services académiques de l'inspection de l'apprentissage et aux CFA publics l'accès à toutes ses productions pédagogiques.

☐ Le jeune en apprentissage, guidé par un tuteur, a l'occasion de mettre immédiatement en application dans l'entreprise ce qu'il apprend en théorie. Il doit, pour réussir, s'investir à la fois dans l'entreprise et dans l'apprentissage scolaire. C'est ainsi qu'il pourra décrocher le diplôme qu'il prépare.

☐ L'apprentissage demande également au jeune une certaine rigueur et un respect des règles en vigueur dans l'entreprise : présence régulière, précision dans les gestes, souplesse dans les contacts avec le personnel, autant d'éléments décisifs pour la réussite.

☐ L'apprentissage, comme toutes les filières de formation professionnelle, est victime des variations de la conjoncture économique et les apprentis, comme dans d'autres secteurs, s'insèrent d'autant mieux que le diplôme obtenu est élevé.

LES CONTRATS DE FORMATION EN ALTERNANCE DES JEUNES

	Contrat d'apprentissage	Contrat d'orientation	Contrat d'adaptation	Contrat de qualification
Durée	De 1 à 3 ans	De 6 à 9 mois non renouvelable	De 6 à 12 mois renouvelable une fois	De 6 mois à 2 ans
Objectif	Permettre à un jeune d'acquérir une qualification professionnelle par un diplôme ou un titre homologué	Favoriser l'insertion ou l'orientation par une première expérience professionnelle	Faciliter l'embauche grâce à une formation complémentaire adaptant la qualification du jeune à son métier	Permettre à un jeune d'acquérir une qualification professionnelle sanctionnée par un diplôme ou un titre homologué
Bénéficiaires	Jeunes de 16 à 25 ans	Jeunes de 16 à 25 ans	Jeunes de 16 à 25 ans	Jeunes de 16 à 25 ans
Employeur	Entreprises des secteurs artisanal, commercial ou industriel et secteur public	Tout employeur assujetti à l'Unedic	Tout employeur assujetti à l'Unedic	Tout employeur assujetti à l'Unedic
Formation	400 heures par an minimum en centre d'apprentissage, 1 500 heures minimum pour un bac pro ou un BTS	52 heures minimum les 3 premiers mois, 104 heures les 3 mois suivants	Au moins 80 % du salaire conventionnel (sans être inférieur au Smic)	Au moins 25 % du temps de la durée du contrat en organisme de formation
Rémunération	Salaire variant de 25 % à 78 % du Smic	Salaire variant de 30 % à 65 % du Smic		Salaire variant de 30 % à 75 % du Smic ou du minimum conventionnel
Contrats au 31.12.96	190 197	2 094	44 829	94 721

La taxe d'apprentissage

La taxe d'apprentissage est un impôt proportionnel à la masse salariale de l'entreprise qui représente environ 12 milliards de francs. Elle peut être versée au Trésor public, ou directement aux établissements assurant un enseignement technologique ou professionnel, ou à un organisme collecteur lié à des chambres de commerce ou d'industrie. L'entreprise peut en être exonérée si elle organise elle-même des formations.
Les établissements privés continuent, en moyenne, de recevoir trois fois plus de versements que les établissements publics.

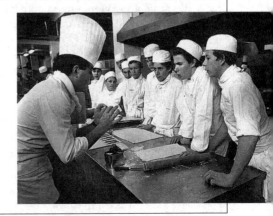

LES GÉNÉRALITÉS

LE CURSUS SCOLAIRE

LES ACTEURS

LES ÉTABLISSEMENTS

LES ORGANISMES

LES PARTENAIRES

La formation continue des adultes

Les adultes peuvent améliorer leurs qualifications et leurs compétences en poursuivant une formation continue dans le cadre de groupements d'établissements, les Greta.

■■■■■ L'action des Greta

Ces groupements d'établissements peuvent se constituer sur la base de la proximité géographique ou d'activités similaires. Ils fédèrent des collèges, des lycées d'enseignement général, technologique ou professionnel. Leur action s'inscrit dans le cadre de plans académiques de développement élaborés et animés par les délégués académiques à la formation continue (Dafco). Ils interviennent en liaison avec les entreprises pour participer à des actions de formation continue professionnelle de leurs personnels. On compte actuellement 315 Greta, au sein desquels peuvent exister des centres permanents qui offrent aux stagiaires la possibilité de suivre un parcours individualisé.

■■■■■ Leur financement

☐ Les structures de financement des Greta varient de manière importante selon les régions. Si les subventions ont représenté 73 % pour l'académie de Limoges, ils n'ont été que de 26 % pour celle de Besançon et de 18 % pour celle de Strasbourg.
☐ Le financement des Greta va connaître des modifications importantes dans les années qui viennent avec la mise en place de la régionalisation progressive de la formation professionnelle des jeunes prévue par la loi quinquennale pour l'emploi.
☐ Un rapport remis au ministre de l'Éducation nationale en janvier 1996 évoque le fait que plus du tiers des Greta sont en grande difficulté financière et, pour certains d'entre eux, à la limite de la cessation de paiement.

■■■■■ Les formations concernées

☐ Parmi les formations dispensées les plus importantes sont les formations générales à caractère professionnel, qui regroupent 48,2 % des stagiaires. Viennent ensuite les formations administratives ou commerciales (23,5 % des stagiaires). Les formations de niveau V (CAP et BEP) prédominent sur le plan des effectifs.
☐ Les Greta délivrent chaque année environ 15 000 diplômes allant du CAP au BTS. En 1994, 532 225 stagiaires (salariés ou demandeurs d'emploi) ont suivi des formations représentant 89,4 millions d'heures-stagiaires. Ce nombre est en baisse sensible (23 % depuis 1990). La baisse de 1994 est imputable à la diminution des actions financées par l'État (17,9 % de stagiaires en moins).

Formation continue des adultes dans les Greta

Années	Nombre de stagiaires	Heures-stagiaires (en millions)
1985	375 000	82,3
1986	399 000	87
1987	467 000	76,9
1988	567 000	91,7
1989	613 000	95
1990	693 000	111
1991	662 500	107
1992	616 005	101,1
1993	565 792	101,2
1994	532 225	89,4
1995	520 000	–

■ L'éducation récurrente

Des formations d'adultes entrant dans le cadre de l'éducation permanente se déroulent dans les établissements scolaires sous réserve de la disponibilité des locaux et des personnels nécessaires.

« L'éducation récurrente » permet aux établissements volontaires d'accueillir les adultes à tous les niveaux de formation, notamment en section de technicien supérieur (STS) ou en formation complémentaire post-CAP, BEP et bac professionnel.

Plusieurs structures de l'Éducation nationale collaborent pour satisfaire ce besoin d'éducation permanente. Elles ont en commun une double exigence : offrir des solutions de proximité et individualiser les réponses. Certaines se consacrent au développement des connaisssances de base (ateliers pédagogiques personnalisés), d'autres sont spécialisées pour offrir des formations qualifiantes (centres permanents de l'Éducation nationale), d'autres encore assurent une formation aux langues vivantes.

Ce dispositif a été complété par la mise en place de centres de bilan et de centres de validation.

■ Les espaces-bilan

Une centaine de centres ou d'espaces-bilan ont été créés dans l'Éducation nationale depuis 1994, à partir d'un cahier des charges national. Ils aident les jeunes et les adultes à construire un projet personnel. Les centres de validation sont opérationnels dans l'ensemble des académies, ils remplissent une mission d'information et accompagnent la validation des acquis professionnels.

En effet, afin d'assouplir les parcours de formation et de prendre en compte les compétences déjà acquises, des procé-dures de validation par unités capitalisables ont été instituées.

Les décrets réglementant le brevet professionnel, le bac professionnel et le BTS prévoient le découpage en unités de ces diplômes ainsi qu'un diplôme identique pour tous les candidats, qu'ils soient issus de la formation initiale (scolaires, apprentis), de la formation professionnelle continue ou qu'ils se présentent au titre de leur expérience professionnelle.

Pour tous les candidats, lors de l'examen, les notes obtenues égales ou supérieures à 10 sur 20, peuvent être conservées dans la limite de cinq ans. Les candidats (autres que scolaires et apprentis à l'examen du baccalauréat professionnel et du brevet professionnel) ont la possibilité de conserver, dans les mêmes conditions, les notes inférieures à 10 sur 20.

En 1995, les structures de bilan et de validation ont accueilli 62 000 personnes, dont 50 000 jeunes bénéficiant d'un cours personnalisé de qualification et d'insertion professionnelle et 12 000 adultes au titre de la validation des acquis professionnels.

Le Dafco

Le délégué académique à la formation continue (Dafco), placé sous l'autorité du recteur, répartit les moyens entre les différents Greta ; il instruit les demandes de convention entre les établissements scolaires, les entreprises et les divers partenaires.

Le Dafco a également autorité sur le centre académique de formation continue (Cafoc) qui assure la formation des conseillers en formation continue ainsi que celle des personnels enseignants titulaires ou auxiliaires appelés à assurer des formations pour adultes à l'extérieur ou à l'intérieur de l'Éducation nationale.

LES GÉNÉRALITÉS

LE CURSUS SCOLAIRE

LES ACTEURS

LES ÉTABLISSEMENTS

LES ORGANISMES

LES PARTENAIRES

Les associations complémentaires

Dans les années 30 et après la Libération, à l'initiative d'instituteurs, un réseau d'entreprises mutualistes s'est développé au sein de l'Éducation nationale.

Les structures mutualistes

☐ Ces structures mutualistes ont aujourd'hui acquis une puissance importante dans leur secteur d'activités. Ce sont, par exemple :
– la Mutuelle générale de l'Éducation nationale (MGEN) qui gère la Sécurité sociale des personnels de l'éducation ;
– la Mutuelle d'assurance des instituteurs de France (MAIF) ;
– la Mutuelle retraite des instituteurs et fonctionnaires de l'Éducation nationale (MRIFEN) ;
– la caisse autonome de solidarité des personnels de l'Éducation nationale - Banque populaire (Casden-BP) ;
– l'Autonome de solidarité, qui assure la défense des enseignants victimes d'agressions ou de difficultés juridiques dans l'exercice de leur métier.
☐ Toutes ces structures mutualistes sont regroupées, avec d'autres structures intervenant dans et autour de l'école, dans le Comité de coordination des œuvres mutualistes de l'Éducation nationale (CCOMCEN).

L'agrément

☐ Pour compléter l'action de l'école, proposer des activités aux jeunes hors activité scolaire, diverses associations se sont créées. Elles se dénomment « complémentaires de l'enseignement public » ou « laïques », par opposition à l'ancien « patronage » d'obédience essentiellement religieuse qui existait dans les années 50-60.
☐ La loi d'orientation a prévu la création d'un Conseil national des associations éducatives complémentaires de l'enseignement public (CNAECEP) qui est habilité à agréer les associations complémentaires voulant intervenir dans les établissements scolaires. Cet agrément est important, car il permet à l'association de pouvoir intervenir en liaison avec le système éducatif, de recevoir éventuellement des subventions et de pouvoir bénéficier de personnels mis à disposition (MAD). Ces personnels sont des fonctionnaires.

L'habilitation

Le CNAECEP habilite les associations pour une durée de cinq ans sous l'une au moins des trois formes suivantes :
– en raison de leurs interventions pendant le temps scolaire, en appui aux activités d'enseignement conduites par les établissements ;
– en raison de l'organisation d'activités éducatives complémentaires en dehors du temps scolaire ;
– en raison de leur contribution au développement de la recherche pédagogique, à la formation des équipes pédagogiques et des autres membres de la communauté éducative.

LES ÉCLAIREURS DE FRANCE

■ Ouvert à tous

Le 28 mars 1995, les Éclaireuses et Éclaireurs de France (EEDF) ont vu leur agrément comme association complémentaire de l'enseignement public renouvelé par le CNAECEP. L'agrément intervient après vérification : caractère d'intérêt général et non lucratif, de la qualité des services proposés, de leur compatibilité avec les activités du service public de l'Éducation nationale, de leur complémentarité avec les instructions et les programmes d'enseignement ainsi que de leur respect des principes de la laïcité et d'ouverture à tous sans discrimination.

Le mouvement des Éclaireurs définit dans son journal, *Routes nouvelles,* son projet et ses actions avec l'école : « L'école publique est un partenaire privilégié des EEDF parce qu'elle est notre référence laïque, qu'elle a pour mission de garantir l'égalité des chances à tous les jeunes ; nous devons travailler avec elle : nos pratiques pédagogiques, nos savoir-faire peuvent intéresser enseignants et parents. »

■ Des opérations multiples

Les Éclaireurs organisent, dans le cadre de leurs actions nationales, des opérations en direction des écoles, collèges et lycées. Ils publient des articles pédagogiques dans les revues des associations complémentaires et des syndicats d'enseignants. Ils développent, en particulier lors de la création de groupes, des partenariats avec les conseils locaux des parents d'élèves et construisent et animent un module de formation à l'usage des délégués de classe.

Les EEDF s'efforcent de favoriser la prise d'initiatives et de promouvoir une citoyenneté active à travers leurs projets de solidarité, qu'ils soient de proximité, quotidiens, internationaux, individuels ou collectifs. C'est le cas dans les camps d'été qu'ils organisent chaque été pour les jeunes de 6 à 19 ans. Ces camps sont l'occasion, que laïcité, démocratie, solidarité, ouverture, apprentissage de la responsabilité, respect de l'environnement ne sont pas de vains mots, mais des valeurs en action au quotidien.

La solidarité, c'est la vie !

Le défi de Mosaïque

Les 32 000 enfants de l'EEDF vont s'efforcer, à travers l'action nationale Mosaïque 1996-1998, de découvrir et de vivre pendant deux ans l'importance de l'action sur le terrain de la solidarité. Distraire les personnes âgées, faire du sport avec les handicapés, planter des arbres au Sahel, repeindre des chambres dans un orphelinat en Roumanie, écrire à des enfants du Rwanda, tels sont les défis des lutins, des louveteaux et des éclaireurs.

LES GÉNÉRALITÉS

LE CURSUS SCOLAIRE

LES ACTEURS

LES ÉTABLISSEMENTS

LES ORGANISMES

LES PARTENAIRES

Les relations école-police-justice

Depuis plusieurs années se sont développées des expériences de partenariat entre l'Éducation nationale et les services de police et de justice pour enrayer la violence à l'école.

▄▄▄▄ Le travail en commun

☐ Dans quelques départements, des actions communes ont été mises en place. En Seine-Saint-Denis, dès 1992, une note a été élaborée en commun par l'inspection académique et le parquet du tribunal de grande instance de Bobigny. Cette note permet aux chefs d'établissements d'entrer immédiatement, en cas de problèmes, en contact avec un magistrat spécialisé de permanence au parquet.

☐ En même temps, un retour de l'information concernant les décisions prises par la justice, tant à l'inspection académique qu'aux chefs d'établissements, est prévu. Cet échange d'informations ainsi qu'un état des mesures proposées par les éducateurs mandatés par le juge permettent d'instaurer, avec les équipes enseignantes, des relations utiles au travail éducatif.

▄▄▄▄ Les actions

Les actions menées peuvent être :

– des stages dans les services de sécurité publique, effectués par des jeunes issus de quartiers difficiles ;

– la création de postes d'îlotiers scolaires chargés du contact avec les enseignants, les parents d'élèves, les élus locaux, et qui effectuent des interventions dans les classes sur des sujets comme la drogue, le racket, la prévention routière, etc ;

– des actions conjointes de prévention : journées « portes ouvertes », expositions, débats, production de documents pédagogiques, campagnes à thème visant à faire connaître et comprendre la loi aux élèves.

▄▄▄▄ La mise en cohérence

Le niveau départemental constitue l'échelon moteur du partenariat, pour l'observation comme pour la prévention et le traitement de la violence. Il appartient au préfet de département et au procureur de la République d'assurer la mise en cohérence de l'ensemble des structures. De la même façon, il convient au niveau local, de mettre en cohérence les interventions conjointes des collectivités locales.

▄▄▄▄ Le Comité d'éducation à la santé et à la citoyenneté

☐ Les Comités d'éducation à la santé et à la citoyenneté, créés en 1990 sous le nom de Comités d'environnement social, ont apporté, là où ils existent, la preuve de leur efficacité. Leur rôle consiste à réunir périodiquement des responsables et des personnels des établissements scolaires, des parents d'élèves, des représentants de collectivités locales, d'éducateurs, de services de police et de justice et des associations agissant dans l'environnement des établissements.

☐ Les objectifs sont la prévention de la toxicomanie et des conduites à risque menant à la délinquance en permettant la compréhension des facteurs locaux qui peuvent favoriser l'apparition de la violence.

SIGNALEMENT D'INCIDENT
OU DÉLIT EN MILIEU SCOLAIRE

**Fiche type à remplir par le responsable d'un établissement scolaire
lorsqu'un incident a lieu dans l'école**

Établissement concerné : .... Ville : ....

N° d'immatriculation de l'établissement : 093 . . . . .

Date .... heure .... et lieu.. des faits.

Auteur du signalement. Nom : .... et qualité : ....

	Parquet (4) [ ] P.I.	Police nationale (4) [ ] P.I.
Destinataire(s) du fax : IA [ ] (obligatoirement)	Parquet (4) [ ] P.A.	Police nationale (4) [ ] P.A.
N° fax : 01-48-31-63-16	N° fax : 01-48-95-13-40	N° fax : 01-43-93-33-94

TYPE D'INCIDENT GRAVE (1) (2)

Vol	• vol	→ avec effraction	[ ]........
et		↘ sans effraction	[ ]........
trafic	• recel		[ ]........
	• stupéfiants		[ ]........

	• sexuelles		[ ]........
	• coups et	→ avec arme	[ ]........
	blessures	↘ sans arme	[ ]........
Violences	• agression	→ injures	[ ]........
aux	verbale	↘ menaces	[ ]........
personnes	• racket		[ ]........
	• autres		[ ]........
	(préciser................		
	......................................)		

	• incendies		[ ]........
	• dégradation	→ tags	[ ]........
Atteintes	de	→ détériorations	[ ]........
aux	locaux	↘ destructions	[ ]........
biens	• dégradation	véhicules	[ ]........
	de biens	→ informatique	[ ].......,
	meubles	↘ et vidéo	
		autres	[ ]........

	• à feu		[ ]........
	• blanche	↘ couteau	[ ]........
Port		cutter	[ ]........
d'arme	• bombe lacrymogène		[ ]........
	• autres		[ ]........
	(préciser................		
	......................................)		

(1) Mettre une croix dans la ou les case(s) concernée(s).
(2) Gravité exceptionnelle : 4 ; très grave : 3 ; grave : 2 ; mérite d'être signalé : 1.

VICTIME : Nom ....
Prénom..............................
Date de naissance :...................................
Qualité ....

AUTEUR(S) PRÉSUMÉ(S)
[ ] isolé   [ ] en bande
Appartient à l'établissement   oui [ ]   non [ ]
....
....
....
....

SUITES IMMÉDIATES DONNÉES (3)
SAMU   [ ]   POMPIERS [ ]
POLICE   [ ]   AUTRES   [ ] : préciser...............
....
....
....

SUITES INTERNES À L'ÉTABLISSEMENT ENVISAGÉES (3)
Éviction temporaire   [ ]
Conseil de discipline   [ ]
Autres   [ ] préciser : ....
....
....
....
....

(3) Le cas échéant.
(4) P.I. pour information – P.A. pour attribution.

« 13-18, Questions de justice »

Sous cet intitulé se cache une exposition réalisée par la Protection judiciaire de la jeunesse (PJJ) à destination des élèves des collèges. Elle a pour objectif de permettre aux élèves :
– de comprendre le fonctionnement de l'institution judiciaire au civil comme au pénal ;
– de prendre conscience de leurs droits et de leurs devoirs ;
– d'être informés des conséquences possibles d'un acte délictueux ;
– d'être capables d'utiliser les moyens légaux d'accès à la justice ;
– de connaître les lieux d'information et d'écoute existants.

LES GÉNÉRALITÉS

LE CURSUS SCOLAIRE

LES ACTEURS

LES ÉTABLISSEMENTS

LES ORGANISMES

LES PARTENAIRES

L'accompagnement scolaire

La charte de l'accompagnement scolaire a été signée en octobre 1992 par le ministère de l'Éducation nationale et 26 associations. Elle vise à multiplier les initiatives d'aide aux devoirs ou de soutien scolaire et à leur donner un cadre de partenariat avec les équipes éducatives des établissements.

L'aide aux élèves en difficulté

☐ L'accompagnement scolaire peut permettre de porter remède aux difficultés que rencontrent les enfants pour effectuer leur travail scolaire ; de rapprocher des générations, des publics différents grâce à l'intervention d'étudiants, de retraités, d'enseignants volontaires, d'appelés du contingent ; de montrer que l'éducation est aujourd'hui l'affaire de tous.

☐ Ces actions fonctionnent le plus souvent en étroite liaison avec l'établissement scolaire et ses équipes pédagogiques. Il ne s'agit pas de remplacer l'école, mais d'offrir aux jeunes un appui pour leur réussite scolaire.

☐ Pour améliorer l'articulation entre l'école et l'accompagnement scolaire et éviter les doublons entre études dirigées et aide aux devoirs, *les réseaux solidarité-école* ont été impulsés par le Fonds d'action sociale (FAS) et l'Éducation nationale.

Les exigences du succès

☐ Le succès du dispositif est lié à plusieurs exigences :

– la mobilisation de personnes-ressources qualifiées pour proposer un accompagnement éducatif axé sur le travail scolaire ;

– la relation continue avec l'établissement scolaire, ses enseignants et les familles ;

– la bonne connaissance des publics scolaires concernés.

☐ Un certain nombre de structures comme les centres de formation et d'information pour la scolarisation des enfants de migrants Cefisem) ont mis en place des stages communs enseignants/acteurs de l'accompagnement scolaire, dont le contenu s'articule autour des attitudes culturelles par rapport à l'école et de l'ouverture de celle-ci sur son environnement.

Prolonger l'accompagnement scolaire

Souvent, l'accompagnement scolaire permet aux jeunes de découvrir d'autres activités et de pénétrer dans le réseau associatif. Ils peuvent ainsi participer à diverses actions et ne plus se retrouver à « traîner » dans la rue.

L'école ouverte

Née en 1991, École ouverte est une opération qui ouvre des établissements du second degré pendant les vacances scolaires pour accueillir des jeunes qui ne partent pas en vacances et qui fréquentent peu ou pas les structures locales d'accueil et de loisirs. École ouverte, qui s'inscrit dans les opérations Ville-Vie-Vacances (VVV), propose aux jeunes un programme d'activités éducatives, sportives et de loisirs, mais aussi d'accompagnement et de renforcement scolaire. Elle a concerné, en 1996, 128 établissements du second degré dans 10 régions et a permis d'accueillir plusieurs milliers de jeunes de 11 à 18 ans.

QUELQUES EXEMPLES D'ACCOMPAGNEMENTS SCOLAIRES

■ Agde (Hérault)

Il s'agit d'une expérience d'alphabétisation des mères axée sur l'accompagnement scolaire des enfants et d'aide aux devoirs dispensée au sein des familles. Neuf familles et seize enfants sont concernés.

■ Chambéry (Savoie)

Neuf permanents et des bénévoles accueillent au centre social, deux soirs par semaine pendant deux heures, 70 élèves, tous volontaires. Chaque groupe est animé par deux étudiants titulaires d'un DEUG.

Les parents sont associés dès l'inscription ; ils co-signent le règlement intérieur. Le centre vise à offrir une structure de médiation entre parents et enfants, parents et Éducation nationale, enfants et Éducation nationale.

■ Fécamp (Seine-Maritime)

Il existe une maison des écoliers où est dispensé un programme d'accompagnement scolaire. Une centaine d'élèves du collège sont accueillis dans ces locaux pour des cours de soutien qui sont effectués par des professeurs, des instituteurs, trois bénévoles et un appelé du contingent. Au sein de la Maison des écoliers, l'école des parents se réunit afin de poursuivre un programme d'alphabétisation.

■ Mâcon (Saône-et-Loire)

Avec l'objectif d'animer, aux côtés de la maison et de l'école, un troisième lieu éducatif, des espaces à destination des collégiens de la ville ont été créés pour aider à la réalisation des devoirs. Les coordinateurs de l'aide aux devoirs assistent aux conseils de classe où un professeur assure la liaison. Les familles sont associées. Elles s'engagent à signer avec les enfants une « charte de la réussite scolaire », à participer à des rencontres trimestrielles avec l'équipe pédagogique et les représentants du collège. Elles sont aidées dans leurs démarches par des professionnels : psychologues, pédagogues, psychothérapeutes, susceptibles de les aider à comprendre la crise adolescente. Ce dispositif concerne près de 320 collégiens encadrés par 20 vacataires (niveau bac + 2 au minimum) et 19 bénévoles.

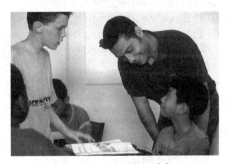

Accompagnement scolaire dans une classe de 6ᵉ

16 HEURES 30
aux côtés de l'école

JOURNAL BIMESTRIEL GRATUIT   N° 10 — DÉCEMBRE 1996-JANVIER 1997

Éditorial | Point de vue

La revue *16 heures 30 aux côtés de l'école* est une coédition du Fonds d'action sociale (FAS) et du Centre national de documentation pédagogique (CNDP). Ce journal trimestriel gratuit est consacré aux actions d'accompagnement scolaire.

L'Afev

L'Association de la fondation étudiante pour la ville (Afev) a été fondée en 1992. Elle réunit aujourd'hui plus de 2 000 jeunes étudiants qui agissent dans les quartiers pour aider les enfants en difficulté à faire leurs devoirs. Chaque étudiant s'occupe de un à trois enfants.

LES SIGLES EN COURS
DANS L'ÉDUCATION NATIONALE

Afev : Association de la fondation étudiante pour la ville

APAJH : Association pour adultes et jeunes handicapés

Apasu : Attachés principaux d'administration scolaire et universitaire

ASE : Aide sociale à l'enfance

Asem : Agents spécialisés de l'école maternelle

Atos : personnels administratifs techniques ouvriers de service sociaux et de santé

BEP : Brevet d'études professionnelles

Bepa : Brevet d'études professionnelles agricoles

BEPC : Brevet d'études du premier cycle du second degré

Bipe : Bureau d'information et de prévisions économiques

BMA : Brevet des métiers d'art

BP : Brevet professionnel

BT : Brevet de technicien

BTA : Brevet de technicien agricole

BTS : Brevet de techniciens supérieur

BTSA : Brevet de technicien supérieur agricole

CAACEP : Conseil académique des associations complémentaires de l'enseignement public

CAEN : Conseil académique de l'Éducation nationale

Cafed : Certificat d'aptitude aux fonctions d'enseignement du privé

CAFIMF : Certificat d'aptitude aux fonctions d'instituteurs ou de professeurs des écoles maître-formation

Cafoc : Centre académique de formation continue

CAP : Certificat d'aptitude professionnel

Cape : Certificat d'aptitude au professorat des écoles

Capeps : Certificat d'aptitude au professorat de l'éducation physique et sportive

Capes : Certificat d'aptitude au professorat de l'enseignement du second degré

Capet : Certificat d'aptitude au professorat de l'enseignement technique

Caplp 2 : Certificat d'aptitude au professorat des lycées professionnels

Capsais : Certificat d'aptitude pédagogique spécialisé pour l'adaptation de l'intégration scolaire

Casu : Conseiller d'administration scolaire et universitaire

CAT : Centre d'aide par le travail

CCOMCEN : Comité de coordination des œuvres mutualistes de l'Éducation nationale

CCPE : Commission de circonscription pré-élémentaire et élémentaire

CCSD : Commission de circonscription pour l'enseignement du second degré

CDDP : Centre départemental de documentation pédagogique

CDEN : Conseil départemental de l'Éducation nationale

CDES : Commission départementale d'éducation spécialisée

CDI : Centre de documentation et d'information

Cedefop : Centre européen pour le développement de la formation professionnelle

Cefisem : Centre d'études pour la formation et l'information sur la scolarisation des enfants migrants

CES : Comité d'environnement social

CES : Contrat emploi-solidarité

Cevu : Conseil des études et de la vie universitaire

CFA : Centre de formations des apprentis

CFC : Centre de formation continue

CIC : Commission interprofessionnel consultative

Ciep : Centre international d'études pédagogiques

CIO : Centre d'information et d'orientation

Cippa : Cycle d'insertion professionnelle par alternance

Clipa : Classe d'initiation préprofessionnelle par alternance

Cliss : Classe d'intégration scolaire

CMPP : Centre médico-psychopédagogique

CNAECEP : Conseil national des associations éducatives complémentaires de l'enseignement public

CNDP : Centre national de documentation pédagogique

CNEC : Comité national de l'enseignement catholique

Cned : Centre national d'enseignement à distance

Cnefei : Centre national d'études et de formation pour l'enfance inadaptée

Cneser : Conseil national de l'enseignement supérieur et de la recherche

Cnous : Centre national des œuvres universitaires et scolaires

CNP : Conseil national des programmes

CNRAA : Centre national de ressources pour l'alternance en apprentissage

CNVL : Conseil de vie lycéenne

Codiec : Comité diocésain de l'enseignement catholique

COP : Conseiller d'orientation-psychologue

Cotorep : Commission technique d'orientation et de reclassement professionnel

CPA : Classe préparatoire à l'apprentissage

CPAIEN : Conseiller pédagogique auprès de l'IEN

CPC : Commission professionnelle consultative

CPE : Conseiller principal d'éducation

CPGE : Classe préparatoire aux grandes écoles

CPPN : Classe, préprofessionnelle de niveau

CRCPE : Concours de recrutement de conseiller principal d'éducation

CRDP : Centre régional de documentation pédagogique

CRI : Cours de rattrapage intégré

Crous : Centre régional des œuvres universitaires et scolaires

CSAIO : Chef du service académique d'information et d'orientation

CSE : Conseil supérieur de l'éducation

CTP : Comité technique paritaire

DAET : Délégué académique à l'enseignement technique

Dafco : Délégué académique à la formation continue

Ddass : Direction départementale de l'action sanitaire et sociale

DDEC : Dotation départementale d'équipement des collèges

DDEEAS : Diplôme de directeur d'établissements d'éducation adaptée et spécialisée

DDEN : Délégué départemental de l'Éducation nationale

DE : Direction des écoles

DEA : Diplôme d'études approfondies

DECF : Diplôme d'études comptables et financières,

DEP : Direction de l'évaluation et de la prospective

DESS : Diplôme d'études supérieures spécialisées

Deug : Diplôme d'études universitaires générales

Deust : Diplôme d'études universitaires scientifiques et techniques

DGLDT : Délégation générale de lutte contre la drogue et la toxicomanie

DHG : Dotation horaire globale

Dijen : Dispositif d'insertion des jeunes de l'Éducation nationale

DLC : Direction des lycées et collèges

DNTS : Diplôme nationale de technologie spécialisée

DPE : Direction des personnels enseignants

DPECF : Diplôme préparatoire aux études comptables et financières

DPID : Direction des personnels d'inspection et de direction

Drac : Direction régionale des affaires culturelles

DRES : Dotation d'équipement scolaire

DUT : Diplôme universitaire de technologie

EPLE : Établissements public local d'enseignement

EPLV : Enseignement précoce des langues vivantes

EPS : Éducation physique et sportive

EPSCP : Établissement public à caractère scientifique, culturel et professionnel

Erea : Établissement régional d'enseignement adapté

Espemen : École supérieure des personnels d'encadrement du ministère de l'Éducation nationale

FAI : Fonds d'aide à l'innovation

Fas : Fonds d'action sociale

Fave : Fonds d'amélioration de la vie étudiante

FSE : Foyer socio-éducatif

GAPP : Groupes d'aide psychopédagogique

Glas : Groupe local d'actions sécurité

Goals : Groupe opérationnel d'actions locales de sécurité

Greta : Groupement d'établissements pour la formation des adultes

GTD : Groupes de travail disciplinaires

IA : Inspecteur d'académie

IDEN : Inspecteur départemental de l'Éducation nationale

IEN : Inspecteur de l'Éducation nationale

IEP : Institut d'études politiques

IET : Inspecteur de l'enseignement technique

Igaen : Inspection générale de l'administration de l'Éducation nationale

Igen : Inspection générale de l'éducation nationale

IME : Institut médico-éducatif

IMF : Institut-maître-formation

IMP : Institut médico-pédagogique

Impro : Institut médico-pédagogique professionnel

INRDP : Institut national de la recherche et de documentation pédagogique

INRP : Institut national de la recherche pédagogique

INSERM : Institut national de la santé et des recherches médicales

IPR : Inspecteur pédagogique régional

IPR-IA : Inspecteur régional-Inspecteur d'académie

IUFM : Institut universitaire de formation des maîtres

IUP : Institut universitaire professionnalisé

IUT : Institut universitaire de technologie

LEA : Lycée d'enseignement adapté

LEGT : Lycée général et technologique

Legta : Lycée général et technique agricole

LEP : Lycée d'enseignement professionnel

LP : Lycée professionnel

LPA : Lycée professionnel agricole

MA : Maître auxiliaire

MAFPEN : Mission académique à la formation des personnels de l'Éducation nationale

MAIF : Mutuelle d'assurance des instituteurs de France

MGEN : Mutuelle générale de l'Éducation nationale

MI : Maître d'internat

MI-SE : Maître d'internat-surveillant d'externat

MRIFEN : Mutuelle de retraite des instituteurs et fonctionnaires de l'Éducation nationale

MSG : Maîtrise de sciences et gestion

MST : Maîtrise de sciences et techniques

Ogec : Organisme de gestion des écoles catholiques

Onisep : Office national d'information sur les enseignants et les professions

PAE : Projet d'action éducative

PAF : Plan académique de formation

PAIO : Permanence d'accueil d'information et d'orientation

Peep : Fédération des parents d'élèves de l'enseignement public

PEGC : Professeur d'enseignement général de collège

PLP : Professeur de lycée professionnel

PRFPJ : Plan régional de formation professionnelle des jeunes

RAS : Réseau d'aide spécialisé

Rased : Réseau d'aide spécialisée aux élèves en difficulté

Segpa : Section d'enseignement général et professionnel adapté

SEGT : Section d'enseignement général et technique en lycée professionnel

SEP : Section d'enseignement professionnel en lycée général et technique

SES : Section d'éducation spécialisée

SMS : Sciences médico-sociales

STAE : Sciences et technologies de l'agronomie et de l'environnement

STI : Sciences et technologies industrielles

STL : Sciences et technologies de laboratoire

STPA : Sciences et technologies du produit agro-alimentaire

STS : Section de techniciens supérieurs

STT : Sciences et techniques tertiaires

SUIO : Service universitaire d'information et d'orientation

TA : Titulaire académique

TR : Titulaire remplaçant

UFR : Unité de formation et de recherche

ZEP : Zone d'éducation prioritaire

INDEX

Crédit photographique

p. 5 : Michel Barret/Rapho – **p. 7** : Archives Nathan – **p. 9** : G. Atger/Editing – **p. 11, 17, 73, 99** : J.-M. Beaumont/Photo C.N.D.P. – **p. 15, 33, 41, 127** : dessins Fractale – **p. 21** : M. Gauvry/Ciric – **p. 23** : VELA/Ciric – **p. 39** : Corinne Simon/Ciric – **p. 45** : Coll. Viollet – **p. 51, 71, 101** : Schuller/Editing – **p. 59, 143** : Marc Pialoux/Photo C.N.D.P. – **p. 65** : J.-L. Bohin/Explorer – **p. 69** : Michel Gounot – **p. 75** : Gasarian/Editing – **p. 81** : A. Damaud/Service communication de la mairie de Montreuil – **p. 91** : Cinestar – **p. 93** : Alain Pinoges/Ciric – **p. 97** : Thierry Blandino/Editing Diffusion – **p. 105, 125** : J. Suquet/Photo C.N.D.P. – **p. 115** : Dessin Schvartz – **p. 123** : Photo AFP, Alain Le Bot/Gamma – **p. 133** : G. Beauzee/Urba Images – **p. 135** : Gilles Delbos – **p. 151** : J.-M. Huron/Editing.

Secrétariat d'édition : Annie Herschlikowitz
Iconographie : Laure Penchenat
Dessins : Fractale
Mise en page : Compo 2000
Maquette de couverture : Favre Lhaik
Illustration de couverture : Guillaume de Montrond – Arthur Vuarnesson

N° d'Éditeur : 10051288 - (II) - (8) - OSBN - 80° - C2000 - Dépôt légal : Décembre1998
Imprimerie **Jean-Lamour**, 54320 Maxéville - N° 98110041
Imprimé en France